復貴盈門 6

文創風 062

雲霓 著

目錄

第二百三十八章

琳霜瞪大了眼睛，直勾勾地看那小廝。「我問你大爺人呢？人呢？」

小廝說不出話，只伸手指外面，手上彷彿滿是鮮紅的血跡，琳霜只覺得胸口被一塊猶如千斤重的石頭壓住，喘不過氣來，所有的希望都在那小廝一張嘴上，那小廝的兩片唇偏一個聲音都發不出，琳霜恨不得將眼前跪在地上的人砸個粉碎，看他還出不出聲。

琳霜血氣上湧，紅了眼睛，覺得身邊的人都是負累，用盡所有力氣一下子將人都掙開來，顧不得別的，用最快的速度跑去門外。

門外到處都是人影幢幢，不知道葛慶生到底在哪裡。

琳霜盲目地找著，看到各種各樣的臉撲過來，扭曲著讓她看不清楚，唯一能看清楚的是那一雙雙憐憫的眼睛。

旁邊許多聲音，有人不停地道：「奶奶、奶奶——」

琳霜眼前發黑，卻仍舊掙扎著往前走，終於，她看到葛慶生身邊伺候的人，他們都是滿面倉皇，她跌跌撞撞推開人群，看到了床上的葛慶生。

葛慶生滿臉鮮血，還有大量的血液不停地往外湧著，流到床鋪上，流到地上。

為什麼沒有人來管？沒有人來幫忙？大家都眼睜睜地瞧著……

琳霜大聲吼。「救人……救人啊……都站著做什麼?!」

「琳霜，」琳怡拉住琳霜的手。「琳霜，聽我說，郎中已經來了，妳先到一旁等著。」

琳霜彷彿是聽不到一般，紅著眼睛，張牙舞爪地推著身邊的人，無論誰來喊都沒用。

姻語秋先生吩咐白嬤嬤化開了鎮靜的藥丸，混了薄荷，讓幾個婆子幫忙搽到琳霜鼻下，琳霜只覺得耳邊如同有一只金鑼不停地敲擊，那聲音從快到緩，一聲一聲，她的呼吸和心跳也跟著慢了下來，然後眼前一黑，徹底沒有了感覺。

大家早有準備，慌忙將琳霜抬起來，丫鬟們七手八腳收拾出一間暖房，先將琳霜安置過去，姻語秋跟著進了屋子。

「怎麼樣?」琳怡看向姻語秋。「琳霜肚子裡的孩子會不會有事……」

姻語秋搖搖頭。「還不知道，要儘量穩住她，一會兒她醒過來還是要問葛慶生的情形，到時候我們要多提她肚子裡的孩子。」

女人有保護孩子的天性，現在這也是唯一的法子。

琳怡看向琳霜安靜的臉。剛才還滿是喜悅，想著要和葛慶生過上安靜的生活……

周琅嬛這時候進屋來，姻語秋問起外面的情況。

周琅嬛搖搖頭。「刀還在身上，郎中不敢動……血止不住，讓人熬了止血的藥劑卻灌不下去，郎中說沒有了法子。」說著期盼地看著姻語秋。

姻語秋是未出閣的小姐，就算是為人把脈，面對的都是婦人，這時候怎麼好就去看葛慶生。

「我去看看能不能幫上忙。」姻語秋站起身來，看看床上的琳霜。為了琳霜，總要試一試。

琳怡和周琅嬛在內室裡坐下來等著。

好半天，周琅嬛用帕子擦擦眼角。「妳說葛慶生……」接下來的話就不知道怎麼說出口。

琳怡也強忍眼睛裡的淚水。「周姊姊先看著琳霜，我出去問問。」救葛慶生是主要的，可也要弄清楚到底是誰將葛慶生害成這樣。

周琅嬛明白琳怡的意思，輕輕頷首。

琳怡去了長房老太太房裡。看到琳怡蒼白著臉進門，長房老太太抿起了嘴唇。

陳允遠將葛慶生身邊的小廝叫來問了清楚，正在回長房老太太，琳怡也坐在旁邊聽著。

長房老太太道：「這麼說，行凶的人當場就被抓住了？」

陳允遠道：「是當場就抓住了，已經送去順天府。」

行凶的人這樣容易就抓住了，不用再費周折去查。

琳怡忍不住插嘴。「為什麼要殺葛慶生？」

陳允遠皺起眉頭。「聽說喝醉了，瘋瘋癲癲正好被葛慶生碰到了，就動了刀子。」

竟然就是湊巧遇到了這樣的事，說出去任誰都不能相信，禍事卻又出在眾目睽睽之下，證據確鑿，凶手也被捉拿歸案，想要訴冤都沒處可去。

是早有人安排在先，花錢買了凶手，頂多抓了殺人的人抵命，真正的幕後主使找也找不出來。大周朝的律法只懲治凶徒，任誰查也是到此為止，可偏是大家心中都明白，葛家得罪的是宗室，周永昌被罰出京，土地之爭並沒有告一段落，而是越發緊張了，許多宗室因有周永昌的前例碰了釘子，葛慶生死裡逃生在宗室眼裡就是最大的恥辱，只有殺了葛慶生，外面那些不屈服宗室的人才會被嚇住，才能乖乖地將土地交出來。

這件事雖然明擺著，可是誰也沒承想真的有人敢動手。

屋子裡一陣安靜，連繡花針落地的聲音也可聽聞。好半天，長房老太太一手拍在矮桌上，已經帶了顫音。「天子腳下，這些人就敢這樣無法無天——」話沒說完就氣得咳嗽起來。

琳怡忙上前拍撫長房老太太的後背，規勸的話卻說不出口。

長房老太太好半天才穩住氣息。「可憐了葛慶生小小年紀，為人謙和、良善，又……又……葛家全都靠他，琳霜還這麼小，以後可怎麼辦？」

琳怡眼看著陳允遠，陳允遠雖然也滿面怒氣，卻也只是沈默，半晌才道：「現在只有讓順天府儘量去審，看看還能不能找到蛛絲馬跡。」

「郡王爺呢？」琳怡沒有看到周十九。

陳允遠眼睛看向門外。「看了眼葛慶生就出去了。」

琳怡只要想到琳霜的模樣，再也坐不住了。「琳霜才懷了孕，我過去照應著，怕她醒過來像剛才一樣。」外面的事，終究她們是幫不上忙。

長房老太太吩咐白嬤嬤。「妳也帶著幾個人去幫襯琳霜那邊。」

琳怡回到琳霜房裡，琳霜已經醒了過來。

琳霜睜大眼睛，茫然地看著前面，不哭不笑不作聲，整個人像是瓷做的。

周琅嬛在一旁勸著。「要想想妳肚子裡的孩子。」

琳霜不為所動，聽到周琅嬛沒有了話，琳霜重複道：「讓我去看慶生，我要去看慶生……」

周琅嬛轉頭向琳怡求助。

琳怡才要上前，橘紅走到琳怡身邊低聲道：「郡王爺回來了。」

琳怡和橘紅出了內室，看到周十九等在門口。

琳怡臉色蒼白，嘴唇緊緊抿著，看向他時目光中滿是期盼。周十九拉起琳怡的手，手指冰涼。「我將軍中效力過的御醫找了來，他從前治過刀傷。」

隨軍的御醫見慣了這些，會比其他郎中更有法子。

過了一會兒，御醫看過傷之後出來。「府裡的先生已經用過針，也餵了止血的藥。」說到這裡欲言又止。

琳怡已經明白御醫的意思，到這個分上，已經沒有了別的法子。

御醫道：「傷口太深，不敢拔刀，可就算不動也支撐不過今晚。」說著嘆口氣。「若是有張風子在，說不得還能有辦法，我的那點東西還是向張風子學的。」

張風子？琳怡沒聽過這個名字。

送走御醫，周十九將陳漢叫來。「去找馮子英，讓他想法子問問張風子還在不在京裡，若是在，務必讓將張風子送進廣平侯府。」

陳漢退下去，琳怡才問：「張風子是誰？」

周十九道：「是從前兵部尚書家的公子，無心於仕途，四處遊歷，後來在廣州認識了一個番僧學了些醫術，和郎中用的法子大相徑庭，在廣州也治過一些病症，後來到了南京府，想託人將番僧引薦給皇上，卻沒有人敢開這個口，他輾轉來到京裡，不過被人告作妖言惑眾，打了板子攆出京裡，那番僧更被逐出兩廣。從那以後朝廷有了規矩，私通番僧者重罪。張風子也是人人敬而遠之，不過張風子好學術，哪裡肯捨棄從番僧那學的東西……」周十九說到這裡想起獻郡王來。「獻郡王也鑽研這些，說不得與張風子有些聯繫。」

琳怡道：「郡王爺這樣讓人登門問張風子，獻郡王不知道來龍去脈，就算知曉張風子的下落，也不會輕易說出口。」

周十九看向琳怡。

她輕頷首。「我和獻郡王妃常常來往，不如我遣人過去將葛慶生的事說了，求獻郡王妃幫幫忙。」只要將琳霜和葛慶生的情形簡單給獻郡王妃說，獻郡王妃心腸柔軟，說不得就會幫忙。獻郡王妃去和獻郡王說，總比周十九派人去有用些。更何況，提到周十九，獻郡王只會想起政局，獻郡王妃這邊畢竟是內宅，從心裡上也會讓人少了防備。

看琳怡有些信心，周十九點頭。琳怡立即叫來鞏嬤嬤，讓鞏嬤嬤親自去趟獻郡王府。

內室裡的琳霜也緩過神，掙扎著去看葛慶生，誰也攔不住。

終於見到葛慶生的模樣，她一下子跪坐在腳踏上，緊拉著葛慶生的手怎麼也不肯起來，眼淚更不停地往下掉，喃喃自語。「都怪我，都怪我，我早告訴你……我懷了……身孕，你就……早些……回來，再……也遇不到這種事。」

屋子裡的女眷都被琳霜說得掉了眼淚，周琅嬛拿著斗篷裹住琳霜，陪著坐在一旁，只要有機會就不停地勸琳霜。「琳霜，妳肚子裡是葛家的骨肉，妳怎麼也要保住孩子，才能對得起葛慶生。」

琳霜不停地搖頭。「晚了、晚了，太晚了，我早告訴他……我該早告訴他……他還不知道……他還不知道啊……」

第二百三十九章

陳允遠聽說張風子的事，表情嚴肅下來。「那是朝廷驅逐的罪人，獻郡王就算將他留下也是為了和他論學問，卻也怕鬧出來給人留下話柄，未必就能幫忙。」再說，眼見葛慶生就不行了。

這時候都沒人願意提葛慶生的身後事。長房老太太抬起眼睛。「有沒有遣人去葛家報信？」

大家都忙著救葛慶生，沒有安排這些。

長房老太太道：「讓人去葛家報信吧，萬一有個什麼差錯，別耽擱了葛家人過來。」

小蕭氏答應了，出去安排。

琳怡在屋裡坐著等，看長房老太太倦了，上前道：「祖母歇一會兒，別跟著我們熬，等有了消息我告訴祖母。」

長房老太太擺手。「出了這種事我哪裡能睡著？想著葛慶生昨兒還好好的，還有琳霜那丫頭總在我耳邊說葛家的好處，我這心就被提起來。」

誰不是呢？剛才她們還玩笑等葛慶生回來，無論琳霜是哭是笑她們都不管了，可如今琳霜哭得人事不知，她們想要幫襯起來也沒有法子。

「老太太、郡王妃。」鞏嬤嬤匆匆忙忙走到琳怡跟前行了禮。

「怎麼樣？獻郡王妃有沒有說哪裡能找到？」

鞏嬤嬤搖搖頭。「獻郡王妃遣人去問了獻郡王，獻郡王不知曉，不過倒是叫來了一個郎中。」

琳怡聽到這裡，心裡油然浮起一線希望。鞏嬤嬤去獻郡王府已經說了請御醫診脈不頂用，獻郡王妃特意叫府裡郎中過來，必定是這郎中和旁的不同。想到這裡，琳怡連忙和鞏嬤嬤去葛慶生屋裡。

姻語秋和周琅嬛將琳霜拉開，周十九也等在院子裡。

不知過了多久，隱約有葛慶生的聲音傳出來，琳霜一下子睜開眼睛，起身往屋裡跑去，猝不及防，只有姻語秋追上了琳霜。

門從裡面打開，琳霜二話不說直衝向葛慶生。

琳怡幾個這才看到了從獻郡王府來的郎中，穿著青色的儒袍，面目沈著，眉眼清澈透亮，比儒生多了幾分颯爽。

沒想到是這麼年輕的郎中，大家都有些驚訝。

周十九先走過去詢問，那郎中據實道：「傷得太重，又耽擱了時間，已經是回天乏術。」

琳怡提起的心立即沈了下去，屋子裡就傳來琳霜撕心裂肺的哭喊聲。

那郎中沒有久坐，和周十九說了兩句話就乘著獻郡王府的馬車回去。

琳怡找到小蕭氏。「母親讓人將家裡的紅燈撤下來吧！」

小蕭氏掉了眼淚。「妳說這可怎麼辦好，眼見就要過年了，送年禮本是好事。」

那些人就是要選在這時候給葛家一個教訓。

齊家馬車也備好了，琳怡將周琅嬛送出院子。

周琅嬛遲疑著不想走。「我應該陪陪琳霜，起碼要等到葛慶生……」

葛慶生的氣息越來越微弱，琳霜還不肯讓人給葛慶生換衣服。

琳怡知道她的意思。「妳留在這裡總是不合規矩，不如等到明天一早過來。」嫁人了就要顧及婆家，現在回去已經是晚了。

陳家這邊不好留宿，周琅嬛也知曉，只是心中放不下琳霜。「葛慶生的事有空我也讓人打聽著，有了消息就告訴妳。」涉及到宗室，琳怡總是諸多不便，說不定她這個外人倒能打聽到消息。

琳怡頷首，周琅嬛這才走了。

小蕭氏多叫了幾個家人跟著一路送周琅嬛回齊家。葛慶生的事已經鬧得整個廣平侯府心驚肉跳，萬不能再出事。

大約過了一炷香時間，小蕭氏在長房老太太房裡聽到消息，葛慶生沒了。

最後一線希望也破滅了。

長房老太太強穩住心神，伸出去的手還是微微顫抖。「將我的板子抬出來給葛家哥兒用上。」

小蕭氏驚訝道：「那怎麼行？老太太的板子那是存了多少年的。」

「有什麼用，」長房老太太道。「什麼樣的板子都要過河，再說我人好好的，還怕日後辦不到好的不成？葛家哥兒在京裡出事，我們是最近的親戚，我們不張羅好怎麼對得起葛家？」

小蕭氏看向陳允遠。

陳允遠面色沈重。「就按母親說的辦吧！裝殮的衣裳就拿前幾日給我做的，總不能穿舊的走。」

長房老太太又想起來。「明日一早去趟清華寺，取回那床經被給葛家哥兒。」

小蕭氏含著淚答應。

長房老太太說完讓小蕭氏扶著起身。「我去勸勸琳霜那丫頭，這樣攔著不讓上板也不是事，誤了時辰就不好了。」

長房老太太到了葛慶生那屋，琳怡已經拉開了琳霜，吩咐婆子給葛慶生擦身。眼看著一盆盆血水端出去，長房老太太忍不住掉了眼淚，在門口站了一會兒，長房老太太還是沒有進屋。「就讓琳怡陪著吧，我去了又要顧著我，也是多添麻煩。」

葛慶生沒了，琳霜反倒不哭了，反勸琳怡和姻語秋。「妳們回去吧，我想自己待著。」琳怡怕琳霜心窄不肯走，和姻語秋陪著一起說話，一直到了凌晨，琳霜才答應要事事為肚子裡的孩子著想。

守了一夜，琳怡和姻語秋吩咐幾個婆子看好琳霜，各自回去房裡歇一會兒。

周十九也沒有歇下，和陳允遠談了一晚上政事。

「歇歇吧！」周十九拉起琳怡冰冷的手握在手心裡。

琳怡頷首，出去梳洗。

琳怡半天也沒有進暖閣，周十九走出去瞧，只看到琳怡默默坐著不知在想什麼。

周十九的聲音十分溫潤。「想什麼？」

琳怡搖搖頭，伸手去摸耳垂。「耳墜子不知掉哪裡了。」說著微低頭。「我也是才發現。」

琳怡不是想耳墜子，而是為琳霜難過。周十九彎下腰將她抱起來送到暖閣床上，親手給她脫了鞋，自己也脫了靴子躺進去。

琳怡的眼淚就像斷了線的珠子不停地落下來。

周十九伸手擦掉琳怡的眼淚，透亮的眼睛裡情緒在翻捲著，臉上閒適的表情漸漸收斂了。「妳放心，不會就這樣算了。」

周十九不輕易許諾。琳怡點點頭，在他懷裡漸漸暖和起來。

葛慶生的喪事還要聽從葛家人安排，廣平侯府只是將靈堂佈置好，只等著葛家人進京。

琳霜看葛慶生靜靜地躺在那裡，和生前沒有兩樣，又哭死過去一回，多虧有姻語秋在身邊，肚子裡的孩子才能保住。

長房老太太嘆氣。「葛慶生為人秉正，老天雖是不開眼，也算給葛家留了一脈生機。」

長房老太太這話才說完，琳霜就讓人攙扶著進了屋。

長房老太太忙讓白嬤嬤抬了軟座出來，琳霜不肯坐，就欲跪下給長房老太太磕頭。

「這孩子快起來。」長房老太太讓人去攙扶琳霜。

琳怡過去將琳霜扶起來在一旁坐下。

琳霜穿著重孝，臉上不施脂粉，看起來更加淒楚，眼睛也沒有往常清澈，布滿了紅血絲，看看長房老太太、小蕭氏，又將目光停留在琳怡臉上許久才挪開。「我有件事想求老太太和郡王妃。」

琳霜是想說葛慶生死得冤枉吧！琳怡剛思量到這裡，長房老太太已經道：「妳說就是，我老婆子一定盡力幫忙。」

琳霜道：「我夢見慶生了，慶生說這孩子不能姓葛，讓我將他送出去，這樣才能保住性命。」

眾人都詫異，沒想到琳霜說的是這個。

琳霜是被葛慶生的事嚇怕了，才會日有所思、夜有所夢。

琳霜胡亂地看著琳怡。「琳怡，我就將孩子送給妳了好不好？他從此之後就是宗室了，他們再也不能害他，他一定會長大，將來娶妻生子……慶生才能閉上眼睛，我也能放心地去見他。」琳霜越說越癲狂，說到最後，激動地站起身。

琳霜是兩天兩夜沒合眼，精神難免脆弱，又想到是宗室、勳貴不聲不響害了葛慶生，葛慶生的冤情一輩子也無法申訴，這才想到這樣極端的法子。

別說琳怡和周十九才成親，尚沒有長子，就算有了子嗣也不可能隨便收養孩子，縱是收養也要是宗室血脈。這些還不是最重要的，最要緊的是葛家一脈單傳，琳霜肚子裡的孩子已經是葛家唯一的希望。

「琳霜，」琳怡走到琳霜身邊拉起她的手。「不會再有這樣的事了，妳放心，你們母子兩個都會平安。」

琳怡儘量安撫琳霜。

琳霜的手抖著，拚命搖頭。「不、不，早晚有一天他們要斬草除根，不知道什麼時候他們就會靜悄悄的，將孩子、將孩子……」

琳怡一把將琳霜摟住。「別說了，沒事的、沒事的，妳想要怎麼樣都行，我都答應妳了。」

琳霜這才露出笑容。「好……好……這我就放心了。」

小蕭氏站在一旁抹眼淚，長房老太太也重重地嘆了口氣。

第二百四十章

接下來，琳霜彷彿寧靜了許多，只是大部分時間都要守在葛慶生棺木邊，就算睏了也要靠在棺木旁閉會兒眼睛。

琳霜身邊的小桃哭得不行。「我家大爺和奶奶最好了，人人都羨慕，奶奶這又有了孩子，大爺卻沒了……」說著給琳怡跪下。「郡王妃，現在奶奶只聽您的話，您多勸勸奶奶，這樣下去別說肚子裡的小少爺，就算奶奶也要支撐不下去啊！奶奶這幾日常常說傻話，說什麼等到小少爺生下來，她就沒有了牽掛，讓爺一定要等等她，奴婢怕奶奶有了不好的念頭……」

琳怡讓小桃起身。琳霜的意思所有人都看了出來，琳霜將孩子託付給她，就是想要無牽無掛地跟著葛慶生走，可當時她若是不應下來，只怕琳霜當即就要做出傻事。

她也是為了穩住琳霜才滿口答應，等到琳霜見到了葛慶生的親人心境就能改變，就會想要將孩子留在葛家。

琳怡進屋又勸琳霜。琳霜還守著葛慶生，一步也不離開。

「妳這樣也不行，身子怎麼能受得住？」

琳霜搖頭。「我能做的就是這個……也只有這個了……不要拉我走，我不能走。」

琳怡抿起嘴唇，轉身從橘紅手裡拿過姻先生配的保胎藥遞給琳霜，琳霜接過去一滴不剩地喝下了，就像是喃喃自語。「妳放心吧，我都喝下了……都喝下了……孩子不會有事，不會有事的。」

琳怡望著琳霜，只覺得心酸。

在娘家連著住了三日，琳怡才回到康郡王府。洗了個澡，琳怡開始處理府裡的中饋，等到府裡管事都散了，白芍上前道：「這兩天祖宅那邊好像消停了。」

那就是甄氏娘家想到了脫身的法子。琳怡喝了口茶，茶到嘴裡也覺得澀澀的。好不容易才放下琳霜的事。「甄家有沒有放出什麼傳言？」

白芍頷首。「說大太太是被人陷害。」雖然遮遮掩掩，也是在說郡王妃的不是。「明明是大太太陷害郡王妃，卻反過來咬一口。」

「由她們去說。」甄家這樣跳出來，也快得意到頭了。

過了中午，蔣氏來府裡和琳怡說話，兩個人在內室裡坐下，蔣氏低聲道：「聽說妳娘家的姊姊……」不忍心說下去，只看琳怡。

琳怡點頭。

蔣氏抿抿嘴唇，沈下臉來。「是不是和之前的土地之爭有關？」

琳怡搖搖頭。「現在沒有證據。當場將凶徒抓住了，順天府這幾日就要定案。」

蔣氏道：「京裡花錢買命的事還少嗎？這幾年越發不像話了，我們這些人還好，平民百姓又該如何呢？」

之前好不容易將葛慶生從牢裡救出來，現在又落得這般。琳怡不說話，蔣氏也覺得氣氛低沈。

蔣氏想起一件事。「有個消息忘了告訴妳，敬郡王妃娘家送上京幾個姪女，個個長得花容月貌，說是非達官顯貴不配。如今敬郡王府日日擺宴席，恨不得將京裡所有沾親帶故的後生都叫過去。」

有些人就是這樣，妳這邊越是愁雲慘霧，她那邊越是鼓樂喧天。俗話說得好，高臺看戲，也不怪人家這樣猖狂。

葛慶生的事和敬郡王一家離不開干係，葛慶生一死，敬郡王哥哥的土地就又能要回來。

琳怡和蔣氏說了會兒話，蔣氏又問起琳霜的身孕。「開始幾個月要小心。經了這麼大的變故，能不能行？」

「多虧了姻語秋先生。」琳怡握著手裡的暖爐，要從上面汲取多點溫暖。「每日就用藥養著，要不然還不知道會怎麼樣。」

蔣氏聲音艱澀。「我雖然和葛家奶奶不相識，也是親戚，明日我拿些香燭過去，就算全了一份心意。」

送走了蔣氏，琳怡吩咐廚房做晚飯。

待到周十九下衙回來，琳怡迎去套間裡換衣服。

「皇上復了我的職，明天開始我又要早起上朝了。」周十九說著微頓。「這樣我也方便去查葛慶生的事。」

琳怡抬起頭來看周十九，眼睛清澈卻有些黯然。「郡王爺怎麼不讓桐寧提前知會，我還能吩咐廚房多做些飯菜。」

周十九聲音柔和，眼角帶著些笑容。「做那麼多不如陪我多吃些，這些日子我不在護軍營，不知道回去之後多少人等著看笑話，沒有氣力連弓也拉不開，豈不是沒了臉面？」

琳怡整理周十九的腰帶。「郡王爺是瘦了不少，應該好好補一補，明日開始我就讓廚房燉些湯來。」

其實這兩日瘦的是琳怡，眼見著她眼睛深下去，嘴唇蒼白，這幾日一心照顧琳霜，吃睡都很少，幸虧年輕，身體素來沒有大病才能扛住。周十九道：「這幾日沒胃口，妳不吃我也不想動箸。」

吃飯還要拉著扯著，琳怡道：「照這樣下去，廚房也不用做飯了，府裡倒是省了開銷。」說到後面，又沒有閒情逸致開玩笑。

周十九拉著她坐在臨窗的大炕上。「我才從廣平侯府回來，那邊妳哥哥照應得很好，妳也不用太擔心，過幾日葛家的人也到了。」

琳怡點頭。「郡王爺有沒有查到什麼？」

橘紅在外稟告。「飯已經擺好了。」

周十九起身拉著琳怡往外走。「先吃飯再說。」

兩個人吃過飯，周十九才將查清楚的事細細和琳怡說。「行凶那人叫唐官，是通州的一個混混，平日裡不做什麼好事，前幾日在通州已經犯過一樁案子，朝廷正在捉拿。」

從前犯過案子，現在又行凶，更容易讓人相信這種奸惡之徒什麼都能做出來。

周十九接著道：「馮子英去了趟通州，將唐官犯的案子打聽了清楚。那唐官是個孝子，他母親生了惡疾，要珍貴藥材吊命，唐官勾結了通州員外家的家人夜裡去偷盜，銷贓的時候被官府盯上，本已經抓住下了大獄，卻是衙役失職讓唐官逃了。」

琳怡眼睛一亮。有些事，就算做得再周密也是有跡可循的。「那麼這次唐官殺人是被人用錢財收買了？只要找到唐官的母親，順著線索查下去，就不怕查不到幕後指使。」

周十九道：「在順天府正式審案之前，唐官必然要確定老母平安、是否拿到了錢財，否則唐官不肯就此認罪。」一想要查就要等到那時候。

他將暖爐塞到琳怡懷裡。「放心，馮子英定會辦個妥當。買凶殺人的案子他不是第一次遇到了，順天府那邊早已經打通關節，妳只要安心聽消息。」

最著急聽消息的不是她，而是琳霜和葛家。琳怡微皺眉頭。「這次不查個清楚，保不齊哪裡還會有一把刀等著他們。真像琳霜說的那樣，她肚子裡的孩子連姓葛都不敢了。」

梳洗完了，她和周十九躺在床上。

周十九看些公文，琳怡轉過身不一會兒就睡著了，轉眼之間，卻又從夢中驚醒，額頭上滿是細細的汗珠。

「作惡夢了？」

琳怡睜開眼，看到周十九明亮的眼睛。

她起身拿了溫盞上的茶喝。「夢見有人喊打喊殺，我被追得走投無路。」琳怡將茶杯放下又躺在床上，輕吁了口氣。「還好只是一個夢。」

周十九伸出手來給琳怡掖被子。「下次記得喊我。」

琳怡不明白他的意思，睜開了眼睛。

周十九微微一笑。「下次作惡夢，在夢裡記得喊我。」

琳怡忍不住笑起來。「若是夢也能控制的話，就不會是夢了，也就不用被嚇醒。」曾幾何時，只要有周十九在身邊，她就會覺得踏實許多，對周十九的猜疑也變得越來越淡。

「下次試一試，說不得會有用。」周十九吹滅了燈，將琳怡抱進懷裡。「我小時候夢見漫山遍野的野雞和兔子，想著下一次要帶弓箭來，結果下次作夢，果然就帶了弓箭。」

不知道是哪來的歪理。琳怡微微舒展了眉毛，閉上了眼睛。「郡王爺可認得獻郡王妃叫來幫忙的郎中？」

周十九道：「只見過一面，就是我們要找的張風子。」

琳怡道：「姻先生說，大周朝難得會見到這樣奇怪的醫術。」要不是張風子，她們也不會抱著希望，希望葛慶生能逃過這一劫。

琳怡思量著，慢慢皺起眉頭，耳邊又響起琳霜祈求的聲音。

齊家，周琅嬛屋裡仍舊亮著燈，她想著母親范氏說的話。「不管是陳家還是葛家，那些事妳還是少過問，免得不知不覺就得罪了人。」

母親一點都沒有憐憫葛家的意思，反而勸她要遠遠觀戲。周琅嬛只覺得多少年立在心底的東西，正在一點點地坍塌。

她緊握著手帕，指節發白。

桂兒鋪好了床，服侍周琅嬛梳洗。「二爺說還要看會兒書才回來，讓奶奶先歇下。」

周琅嬛點點頭，遣走了丫鬟，自己躺在床上，只覺得心裡越來越冷，在廣平侯府看到的事無從宣洩。

不知道過了多久，才聽到身邊傳來窸窸窣窣的聲響，齊重軒從書房回來。周琅嬛起身去給齊重軒換衣服。

兩個人沈默不語。自從上一次，她對齊重軒的安靜已經漸漸習慣。他不想說話，她也不想去問，只是覺得累，揣摩一個人的心思是那麼讓她疲憊，用盡力氣卻每次都猜不對。

周琅嬛閉著眼睛，身邊所有聲音就格外清楚，心中的期望會變成無數的銀針，狠狠地扎在她心裡，讓她喘息都會覺得疼痛。

屋子裡異常安靜，她甚至連身邊人的呼吸聲也聽不到似的。她就像在水中漂浮的小船，被波浪推來推去，卻不知道到底要靠上哪一邊，她心往的方向沒有足夠的力量拉扯她，畢竟是她先犯的錯。人這輩子有可能會原諒很多錯誤，可是她不能奢求她就是那個被原諒的人。

就在周琅嬛要放棄的時候，有一隻手伸過來落在她的肩膀上。

「心裡不舒服？」齊重軒低聲問。

周琅嬛覺得自己有一種想哭的衝動，小心翼翼地轉過身來，生怕到時候齊重軒已經不想再和她說話。

「琳霜還和我們說笑，我說要給她肚子裡的孩子繡個肚兜……琳霜一遍遍地跟我們說，葛慶生怎麼感謝康郡王和陳家的幫忙，可是一下子，葛慶生就滿身是血地讓人抬回來，琳霜一下子被打垮了，無論我說什麼勸什麼她都不能緩過神來，真的很嚇人……琳霜才十幾歲……葛慶生甚至還不知道琳霜懷了身孕，怎麼就這樣殘忍……我回去和母親說，母親並不想和我說這些，只是在跟我講父親如何、祖父如何、宮裡又傳出什麼消息。我真的不想說這些，我只是滿腦子裡都是琳霜的模樣，還有丫鬟、婆子端下去那麼多血水。一個人身上到底能流出多少血來……母親藉著這件事還能想到政局上，不停地逼問我廣平侯府那邊聽到了什麼消息……」周琅嬛說著哭起來。「我就是覺得太累了，無論我做成什麼樣都是不對……」

齊重軒找到巾子來給她擦眼淚。

「我是真的為琳霜難過，我不能無動於衷……我雖然也想著家族的利益，可是無論怎麼樣我做不出這樣的事來，就算從前我錯了，以後再也不會了，我真的再也不會了……」

屋子裡的燭火跳躍，齊重軒伸手出來拍撫周琅嬛的後背。

第二百四十一章

第二天，琳怡送走周十九，就開始安排府裡中秋節的花燈。

廣平侯府那邊出了事，不可能熱鬧起來，可是康郡王府怎麼也要有些喜氣。

琳怡和幾個管事婆子一起選了花燈的樣式，然後吩咐管事要如何掛燈。

康郡王府的消息傳到祖宅，大太太甄氏臉上露出怨恨的表情。「她還有心思過中秋?!」說著咬咬嘴唇。「別以為我會就這樣算了。」沈管事突然死了，懷裡揣著借券，這樣的事是誰做的？這些日子周元景和她鬧和離，她將娘家人找來，仔細地想了一番，這分明是有人故意誣陷她。

甄氏想著就咬牙切齒。定和陳氏離不開干係，她娘家人說得沒錯，她就是對陳氏太手軟，才會落得今天的地步。看起來溫和的小姑娘，竟然這樣手段歹毒，她不能讓這樣的毒婦有好日子過。

段二家的又說起廣平侯府的事。

甄氏幸災樂禍一聲。「活該，這就是報應，她不讓我好過，她也不會過得舒坦。」

甄氏話音剛落，門上的婆子來道：「信親王妃請大太太過府上去呢。」

甄氏略有些激動。「有沒有說還叫了誰？」

那婆子據實稟告。「來的人只說了大太太。」

甄氏透出奇怪的表情。現在她娘家出面幫忙，託到信親王妃那裡，除了叫她也該叫上琳怡才對。

甄氏一面吩咐丫鬟拿出素淨的褙子給她換上，一面讓人去康郡王府那邊打聽。

不一會兒工夫，下人打聽出來。「也叫了康郡王妃。」

那就是了。甄氏難掩笑容。信親王妃出面勸說陳氏不要將事情鬧得太大，最好大事化小小事化了。

到時候，她只要在信親王妃面前哭一陣，反正沈管事已經死了，一切沒有對證。

甄氏乘車到了信親王府，讓下人引著去見了信親王妃。

信親王妃正和琳怡說話，琳怡皺著眉頭，滿臉哀婉，信親王妃聽了，不時地點頭嘆氣。

甄氏心裡不由得一慌，沒想到先讓琳怡搶到了先機。

這樣想著，她加快了腳步，進到屋裡先行了禮，然後抬起紅腫的眼睛。

「快坐吧！」信親王妃將甄氏讓在旁邊。

掐絲琺瑯的三足獸香爐裡吞吐著薰香，信親王妃握著翡翠貔貅慢慢摩挲，甄氏看著信親王妃暖座上的秋香色繁花錦簇護手，那花樣精巧，彷彿是出自陳氏的手。

甄氏皺起眉頭來，沒等信親王妃開口就提起帕子擦眼淚。「眼見就是中秋節了，我本想多些時間過來幫襯，可……誰知道……元景……竟因外面的傳言就要與我和離。」

屋子裡的氣氛一下子就緊張起來。

甄氏淒婉地看著信親王妃。「您說說，這些年我哪裡做過什麼錯事，就算沒有功勞也有苦勞，和離兩個字怎麼能隨便就說出口？沈管事讓人殺了，這案子還沒破，就牽連到我頭上，我心裡的冤屈要向誰訴呢……」

信親王妃靜靜地聽著甄氏哭訴，等甄氏說完了，握著貔貅的手微抬。「妳說是誰故意冤枉妳？」

信親王妃的聲音平靜，甄氏抿抿嘴唇，準備按部就班。「我也不知曉，現在的事誰能說清楚？沈管事也不知觸犯了誰就被殺了，懷裡還揣著借券，我哪裡敢做重利盤剝之事？分明是有人刻意誣陷。還有那肖婆子，那是在京裡到處散布傳言的，我就算再傻也不能做出這樣的事來……」說著哭哭啼啼一陣。「自從嫁給元景，我一心就想著是我的福氣，孝順長輩公婆自然不用說，同輩的妯娌、兄弟、姊妹也是和和氣氣，大家都和我好又肯疼我，若我有什麼壞心再也不能這樣。我不說別的，王妃都是看在眼裡的，我可是那樣惡毒的人嗎？」

甄氏的意思是，在她嫁過來之前一切都還是和順的。琳怡不說話，只聽著甄氏申辯。

信親王妃望著甄氏，嘆口氣。「我原本也是以為妳懂事，琳怡畢竟年紀小，剛嫁過來有許多事不明白，妳這個做嫂子的倒能教她，誰知道妳是越來越糊塗。」

聽得這話，甄氏哀傷的表情僵在臉上，看看信親王妃又看看靜靜坐在一旁不動聲色的琳怡。

甄氏吞嚥一口，腮邊的眼淚也滑下來。

信親王妃道：「康郡王成親之後自立門戶，將妳公公、婆婆都接去了康郡王府，琳怡管著偌大的郡王府，又如對待父母般孝敬叔叔嬸嬸，按理說，妳這個正經的長媳心裡該有個盤算，不但不能輸給琳怡，還要處處幫襯她才對。奉養父母，康郡王固然要報叔嬸的養恩，妳們的生恩養恩要如何算呢？現在整個祖宅都由妳來打理，公中的銀錢都由妳支出，長輩又不在身邊不需要妳照應，比起康郡王成親之前如何，妳自己清楚。現在管不好內宅，又鬧出借券的事，還有外面種種傳言，妳要怨誰？妳和元景又打又鬧，想要和離，怎麼還要怪在別人頭上不成？」信親王妃板起臉。「人貴在知足，有些事，我這個做長輩的也想睜隻眼閉隻眼，誰知道妳娘家非要找過來，今兒不說個清楚是不行了，妳要臉面，別人的臉面也要顧全。」

信親王妃失望地看著甄氏。「妳仔細想想，妳這個長嫂做到了什麼？上次妳在我耳邊都說了些什麼，我現在還記得。」

上次來信親王府，甄氏將外面關於琳怡的傳言透露給信親王妃。

甄氏聽得這話，想起那日的情景，臉上如同被狠狠地甩了幾巴掌，頓時火燒火燎起來。

「我……我……」

信親王妃輕視地看了甄氏一眼。「無端生事自然家宅不寧。元景和妳鬧和離，妳還沒吃到教訓，又鼓動娘家四處生事，讓我說妳什麼好？妳娘家找到了我幫忙，身為族裡的長輩，我也少不了提點妳。鬧到今天這個地步，根源沒在別人身上，妳不自省只怕過不了這一關。至於最終要怎麼處置，是你們的家事，我就不便說了。」

甄氏被說得啞口無言，信親王妃又下了逐客令，讓甄氏自己回去反省，琳怡也起身告辭。

琳怡和甄氏一起走出信親王妃的院子，到了僻靜處，甄氏再也顧不得，瞪圓了眼睛看琳怡，表情凶狠。「妳是不是要害死我才干休?!妳嫁進周家，哪一樣不是我幫忙張羅，如今妳倒是不顧情分！」

琳怡詫異地看甄氏。「大嫂這話是什麼意思？」

甄氏冷笑道：「妳今日不是到信親王妃面前告我，好讓我丟盡臉面?!」

琳怡不說話，身邊的橘紅就忍不住插嘴。「信親王妃讓我們郡王妃過來是商量中秋節的事，我們也不知曉信親王妃還喊了大太太。」

琳怡看了一眼橘紅，橘紅低下頭退開幾步。

琳怡轉過頭面對甄氏，目光清澈。「大嫂說說，我如何害妳了？要說和離，那是大伯提起來的，我可在外面說過大嫂的不是？大嫂害怕名聲有失，我就不怕？要不是為了保護我自己，我也不會讓人盯著成婆子，最終結果又如何，大嫂比誰都清楚。大嫂不如仔細想想，怎麼會走到今天這一步。」

琳怡說完話，帶著丫鬟上了馬車，扔下了不知所措的甄氏。

信親王妃將甄氏叫去訓斥的事，很快就像長了翅膀一樣傳遍了整個宗室營。

康郡王府裡，申嬤嬤看著丫鬟進進出出地擺各式點心，府裡也陸續掛了花燈，第二進院子裡面掛的大多是多子多福的石榴燈和步步高陞的翠竹；第三進院子裡則掛了百壽燈，中間最大的一盞燈是個笑咪咪的老壽星。

下人忙了一上午才漸漸安靜下來，申嬤嬤這才進屋，將信親王妃訓斥甄氏的原話學給周老夫人聽。

周老夫人慢慢皺起了眉頭。

申嬤嬤低聲道：「這就奇怪了，信親王妃怎麼突然站在郡王妃那邊？」

信親王妃的性子是左右逢源的，當面一套背後一套，很少得罪人，別看是宗室營的長輩，那也要有十足的把握才會開口，就像上次聽到琳怡的傳言，信親王妃也是先將她叫去問，現在信親王妃明著教訓甄氏，甚至沒有經過她——

「是不是信親王府聽說了什麼？」

申嬤嬤仔細思量。「這倒是沒打聽出來。」

沒打聽出來不一定就沒事。周老夫人輕握住椅子的扶手。「郡王爺那邊有什麼消息？」

申嬤嬤低聲道：「郡王爺在查葛慶生的事，這些日子常跑順天府。」

這是早就料到的，無論是琳怡還是周元澈，對葛家的事都不會輕易放手。

周老夫人眼前一閃——會不會就是葛慶生的案子？周元澈查到了甄家頭上。與葛家結下恩怨的是宗室和甄家，甄氏處處為難琳怡，甄家對陳家和葛家也是恨之入骨，這樣一想，甄家買凶殺葛慶生就順理成章。

申嬤嬤看到周老夫人的神情，心裡一顫。「要不然奴婢去祖宅問問大太太。」

周老夫人搖頭。若是果然如她想的這樣，趁著葛慶生屍骨未寒，這件事早晚要鬧出來。

第二百四十二章

葛家人趕到廣平侯府，看到搭起的孝堂，頓時掉下眼淚來。

長房老太太親自將葛太太迎進屋，葛太太拉著長房老太太的手哭道：「這一路上我總想著，老天不開眼，非要收走一個，為什麼不要了我這條老命？」

長房老太太陪著葛太太說了會兒話，提起琳霜。「這孩子懷了身孕，還要親家太太照應。」

葛太太含淚去看琳霜。

琳霜已經瘦得不成樣子，看到葛太太，搖搖晃晃上前行禮，葛太太一把就將琳霜抱在懷裡，婆媳兩個又哭了一回。

有了葛太太的勸慰，琳霜終於多吃了些飯食，也肯躺下來休息，可是剛閉了會兒眼睛，就想要去看葛慶生。

葛太太忙道：「妳放心，慶生那邊有老爺安排，妳先要顧好肚子裡的孩子，這可是我們葛家盼了多少年才有的血脈，若是有了閃失，我將來要如何向慶生交代？」

琳霜聽婆婆這樣說，含淚應承了。

到了晚上，琳怡和周十九回到廣平侯府。

吃過飯，周十九、陳允遠、葛老爺、葛太太在長房老太太房裡商量葛慶生的事，小蕭氏和琳怡在外間準備茶水。

屋子裡先傳來葛老爺的聲音。「要不是郡王爺幫忙，上一次生哥已經被判了死罪……沒想到這次又要郡王爺出面……我們葛家欠郡王爺的還也還不完。」

周十九道：「都是姻親，本該互相照應。」

葛老爺嘆了口氣，又問周十九。「現在該怎麼辦？」

周十九就將那叫唐官的凶徒說了。「已經讓人去盯著，只要有了消息，順天府的人就會出面，算算也就是這兩日的事。」

周十九話音剛落，門口傳來橘紅的聲音，琳怡忙放下手裡的茶吊出了門。

橘紅道：「桐寧說府外有人要見郡王爺。」

見周十九找到廣平侯府，定是有急事。琳怡道：「將人請進來，我去叫郡王爺。」

琳怡進屋將話說了，周十九起身迎了出去。

一炷香的工夫，他就去而復返。

屋子裡眾人都望過去，周十九眼睛清亮。「唐官的哥哥買通獄卒連夜探監，被抓了個正著，順天府那邊連夜就會審理。」

葛老爺聽得這話，嘴唇發抖，半晌才道：「多虧了郡王爺，否則我們家的冤屈要怎麼申訴……」

這麼多天的佈置總算有了進展。唐官的哥哥被抓，現在就看甄家那邊會有什麼動靜。

周大太太甄氏正焦急地等著周元景。自從說要和離，周元景每日都喝得醉醺醺才回家。

甄氏看著晃動的燈影，心裡漸漸有不祥的預感。周元景會不會是真的要與她和離？這時候提出來，不過是尋了個藉口罷了。

周元景在她面前總是一副無可奈何的模樣，成婆子不肯承認偷了主子的物件，只說那些錢財是甄氏賞給她的，將甄氏和她說的話通通都招認出來，衙門不好定罪，還問到周元景那裡，這成婆子到底定不定偷竊之罪。

借券一事已經傳遍了京城，肖婆子、成婆子跟著鬧出來，甄氏想要好名聲是沒了，周元景在外要爭得體面就要發落家裡。甄家死咬著冤枉，這些事一概不肯承認，再找族中長輩調停，琳怡手裡證據不足，不敢將整件事鬧大……

誰知道並不像甄氏想的那樣，族裡長輩不肯站在她這邊，反而將她罵了一頓。沈管事死得那麼蹊蹺，竟然都沒有人去追查。信親王妃大可以輕描淡寫，將話題引到沈管事身上，為什麼會臨時反悔？

甄氏覺得心裡越來越涼。

「奴婢聽說一件事，」旁邊的桂圓忍不住低聲道：「內院的婆子聚在一起議論，奴婢路過的時候聽到一耳朵。」

甄氏皺起眉頭來。「什麼話？」

桂圓有些遲疑。「大老爺去敬郡王府作客，回來時說敬郡王妃娘家的幾位未出閣的小姐很漂亮。」

甄氏睜大了眼睛看桂圓。

桂圓忙低下頭。「奴婢不敢亂說，太太可以將那些婆子叫來問問。」

甄氏一動不動地看著桂圓，好半天，突然揚手一巴掌打了過去，將桂圓打得一趔趄。

桂圓還不知道怎麼回事，甄氏已經厲聲道：「什麼時候聽說的，怎麼現在才告訴我?!遮遮掩掩要到幾時？等到老爺將旁人娶上門不成？」

桂圓又驚又臊，忙道：「奴婢也是才聽說，太太心情不好，奴婢哪敢隨便嚼舌。」

甄氏手顫抖起來。她在敬郡王妃那裡不是沒聽說過，敬郡王妃娘家幾個遠親家的小姐長得個個花容月貌，如今進了京就是要圖門好親事。當時她心裡還想，如今達官顯貴家裡哪個不是要門當戶對，想要高嫁哪這般容易，要嘛是家裡徒有其表，要嘛嫁的人有些毛病，再不然做了繼室、續弦……

想到繼室、續弦，甄氏伸手將桌子上的梅花蓋碗掃在地上。她還沒被周元景休了，就已經有人惦記著。好個敬郡王妃，說什麼處處為她著想……

甄氏打發桂圓將素日裡跟著周元景的小廝捉來問清楚，到底有沒有這樣的事，這幾日周元景出去喝酒又是在哪家？

她這個舊人還沒出門，周元景心裡就已經有了新人。甄氏越想越憤怒，更夾了害怕和擔憂，眼前都是敬郡王妃陽奉陰違的笑臉，一股怒火頓時燒起來，越發覺得自己想得有理，敬郡王妃沒安好心。

桂圓才出了屋，就有門上的婆子來道：「甄家來人了。」

這麼晚過來，定是有急事了。甄氏眼睛一跳，讓丫鬟拿了青緞斗篷穿上迎出去。

來的是甄大太太。甄氏和嫂子去了內室裡，丫鬟奉上手爐、熱茶。甄大太太目光閃爍，甄氏會意，將屋子裡的下人都打發了出去。

「出大事了，」甄大太太道。「要不是天晚了，老爺也要過來。」

甄氏心裡更是慌張。「嫂嫂快說，到底怎麼了？」

甄大太太皺起眉頭。「我們家讓人算計了，說不得要吃官司，妳這邊也是顧不得，不知道周家會不會乘機為難妳……妳哥哥讓我來知會妳一聲，好教妳心中有準備。」

甄氏胸口如被壓了石頭，喘不過氣來。

甄大太太道：「那個殺了葛慶生的凶徒被順天府押下了，眼見就要過堂，誰知道那凶徒的家人今晚打點獄卒去探監，被順天府捉了正著。順天府抓了人，雖然還沒有正經消息傳出來，卻已經放出些蛛絲馬跡，各種傳言都有，可是說我們家的最多。那凶徒耐不住重刑已經招認是被人指使，康郡王這幾日穿梭順天府，就是要將這件事坐實了。廣平侯府的老太太將自己的板子都拿出來給葛慶生用，又在廣平侯府設了靈堂，可見廣平侯府對這件事的看重。

康郡王妃連著三天都歇在娘家，康郡王一心要查個水落石出，不可能讓官府懲辦一個凶徒就算了，眼見就要定案，現在若是能抓住個線索，必然不肯鬆手。」

甄氏漸漸聽出嫂子話裡的意思。「這和我們家沒有關係，不是我們家買凶殺人，難不成要賴在我們頭上？」

甄家最擔心的就是這個，她們本來是高臺看戲，現如今卻突然就成了主角。

甄大太太輕輕頷首。「不是我們家買凶殺人，可是我們家和葛家有仇，現在又有這樣的傳言，妳和康郡王妃鬧出這種事來，我們又四處活動說是康郡王妃冤枉妳……」

這樣一來，說甄家要殺葛慶生誰都會相信。

甄氏緊抿的嘴唇比剛才更蒼白了幾分。「嫂子說是有人要故意陷害我們？」

只要遮掩不過去就將罪過推給別人，這是最好的脫身法子。

甄大太太緊握著帕子。「就是怕這樣，我過來跟妳說，也是讓妳別再和康郡王妃衝突。」

甄氏精氣彷彿一下子被抽走了般。「嫂子現在說已經晚了，」甄氏將去信親王府的事仔細說了。「現在看來，信親王府說不得聽到了消息，這才要踩我們家。」

甄大太太驚訝地看著甄氏。「這盆污水定是要潑到我們家身上——」

會是誰在這裡搗鬼？

甄氏就想起剛才的事來，敬郡王妃的臉一下子躍到她眼前。「就是因葛家，敬郡王家裡才沒能收回土地，前些日子，敬郡王妃還要和我一起對付陳家，會不會和敬郡王有關？」假意和他們一起對付葛家，關鍵時刻卻將他們推出去。

甄氏看向甄大太太。「這可怎麼辦？要哥哥想想法子才好。」

甄大太太皺眉。「他們不仁別怪我們不義，這樣害我們，我們必然不能束手待斃。」

送走甄大太太，甄氏坐立難安，指揮桂圓將能放銀票、借券的鐲子、簪子拿出來。桂圓找出一大堆，甄氏徹底亂了方寸。「還愣著做什麼？快將那些借券拿出來裝在裡面。」

桂圓小心翼翼地看向甄氏。「太太，這些怎麼也裝不下啊。」

甄氏一下子癱坐在床上，好半天才慌張地看向桂圓。「如果我娘家被冤枉，我又被大老爺休了，以後的日子我要怎麼過……」說著眼淚不停地湧出來。

「沒事、沒事，一定沒事的，」桂圓忙勸甄氏。「等大老爺回來，太太和大老爺商量商量，太太嫁給老爺這麼多年，沒少為老爺的前程謀劃，老爺知曉太太娘家出事了，定會想法子幫襯。」

甄氏心中油然生出一線希望，想起昔日周元景對她也曾百依百順，忙吩咐桂圓。「等大老爺回來，就將他請來我房裡。」

桂圓應下來，忙提了燈籠去院子裡等周元景。

好半天，桂圓才低著頭回來。「大老爺喝醉了，去了西院姨娘那邊。」

甄氏聽得這話霍然站起身，還沒有邁步卻眼前一黑，差點摔倒在地。想及平日裡周元景對外人冷言冷語、毫不留情的模樣，她還曾在一旁聽得眉開眼笑，從來沒想過周元景有一天也會對她這般。

甄氏撕心裂肺地喊起來。「不過就是沒有給他銀子出去喝花酒，我是為了誰?!還不是為了這個家！」

第二百四十三章

「甄家開始急了。」琳怡坐在長房老太太身邊低聲道。「郡王爺說，甄家人悄悄託到了順天府尹那裡，不敢深說，只是過去打聽消息。」

怎麼好深說，那不是此地無銀三百兩？

甄家現在是最難受的，外面的消息都指向甄家，可是順天府一日不查去甄家那裡，甄家就不能明著對證。

長房老太太道：「看樣子甄家知曉的並不太多。」

畢竟是買凶殺人，誰也不一定能信過誰。

琳怡服侍長房老太太吃過藥，陳允遠和周十九一起下衙進門。

陳允遠臉上終於有了笑容。「御史彈劾敬郡王指使家人行威嚇、買凶之事，摺子剛一送上去，皇上就勃然大怒，當即傳了信親王。」

信親王是宗人府宗令，宗室犯案都由宗人府查清。

長房老太太撐起身子。「能不能查清楚？萬一證據不足……豈不是白忙一場。」

「不會，」周十九微微一笑。「有甄家查證在前，再說信親王對敬郡王家的事也並非半點不知曉，何況敬郡王的哥哥耐不住性子，已經將山東肥城縣裡的土地買了回來。」

長房老太太道：「怎麼會……消息傳去山東也要有些時日。」

周十九道：「敬郡王家選在這時候買凶，正是因握著敬郡王在山東那幾百畝土地的員外在京裡。」這樣一來，葛家出事才能震懾住那員外。

想得周全，卻不知這正是最大的把柄。

周十九話音剛落，白嬤嬤笑著進門，見到長房老太太和眾人就迫不及待地道：「醒了。」

長房老太太臉上露出笑容，卻責怪地看了白嬤嬤一眼。「話也不說清楚。」

白嬤嬤笑著道：「奴婢也是太高興了，不知道怎麼說才好。郡王爺請來的郎中真是好脈息，葛家大爺醒過來了。」

長房老太太和琳怡對視，兩個人都是難掩欣喜。「真是上天不負有心人，這一關算讓他熬了過來。當時郎中說得緊急，這傷十有八九是不能好，既要全力來治，又不讓我們抱太大期望。琳霜這孩子也是癡心，就在旁邊守著，有幾次葛家哥兒已經氣息微弱，她就是不肯放棄，拉著葛家哥兒說話，讓旁人聽了也要落淚，還好葛家哥兒不負她，硬是肯熬過來。」

陳允遠道：「還是郡王爺請的郎中手段好，這種傷連太醫也治不得。」

琳怡起身想要去看琳霜，長房老太太讓白嬤嬤扶著。「我也去看看，要不然也不放心。」這幾日，長房老太太每天都要去琳霜屋裡坐一會兒。

琳怡趁著丫鬟去拿斗篷的工夫看向周十九。要不是周十九想起張風子，葛慶生也不能救回來。

她嘴角含著笑容，迎上周十九的目光，他眼睛清亮。

琳怡和長房老太太到了琳霜房裡，葛太太和琳霜將長房老太太和琳怡讓去上座，婆媳兩個二話不說就跪在地上。

琳怡親手去扶葛太太，白嬤嬤將琳霜攙起來。

長房老太太收起笑容，正色道：「這是做什麼？快起來。」

「我們家慶生是遇到貴人了，否則哪裡還能活命？慶生傷成那樣，我和老爺看了也只說不中用了，哪裡還能救得回來……只要能支撐著看到那些害他的人被抓，就是上天抬愛，沒想到真的就醒了……」葛太太抽抽噎噎地哭，琳霜臉上也滿是淚水。

小蕭氏安慰葛太太。「醒了就好，以後飯、藥都更能吃下去，傷會好得更快些。」

長房老太太道：「郎中怎麼說？要什麼藥我們都能湊來。」

葛太太道：「那位先生說了，人醒來了也要好好將養，沒有個把月是不能動半分的，還好天氣冷下來，否則傷口不容易好，從前府裡拿的那些傷藥還是要日日更換，只怕要用上幾個月。」

長房老太太鬆口氣笑道：「這都是好辦的，不過才幾個月，怎麼想法子也不能斷了他用的。」

葛太太忙謝長房老太太。

長房老太太道：「別謝我，都是郡王爺辦的，我哪裡有這樣的能耐。」那些藥是內務府賞賜下來的，止血、祛腐、生肌極為好用，眼見葛慶生用得好，周十九又去內務府要了些回來。

葛太太又要謝琳怡，琳怡忙跟著起身攔下葛太太。

葛太太道：「不但用了老太太的板子，還讓康郡王幫著裡裡外外瞞住，上面怪罪下來豈不是受我們連累，為了救我們一家性命，可是用盡了力氣，我們做牛做馬也還不上。」

長房老太太將皇上命信親王查明的事說了。「皇上面前，廣平侯已經寫過密摺，想必是不相干，我們只要聽消息就是了。再難會如何，總比之前生死未卜時好了。」

葛太太連說是。長房老太太和葛太太說話，琳怡和琳霜去暖閣裡坐下。

琳霜緊緊地拉起琳怡的手，又是高興又是止不住眼淚。「這幾日若不是妳，我怎麼也撐不下去。我已經想好了，若是慶生真的沒了，我也跟著去，我們一家三口也好團聚。那些勸我的話我是懂的，只是不想去做，有幾次，我都已經覺得沒有了希望……還好慶生挺了過來。」這些日子真是度日如年，誰也說不好慶生到底能不能好，她的眼睛一刻也不想離開慶生，生怕只要一轉眼，慶生那微弱的呼吸就會停下。

琳怡笑道：「這下好了，妳也能歇歇。」琳霜不眠不休地照顧葛慶生，憔悴得一陣風就要吹倒似的。

大家坐了一會兒，張風子從葛慶生屋裡出來，葛老爺忙上前千恩萬謝，張風子也不受禮數，只是囑咐葛老爺。「還請姻家人來開藥方。」

葛老爺一下子怔住了，以為是哪裡怠慢了先生。

張風子道：「論脈息，姻家比我要好，我所學不過是那些番外之術，若是沒有姻家幫忙也難撐過難關。」

葛老爺這才明白，恭恭敬敬地將張風子送出去。

聽說張先生已經換好藥走了，葛太太和琳霜忙趕過去看葛慶生。葛慶生仍舊虛弱得說不出話來，葛太太和兒子說了幾句話，便將琳霜留下，臨走前不忘了勸琳霜。「少用些精神，你們兩個都要好好歇著。」

琳霜答應了。

等葛太太出了門，琳霜看向床上的葛慶生，熟悉的目光和神情再一次出現在她眼前，就像是夢一樣。她多麼害怕慶生最終還是要被抬進棺木中去，再也不會和她說話，再也不會對她微笑。

「慶生，我懷孕了。」一心中有無數的話，卻只能哽咽地說出這一句，因為這些日子，她已經不停地後悔，如果再給她一次機會，她什麼都不會說，只是要說這一句，讓慶生知道，他們有了孩子。

葛慶生目光閃動，淚水緩緩淌過臉頰，露出了笑容。

琳霜伸出手去擦葛慶生的眼淚。「慶生，你不要哭，我也不哭，我們都不哭了。」

這些日子，已經流了太多眼淚。

時辰不早了，琳怡和周十九坐了馬車回康郡王府。

葛慶生醒過來了。這些日子繃緊的神情終於得到鬆懈，琳怡長長地吁口氣。假報葛慶生已死是為了將買凶的人查出來，大家都在為葛慶生的生死焦急，周十九已經安排好局面。她常常覺得周十九太會算計，不管發生了什麼，總是將利益算得清清楚楚，可這一次，多虧有了周十九，否則葛慶生即便是救了回來，不知道哪裡還會有刀刃等著他。

琳怡梳洗好，換了衣服坐在暖炕上，橘紅上前服侍著擦了頭髮。周十九去書房裡看公文，她就在花梨小桌上整理府裡的帳目。

不到半個時辰，她覺得眼睛有些酸，想去書房看看周十九有沒有處理完公務。很長一段時間，兩個人都是一起躺在床上說說話，直到睡著。

琳怡起身，周十九剛好從書房裡出來。

長長的頭髮散下來，襯著她清麗的臉孔，一掃前幾日的低沈，顯得十分嫻麗。兩個人躺在床上，琳怡將枕邊的帳目遞給周十九，厚厚的一大摞。「我們過年的時候要送的年禮，郡王爺瞧瞧。」這幾日都關注琳霜，這才將管事列好的年禮拿來看。

琳怡仰著臉看周十九，他揚著的眉毛慢慢皺起來。

琳怡也收起笑容。「怎麼了？」

周十九專心地看著，燈光之下，十分沈靜。「要花不少的銀子。」

府裡大多數花銷並不是日常生活，而是在禮金上。琳怡想著笑出聲。「誰教郡王爺身分貴重？禮金要和身分持平，郡王的身分要多拿些，三品武官之職又要多拿些，若是郡王爺年前沒有復職，我們就可以少賴點，別人也不會怪罪。」

周十九搖搖頭。「我是覺得，這次去天津府損失不小。」似是打算一番推心置腹。「若是沒去天津府，我就可以去圍獵。妳不知道我們宗室營有位伯父，每年的年禮就是送大家曬好的肉乾，我想以後我多獵些鹿，讓廚娘做成鹿肉乾。」

琳怡聽得這話。「郡王爺若是不說我還沒想起來，中秋節大家互相走禮，還真的有人送了兩大盒肉乾，我還想著讓廚娘撒上小茴香炸來嚐嚐……」說著故意頓了頓。「如果郡王爺想換成鹿肉，我也可以讓廚娘來試試。」

兩個人對視，將笑容映在彼此的眼睛裡。

周十九將琳怡抱在懷裡。「眼見就是中秋節了。」

琳怡頷首。「葛慶生和琳霜要好好休養，至少在京裡過完年才能回通州。」這樣一來，廣平侯府會更加熱鬧。

周十九微低下頭。「妳幫葛慶生和琳霜已經不少了。」

他的手停在琳怡腰上，氣息吹在耳邊，讓她覺得癢癢的。

「現在該想想，怎麼將瘦了的長回來……」

第二百四十四章

琳怡記得很快就睡著了，第二天醒來的時候神清氣爽，吃過早飯，蔣氏來迎琳怡一起去信親王府。

「聽說敬郡王的事了。敬郡王的哥哥不是省油的燈，每日出去惹是生非，手下專有做這種事的。」說到這裡，蔣氏微微一頓。「京裡顯貴有多少也是這樣，不過最近幾年越來越放肆。」

蔣氏這話的意思不是在說宗室、顯貴如何，是在提醒琳怡，敬郡王的事會牽扯到許多宗室的利益。她和周十九救了葛慶生固然是好事，可是在諸如敬郡王那些人的眼裡就是害群之馬。

蔣氏笑道：「不過好在有甄家擋在妳前面。」揭發敬郡王的是甄家，甄家和宗室結親已非一日、兩日，誰知道甄家還知道些什麼。現在甄家更是連沈管事的死也算在敬郡王頭上，甄氏四處哭訴冤枉，敬郡王妃將娘家遠房親戚家的小姐尋親事的事也傳得沸沸揚揚，敬郡王妃娘家那些漂亮小姐恐怕是不好嫁出去了。

蔣氏用袖子掩嘴一笑。「不知道中秋節會不會見到敬郡王妃？」

按理說是見不到了，信親王府正為這件事焦頭爛額，敬郡王妃總不好送上門來，不過許多事都是讓人難以預料的。琳怡和蔣氏在信親王府下車，不少宗室婦已經先到了，大家將琳怡和蔣氏迎過去，就開始七嘴八舌說起中秋節的宴席。

宴席上的飯菜想要大家都滿意恐怕是不能，於是儘量酸甜苦辣鹹一個都不少，還加了些中看不中吃的吉祥菜。其實真正到了宴席，能吃到的菜不過三、四種，別看下人不停地上熱菜，可吃到嘴裡頂多是溫的，於是腥膻的菜定是沒有，怎麼安排都覺得不盡人意，最後定來定去，就按照往年的菜單加減，大家就在裝飾上費些心神，從信親王府花房裡選了不少盆漂亮的花草來擺設。

宴請的帖子大家聚在一起寫也容易多了，尤其是寫到自己的帖子，大家就換著寫也算互留了筆墨，說說笑笑半天一晃就過去的，倒也覺得十分暢快。將帖子交給下人封盒子，琳怡、蔣氏幾個才坐下來喝茶，茶不過喝了半盞，只聽下人來道：「五王妃來了，正和信親王妃說話。」

五王妃過來不能不去拜見，大家也只好起身去信親王妃房裡。

五王妃坐在東側室臨窗的大炕上，不知道在和信親王妃說什麼，信親王妃連連點頭。

琳怡幾個給五王妃和信親王妃見了禮。

五王妃笑著讓大家起來。「我在皇后娘娘宮裡看到了今年的新花燈，真是好心思，內務府都仿照著做了幾盞。」

大家笑著不語。

五王妃又道：「我家裡的花燈還沒選好，只有兩盞走馬燈，妳們誰送過來的花燈多，不如借我兩盞。」

今年送花燈最多的就是琳怡。大家一律指琳怡。「咱們康郡王妃心最巧，進宮送燈都是她呢。」

琳怡笑著推辭，五王妃還是笑著要看燈，最終選了兩盞過去。

大家還有別的事沒忙完，都起身告退，五王妃獨留下了琳怡。蔣氏關切地看了眼琳怡，才跟著其他人一起走了。

屋子裡留了兩個丫鬟伺候，待到外面走路的聲音漸遠，門外的丫鬟輕輕地將隔扇關好。五王妃和信親王妃對視一眼，五王妃喝口茶潤了潤嘴唇，看向琳怡。「聽說葛慶生沒有死？是不是真的？」

信親王妃也看過來。

消息這麼快就傳開了，想想也不足為奇。信親王管著宗人府，又主辦這樁案子，父親寫的奏摺壓在皇上那裡，既然信親王要查案，皇上自然會安排下去。琳怡搖搖頭，表情黯然。「現在是臥床養傷，一步也離不開人，御醫是說不能好了，卻硬是撐過了這麼多天，往後怎麼樣誰也不知曉。」

信親王妃嘆口氣。「怎麼開始說死了呢？」目光頗為悲天憫人，定定地看著琳怡。

琳怡也不躲閃，抬眼迎上去。「開始是穿好了衣服上了板子，能熬過來都靠葛慶生自己。」這意思誰又不明白，若不詐死哪有後面的事。

信親王妃道：「那現在御醫怎麼說？」

琳怡道：「御醫說還是要看養得如何，也多虧葛慶生年輕底子好。」

這麼多天都沒事，只會越來越好。五王妃端著粉彩蟠桃茶碗，手指捏著茶蓋慢慢地撇著茶葉，還沒說話，外面忽然傳來一聲喊叫，道：「不管怎麼樣，都要去跟前說說清楚，如今吃上了官司，反正也沒臉面，糊裡糊塗得這樣，族裡人也是不容了，日後就算官府不來捉，也不敢再見人了——」

琳怡轉頭去看，看到敬郡王妃和一個哭哭啼啼的婦人進了門。

那婦人哭得好不倉皇，見到琳怡一怔，忙看向敬郡王妃，敬郡王妃也一臉的驚詫，只是人已經邁進來就不好退回去。

信親王妃先開口。「妳們妯娌兩個這是做什麼？」

敬郡王妃先走進來，旁邊的婦人卻一腳門裡一腳門外不知怎麼辦才好，敬郡王妃沒法子，只好又回去扯那婦人。

那婦人臉上妝也花了，身上的紫色妝花褙子也被揉出了褶皺，頭上的釵東倒西歪好不狼狽。

敬郡王妃咬咬牙。「康郡王妃在這裡倒也好了，反正這事遮掩也沒意思，我們被外面人也說成天打雷劈，不顧王法，人所不容，我這嫂子更是在風口浪尖上，這樣下去沒等衙門來審我們就先羞臊死了。」說著伸手去拉那婦人。「嫂子妳倒說說，那土地是怎麼回事，到底是如何買來的，又有沒有指使家人為非作歹？」

那婦人被敬郡王妃又扯又搖晃，半天才穩下心神來，悲聲道：「真是天大的冤枉！斷沒有這種事，我們想買回祖產沒錯，卻不敢做出買凶殺人的事，我們是撿了便宜，也確實是葛慶生出了事才能有的，可這件事與我們無關，當時我們只是覺得僥倖，哪裡知道後面跟著這樣的禍，早知如此就算白白給了，我們也斷然不敢去接的……」

敬郡王妃道：「我這嫂子嚇得只敢去問我，不知我家郡王爺和大伯怎麼樣了，不過圖的是經濟小利，如何鬧出人命來？」

不過圖的是經濟小利，現在人命也沒鬧出來，是不是代表敬郡王一家並沒有多大的罪過？敬郡王妃真是很會找時機，當著五王妃、信親王妃和她的面喊冤。

敬郡王妃的嫂子也被揉搓成一團，兩個女人這樣一鬧，整件事的議論就會從緊張的買凶殺人，變成了內宅女人的經濟算計。

敬郡王妃的嫂嫂哭著喊著說祖宅，追溯到元祖時宗室立下的汗馬功勞，也說到這塊土地為什麼會賜給敬郡王一家。

琳怡看向五王妃，五王妃似是十分專注地聽敬郡王妃妯娌說話。

人人都有自己的算計，五王爺是支持宗室這邊的，否則就不會讓五王妃來幫忙。五王妃只要將敬郡王妃妯娌的話說去太后娘娘那裡，太后娘娘也能談論這個案子。信親王妃是宗室營的長輩，處理這些事十分熟練，現在又有了五王妃的幫忙，敬郡王一家不會受太大的責備。就算追查下去，也是有府中管事的頂罪。

宗室、顯貴犯案只要不是動搖政局，大多就是這個結果，所以宗室才敢明目張膽地買凶殺人。

敬郡王妃和嫂子鬧得正歡，外面傳來蔣氏的聲音。「我送菜單過來，還不讓進不成？康郡王妃不是在裡面嗎？」

琳怡這才想起來，看向信親王妃。「我剛想著將中秋宴的菜單拿來給您瞧瞧，過來時忘了拿，元祈媳婦大約是看到了，這才送過來。」

這話彷彿是她們故意將康郡王妃扣下來似的。

說話間，蔣氏走進來，邊走邊笑道：「這樣防著，還當是三法司會審。」說著看到敬郡王妃妯娌，蔣氏的話頓時卡在那裡，表情也不自然起來，忙著解釋。「我還真不知道……想著菜單沒拿要怎麼商量宴席呢。」

信親王妃笑道：「也沒別的事，不過是說幾句話罷了。」

蔣氏這才放心，長吁一口氣，將手裡的菜單遞給琳怡，琳怡又拿去給了信親王妃，蔣氏將大家七嘴八舌說的結果講了一遍。

琳怡道：「與其改菜式，不如多做些糕點，熬個山楂羹，想必大家都愛吃的。我聽說往年都說山楂酸，寓意不好，才沒在中秋節的時候擺上，不過我們大家想著山楂也是圓的，頂多做甜些也就是了，外面裹上一層糖霜，好吃又好看。」

康郡王妃喋喋不休，真的是在講中秋節宴席的事，五王妃眼角微微一抬。

敬郡王妃妯娌對視一眼，耐心地等琳怡和蔣氏將菜單說完，這樣將林林總總的小事說完，時辰已經不早了，門房準備了馬車，大家準備陸續離開。

琳怡起身告辭，和蔣氏一起出了信親王妃的院子。

琳怡和蔣氏同乘一車。

等到車出了宗室營，蔣氏道：「我還當敬郡王一家會避開妳，沒想到倒將妳堵在屋裡，明明是他們犯案，卻還這樣理直氣壯，幸好妳有防備，要不然說不得還要有什麼好戲在後面。」

琳怡想到蔣氏一進門就說「三法司會審」。「這話說不得要傳到家中長輩耳朵裡。」

蔣氏笑道：「家裡長輩是看不慣這個的，聽到敬郡王的事，直說敗壞宗室名聲。」說到這裡又收起笑容。「現在五王妃都摻和進來，只怕這案子不好了結。皇上將天津的案子都交給五王爺處置。我聽元祈說過，宗室長輩也悄悄議論過儲君，五王爺和皇上最像，生母又尊貴，很有可能將來……」將來承繼大統。

萬一真是這樣，五王爺和五王妃不能得罪。琳怡明白蔣氏的意思，不過事到如今再想這個已經晚了，五王爺琳怡沒見過，不過五王妃可不是個寬宏大度的人。

大約知曉她在想什麼，蔣氏也無奈地笑起來。

第二百四十五章

琳怡和蔣氏一起到了廣平侯府。

蔣氏拿出準備好的禮物去拜見陳家長房老太太，鄭七小姐和周琅嬛也來看琳霜。蔣氏行好禮數，和長房老太太說了幾句話，就和琳怡一起去了琳霜房裡。

鄭七小姐拉著琳霜的手正咒罵那些行凶的人，周琅嬛也陪著在一旁笑。琳怡和蔣氏進門，鄭七小姐眼睛立即一亮，幾個人互相見禮然後坐下，丫鬟奉上新沏的茶，大家開始打量起蔣氏來。

周琅嬛見蔣氏眉眼開闊，言語直率，再說上幾句話，從前心裡對蔣氏的偏見也去了大半。

蔣氏第一次來廣平侯府不好多坐，喝了盞茶就離開。

蔣氏一走，鄭七小姐更沒了拘束，小丫鬟上了茶點，鄭七小姐勸著琳霜吃了些，琳霜吃過東西，說起這幾日的事。「多虧了衡二爺照應那邊。」

陳臨衡連書院也沒有去，就是來回接送張風子，倒也辦得妥妥當當，長房老太太不住誇獎陳臨衡。「長大了，性子更加沈穩了。」

陳允遠雖仍舊板著臉督促陳臨衡要上進，心裡也十分高興，跟小蕭氏誇了一陣陳臨衡。

說到陳臨衡的事，鄭七小姐想起前幾日家中傳言要和廣平侯府聯姻的事來，不由得臉上有些不自在。祖父致仕了，母親上下活動給父親在鴻臚寺謀了個職位，然後就將所有精力放在她和哥哥的婚事上。

往來說親的人也不是沒有，母親不是嫌棄家境就是覺得前程不盡如人意，反過來在選媳婦上，也想要個貴女下嫁，就算不是達官顯貴家的長女，也要是官宦世家中的閨秀。她和哥哥每日聽母親抱怨都耳朵長繭，祖母只好將手中不少家事交給母親打理，這樣一來倒占用了母親不少的時間，她和哥哥這才能鬆口氣。

琳霜和周琅嬛在屋裡坐著，琳怡找了藉口去做點心，鄭七小姐跟了出去，兩個人坐在一處說悄悄話。

鄭七小姐道：「我母親不知道聽了二太太田氏什麼話，整日裡就迷著那些泥胎，還拉著我去跪拜。我都說田氏是裝神弄鬼，我母親聽了卻不高興，將我罵了一通，這次要不是祖母幫著我說話，我還不能來呢。」

琳怡能想到惠和郡主心裡的結。不管他們是為什麼不想和鄭家聯姻，畢竟讓惠和郡主臉面上不好看，好在鄭老夫人心明眼亮。

鄭七小姐接著道：「我祖父致仕了，家裡也準備分家，祖母年紀大了不準備再管著內宅，想讓母親全都接手過去。」

鄭家要分家了？琳怡有些意外。「那二老爺一家要搬出去了？」

鄭七小姐頷首。「聽說祖父要給二叔謀個外放的小官。」

全都聚在京裡，一榮俱榮一損俱損，不如外放出去或許還能多一條路。鄭閣老雖然致仕了，卻將一切安排妥當，鄭家表面上看已經不可避免地走下坡路，可是從某些事上來看，鄭家依舊不容小覷，說不定鄭閣老一直不致仕就是為了二王爺。

老驥伏櫪，志在千里。

琳怡和鄭七小姐說著話，橘紅上前幾步道：「二房那邊來人了。」

提起陳家二房，鄭七小姐不自覺地撇嘴。「想是那位菩薩來賣慈悲，關鍵時刻怎麼不見她？」

二老太太董氏一家最近安靜得很，就是躲著看熱鬧。董家也是在等適當的時機，選擇個穩妥的陣營。

說完這些，鄭七小姐低聲問琳怡。「妳和琅嬛……」

還是被鄭七小姐看出來，鄭七小姐為人秉直並不代表不夠聰明。琳怡搖搖頭。

鄭七小姐拉起琳怡的手。「無論什麼時候，我都站在妳這邊。」

陳二老太太董氏帶了一大家子過來問候，琳霜因身子不適要休息，繁雜的禮儀就交給了葛太太，葛太太也樂於幫媳婦、兒子承擔。

小蕭氏進屋抱了會兒女兒，忙去廚房裡準備宴席，還好有琳怡幫忙，很快就將飯菜準備妥當。

等到陳允遠下衙回府，不到一盞茶工夫，林正青和琳芳也來了。

這樣一來，中秋節前開的小宴也太熱鬧了。

時辰不早了，鄭七小姐和周琅嬛不便留下宴席，琳怡將兩個人送上馬車，剛走回月亮門，聽到壽山石後一陣腳步聲。

琳怡皺起眉頭，橘紅剛要開口問，那人就走了出來。

林正青穿著淺藍色繭綢袍子，看起來神采奕奕。

橘紅上前行了禮，琳怡神情頗為冷淡，挪開了幾步讓開路。「姊夫怎麼在這裡，四姊人呢？」

林正青彷彿並不在意，晶亮亮的眼睛看著琳怡。「親家老爺和族裡的兄弟一起去前院花廳宴席。」

府裡女眷太多，陳允遠讓小蕭氏另開了一席在前院。

不過是客套著說句話，琳怡正準備往前走。

「誰會死在同一件事上兩次？」林正青一聲輕笑。「該不會妳也不記得全部……」

看到那奇怪的笑容，琳怡皺起眉頭。

林正青反而笑容更甚。「看來，是不記得了。」

林正青就像一條隨時會跳出來咬她一口的毒蛇，他的眼神似刀鋒般，目光卻溫和儒雅，從前若說林正青故意喊她的小名是試探，這次則彷彿是無所不知。琳怡微微皺起眉頭。

再往後的話，林正青不肯說，只是向琳怡神秘地笑著。早晚有一天她會知道所有的一切，她會後悔，會為自己的選擇難過，她會發現原來她逃走是錯的，她如今才是真正地掉進火坑裡。某一天她一定會求他，將她從火坑裡救出來，那時候他們再好好算算，她到底欠了他什麼，他是會連本帶利地要回來。

事情鬧到現在的地步，他不能著急，也急不來，只能慢慢地一點點計劃。從前在腦海裡零碎的片段，終於合在一起，雖然不能知曉全部，但是足以窺探其中的秘密，再也不用被人當作傻瓜。林正青笑。到時候他會對她說一句話，顯然現在還不是時候。

只是一瞬間，琳怡立即想起夢中二王爺和皇后娘娘謀反的事。前世她是因此而死，這世她卻又站在皇后這邊。

林正青說的，誰會在同一件事上死兩次，就是這個意思。

琳怡不出聲，帶著橘紅走過長廊，林正青也走出了二門。

小蕭氏來迎琳怡。「宴席擺好了，做了妳愛吃的醋魚，在家多吃些，明天中秋節回宗室營，又累又吃不好。」

琳怡聽得這話，心中的不快消散了許多。就像蔣氏說的，回到娘家又吃又拿，在婆家小心翼翼地侍奉長輩還怕出差錯，宗室婦更是如此。宗室婦回娘家的次數比尋常媳婦都要多些，也不知道這話到底有沒有依據。

廣平侯府因葛慶生的事沒有準備花燈，琳怡讓人從康郡王府送了些過來，小蕭氏趁熱就給掛上了，火紅的燈繐在月光下好不漂亮，長房老太太一時高興，吩咐下人先點上，二老太太董氏看著琳怡。「嫁了人的閨女明日不能回來熱鬧，今兒權當是在娘家辦了中秋宴。」

大家說笑間，小蕭氏搬來了桂花釀，葛太太酒量不好，卻抵不過心中高興多飲了兩杯，琳霜懷著身孕不好吃這個，卻愛吃廚房裡做的甜食。

小蕭氏在一旁笑道：「愛吃甜食好，在蜜裡長大，將來這孩子定是有福氣。」

琳霜抿著嘴笑了。

葛太太道：「這孩子是有福氣，要不是有這麼多人幫著照應，我們葛家早就……哪有這孩子呢……」

小蕭氏臉上一緊，忙扯開話題。「都怪我，大好的日子又提起這個。」

葛太太用帕子擦擦眼角。「我這是高興的，廣平侯夫人別放在心上。」

葛慶生的傷穩當了，琳霜臉上也重新有了些血色。琳怡想到幾天前，琳霜還要將肚子裡的孩子託給她，不過是幾天時間，一切就都不一樣了，如果沒有周十九幫忙，葛慶生沒了，琳霜的孩子就算平安生下來，以後的日子會怎麼樣？

年紀輕輕就做個寡婦，葛家人就算心胸再開闊，只要想到兒子的死就會追本溯源想到是因陳家而起……葛慶生能活著，是葛家和陳家兩家的福氣。

琳芳抿著嘴，不知道在想什麼。她穿著仍舊十分講究，頭上戴了許多貴重的首飾，只是眼睛多了一層晦暗。上次大家聚在一起，琳芳還心情很好地與林正青攜手在亭子裡說笑。琳芳喜歡有才學有前程的林正青，到頭來卻怎麼也揣摩不透林正青的心思。

琳怡不由得又想起剛才林正青的那些話。二王爺和皇后娘娘果然謀反，皇后黨會如何，不言而喻。若是照這樣想下去，現在又非亂世，以皇后娘娘和二王爺的勢力，想要順利改朝換代根本不可能。

到時候謀反重罪牽連下來，就真的是死路一條。

林正青娶琳芳，琳芳和五王妃交好，這樣一來，林家可藉著琳芳的關係站在五王爺那邊。

這樣思量，一切都清晰起來。二王爺謀反，三王爺愚鈍且性子懦弱，最有可能登上儲君之位的就是五王爺。

上天真是很奇怪，明明給了她重生的機會，卻沒讓她記得前世發生的所有事。林正青明明半點不知曉前世，現在卻硬讓他想出了端倪。

琳怡耳邊傳來長房老太太的笑聲，她轉頭看過去，一臉幸福的小蕭氏將八妹妹送到長房老太太懷裡，葛太太湊過去瞧，還拿出一只金鎖塞給八妹妹，八妹妹肉肉的小手將金鎖握住，細嫩的胳膊不停地晃動，引得人家都笑起來。

長房老太太道：「長大了和妳母親一樣漂亮。」

小蕭氏臉色飛紅，不好意思起來。

琳怡拿起熱茶來喝。

就算她之前知曉了所有事，也未必能有比今天更好的結果。與五王爺和五王妃交往就像與虎謀皮，二老太太董氏一家早就看準了五王爺，他們如今貼上去能有什麼好處？如果說避開這些，只有不讓父親復爵，她也不是沒想過法子，最後還是被周十九算計。

上天給她的機會已經夠多了，現在就看她怎麼爭取，即使前世的事不可避免地又再發生，也不一定會是同一個結果。

第二百四十六章

宴席很快就結束了，小蕭氏安排了一車的東西給琳怡帶回去，有不少是為中秋節準備的糕點。小蕭氏悄聲道：「從宗室營回來，萬一沒吃飽也好讓廚娘熱熱。」

陳允遠不忘將家裡的好酒都給女婿拿去。

琳怡笑著道：「酒就別拿了，等家裡有客人的時候拿出來喝，郡王爺在家裡很少飲酒的。」

周十九酒量好，但只限於應酬。

小蕭氏笑著仍舊指揮丫鬟搬上車。「別的酒也就算了，妳父親好不容易得的好酒，誰也捨不得給，剛才還囑咐我一定要給妳拿去。」

琳怡只好收下。周十九要很晚才能巡視回來，讓人燙壺酒也能暖暖身子。

琳怡回到康郡王府，等到戌時初，周十九才進門。

琳怡到套間裡給他換衣服。「郡王爺吃過飯沒有？」

周十九微微一笑。「本來有酒席，想想還是早些回來。」

琳怡忙吩咐橘紅讓廚娘將廣平侯府帶來的小菜和糕點熱一熱，再下一碗陽春麵。

周十九道：「廣平侯府那邊熱鬧嗎？」

自從上次二老太太董氏帶一家老小造訪了廣平侯府，「熱鬧」兩個字就有了一語雙關的意思。他這時候提起來，琳怡覺得很好笑。「熱鬧，祖母很高興，還抱了一會兒八妹妹。」

一會兒工夫，飯菜都端上了小桌，琳怡親手將筷子遞給周十九，橘紅端來了燙好的酒。

「晚上冷，喝杯酒好祛寒。父親朋友送來的好酒，特意讓我帶給郡王爺。」

想起來給他溫酒，可見琳怡心情很好。

周十九眼睛清亮，悠然一笑。「酒很好，只是我一個人喝多沒趣，元元和我一起吧！」

不過是給他燙了酒，也將自己賠了進去。

酒好不好琳怡吃不出來，只是覺得有些烈，乾脆拿梅子泡進去，才喝了兩杯。熱酒喝下去，真的就覺得通身暖和。

不過一下子就半醉了，周十九卻當作品茶一般，怎麼喝也不見異樣。

躺在床鋪上，琳怡的臉頰還一片紅潤，周十九躺下，將她抱在懷裡。

溫暖的氣息撲面而來，混著帳子裡的花香。

他伸出手，慢慢地順著琳怡衣襟探進去，細長的手指輕輕地撥弄著，有些癢有些熱，琳怡笑著躲閃，周十九支起身子，一吻落在她嘴邊。

不知道是不是因為酒的緣故，讓她覺得暈暈沈沈，心跳彷彿要躍出胸口，呼吸又快又沈。

周十九沿著脖頸慢慢親吻下來，她不耐地輕揚著頭，他覆在她身上，在絲緞上慢慢地碾磨。琳怡下意識地伸出手去，落在周十九的肩膀。他肩膀寬闊飽滿，皮膚光滑堅硬，和她的纖細、柔軟大不相同。

他半抱著琳怡，手放在她的腰肢上，緩緩沈下身子。帳子裡的香氣越發地濃，比剛剛的酒氣還來得烈些，直衝向她的額頭，讓她覺得灼熱，又有一種讓人柔軟的酥麻，讓她慢慢適應了他的動作，她的腿下意識地環住他的腰。

好半天，周十九低低地喊了聲。「元元，」他沈下頭，低低地在她耳邊問：「妳知道為什麼嫦娥會來人間？」

琳怡睜開眼睛，看到周十九嘴角翹起來，很淺，但是十分溫暖的笑容。

不知道什麼時候，他手裡多了一根玉簪，緩緩地插入琳怡髮間。「願作鴛鴦不羨仙。」

琳怡臉頰微紅。

他笑道：「瞧瞧我們能不能引來嫦娥。」

小時候對各種節日癡迷，不光是因會有好吃的和新衣服穿，最重要的是有小孩子玩的東西和傳說故事。所以小孩子才會拉著大人問，是不是真的有嫦娥，嫦娥什麼時候會下凡，要不然大家怎麼會點花燈，怎麼會供兔兒爺？如果問的人不同，就會有不同的答案。長輩們說笑著，眼睛裡是一種神秘莫測的神情，那時常常覺得那種神秘是不能讓小孩子知曉的，說不定嫦娥不喜歡見到小孩子，所以大人才遮遮掩掩。

長大了之後，才發現那種神秘就是根本沒有嫦娥。所以大人的世界慢慢枯燥乏味，真正喜歡節日的是小孩子。

琳怡胡思亂想著，回過神來發現周十九拿了枕頭墊在她身下。也許是因她剛剛一瞬間的失神，他進入得更深起來，飽脹痠澀的感覺讓她繃緊了修長的腿，這樣一來，整個身體變得更加緊窒。周十九這時停下來，琳怡睜開眼睛，看到了他那雙矇矓的眼睛，如同剛攀上枝頭的桃花，如被風吹過，輕顫著有些喘息，麥色的身體在月光下起伏，連綿如漂亮的山巒，頭垂下來，黑亮的頭髮和她的混在一起。

周十九明明很威武，可是有時候也會讓人覺得十分漂亮，那種難描難述的神情，五官精緻、容顏俊美，華麗而又張揚，如同黑絨用上刺目的紅線，所有一切都到了極致。

他慢下來，她反而覺得越發濡濕，奇怪的聲音響起，如同攪蜜般，她掙扎著推身下的枕頭，他卻小聲勸著，親吻著她的耳珠。

細碎的吻順著肩頭一直到她胸前，輕輕地舔舐讓她弓起身子，眼角含淚，卻又無可奈何。

迷亂中，她想起剛才他唸的詩。不知怎麼的，他抬起頭，重新回到她耳邊，脫口說出來。「比目鴛鴦真可羨，雙去雙來君不見？生僧帳額繡孤鸞，好取門簾帖雙燕。雙燕雙飛繞畫梁，羅帷翠被鬱金香。」

周十九笑道：「元元妳說，羅帷翠被鬱金香，是不是就像我們這般？可見盧都尉，盧升之不只領韻疏拔還豔麗奔放，不懂的人讀詩，懂了的人方能述情。此情此景，外人不足道也。」

才遇到周十九時，只覺得他高雅、閒逸，卻不知他能這般肆縱、瑰麗，也何嘗不是懂了才能述情，外人不足道也。她被他磨得輕軟，就算能放下臉面，也沒有氣力和他對詩。

她潰不成軍，他也不準備鳴金收兵，而是彎腰將她抱起來跨坐在他身上，她在他腿上輕輕一滑，一下子就讓他進入到最深處，她有些發抖，他卻忍不住愉悅地嘆息，如同古琴上彈出清澈悅耳的聲音。

他的身體如烙鐵般熾熱，她送上去，就如同要被融化了一般。他托著她的身子慢慢聳動，讓她的柔軟不停地撞在他堅實的胸口上，他伸出手來托起她胸前的柔軟，低下頭含在嘴裡，像逗引她似地慢慢滑動，在她耐不住時才放開，抬起頭又尋她柔軟的唇。

周十九喜歡親吻，微甜的舌尖彼此交融與身下的律動合而為一，胸口就長出尖銳的刺，想要衝破阻隔，可每次卻又在到達極致時停下。

洞房花燭那晚，周十九好像很快就……從那以後，時間就越來越長，長得她都不知道什麼時候才是終點。

她有些吃力地環上他的脖頸，開口聲音沙啞。「周元澈，快一點好不好……」嘴唇微啟比她平日裡聲音多了些低沈、溫暖、慵懶。

她這樣輕喚，卻讓他在她身體裡微翹了起來。

琳怡一陣瑟縮，耳邊傳來周十九的笑聲。「元元再喊一次我就忍不住了。」

已經被他折騰得無計可施，很快就受了蠱惑，試探著喊了他一聲。「周元澈。」

周十九平靜的眼眸裡似有琉璃在發光，那淺淡的笑容極為安靜，霍然之間卻如同壺中翻滾的水，激蕩著噴發出來，重重地送入她的身體裡。

滾燙的液體沖進去，周十九英俊的臉頰上彷彿生出一顆豔麗的朱砂來，迎著月色熠熠發光。琳怡伸出手拂過去，他輕合眼睛，任她的手指攀上他的臉頰，指尖輕觸，那朱砂如同雪一般化在她手中，原來是一滴汗珠。

琳怡又躺回被褥間，身體終於放鬆下來，說不出地舒服。

第二百四十七章

第二天是中秋節，琳怡想早些起身安排府裡事務，一睜眼睛天卻已經大亮了。橘紅站在門口，顯然是剛敲了門。

要不是橘紅來喊起，她還不知道要睡到什麼時候，過一會兒就要有客人上門。

「怎麼不早些喊我？」琳怡低聲問。

「郡王爺不讓奴婢們吵醒郡王妃。」白芍帶著打水的丫鬟進了門。「府裡管事已經將燈籠換好了，廚房裡也按時做了點心，您前一天已經吩咐好了，奴婢想著大約也沒什麼要緊，就讓嬤嬤們各司其職。」

多虧府裡還有白芍和鞏嬤嬤主事。

琳怡看向整理被褥的婆子，不由得臉頰微紅，想起昨晚周十九的荒唐，最可憐的就是盧都尉，現在只要想起盧升之就覺得怪怪的。

婆子從枕頭底下找到了玉簪，忙遞給橘紅。從來沒見過的新首飾，是郡王爺新送給郡王妃的。橘紅忙將碧玉簪送到琳怡跟前。

昨晚只記得周十九在她頭上簪了簪子，卻沒拿下來仔細瞧。玉簪如冰般純淨、透澈，簪頭上雕的梅花如同綻放時被冰雪凍住，留下了最美的姸態，纖細的簪身上刻著精細的花紋，對著光看才能看清。那些花紋原是刻上的文字，就是昨晚周十九唸的那首〈長安古意〉，那字體和周十九平日書寫的一般無二。

這份禮物是精心準備的，那些字沒有個把月不可能刻得上去。周十九一直沒拿出來，是覺得葛家的事惹她心煩……琳怡將髮簪握在手裡。

鞏二媳婦梳了挑心髻，琳怡選了桃花鑲寶挑心和一套的頂簪、端簪，又將手裡的玉簪遞給鞏二媳婦，鞏二媳婦小心翼翼地給琳怡將髮簪插好。

琳怡從鏡子裡看鞏二媳婦。「莊子上要種草藥，府裡也沒有合適的人，妳回去問問鞏二願不願意過去。」

鞏二媳婦受寵若驚，立即躬身道：「願意、願意，鞏二說了只要郡王妃還肯用他，讓他做餵馬的小廝他都願意。」鞏二給府裡尋了那麼大的麻煩，沒有將他一家逐出府去已經是看在婆婆的面子上，他們卻從來沒奢望還能進府當差。

琳怡看著鞏二媳婦。「莊子上不比府裡，不能經常回家，鞏二從來沒去過莊子，難免要適應一陣，而且莊子上的活兒都粗，妳回去和鞏二商量商量再說。」

「真的不用商量。」鞏二媳婦差點跪下。「郡王妃對奴婢一家這般，奴婢一家再不知恩情連牲畜也不如，鞏二連一死贖罪的心都有，怎麼會不肯吃苦？再說我們都是粗人，那些活兒也累不著。」

鞏嬤嬤一家一直在府內當差，雖然是下人，做的可不是粗使的活兒，是尋常百姓比不得的。翚二媳婦能這樣說，也是下定決心要將功補過，畢竟是翚二私自買賣草藥才讓人有機可乘。

琳怡道：「那就等開春正式讓他過去。」

翚二媳婦千恩萬謝。

琳怡正色道：「可有一樣，既然去了就要好好辦事，等將來立了功還能再回來。」

翚二媳婦連連道：「奴婢知曉，回去一定好好督促翚二。」

翚二媳婦退下去，琳怡喝了口淡茶。這些日子的事終於都告一段落。雖然葛家的案子一時半刻不可能會有結果，好在葛慶生已經平安了，以後也不會有誰敢對葛家下手。整件事都關係著大局，不能急於一時。

琳怡喝過茶，正好門房來報有人送中秋禮過來，琳怡去接禮單和宴請的帖子。中秋節的宴席要在信親王府，再往後就是親友之間大大小小的聚會。到了中午，禮單已經厚厚一摞，和琳怡今天送出去的禮單相比多出了一倍，琳怡讓管事的將禮單整理出來，往來中有漏下的就補一份，不過很多都是小輩孝敬長輩的，周十九還有年過八旬的姪兒。

整理完禮單，琳怡去了周老夫人房裡。

周老夫人舊疾未癒，仍舊覺得疲倦。「信親王府我就不去了，妳代我向長輩問好。」

琳怡答應下來。

周老夫人又問：「府裡可都安排妥當？」

琳怡道：「準備好了，只是怕嬸娘這邊冷清。」這段日子周元景和甄氏鬧得凶，周老夫人耳朵也不會清靜，何況還有一個甄家在後面攪和。

周老夫人就笑。「人老了雖然喜歡聚在一起，終究身子骨不堪勞動。」說著頓了頓。「不過是一晚上，聽聽炮竹看看煙火，一會兒你們就回來了。」

申嬤嬤也在旁邊道：「郡王妃放心吧，還有奴婢們陪著呢。」

琳怡讓丫鬟將果盤多擺上來些，周老夫人房裡也有了些過節的氣氛，這才退了出去。

琳怡一走，申嬤嬤就上前扶了周老夫人到暖閣裡。

周老夫人坐下來喝了口茶。「元景那邊怎麼說？」

申嬤嬤道：「大老爺沒說什麼，只是說借券的事誤了他的前程。」借券誤了前程。說得好聽，是覺得甄氏丟了他的臉面。

「奴婢也勸了，現在甄家跟得緊，讓大老爺不要再提和離的事，大太太也吃了教訓，整日裡就將自己關在屋子裡，這樣已經夠了，畢竟夫妻一場，不看別人還有大爺呢，若是真的和離了，以後大爺臉面上也難看。」申嬤嬤說著話，小心地看著周老夫人的臉色。

誰也沒承想就鬧成這樣，絕不是小小的借券就引出來的。

周老夫人眼睛不抬。「元景怎麼說？」

申嬤嬤低聲道：「大老爺說，甄家現在和宗室鬧翻了，日後在宗室營他哪裡還有立足之地，別說能有好前程，能保住差事都不一定，岳家幫襯不上還拖後腿……他能有今日也不容易。」

周老夫人一掌拍在矮桌上。「是怨我給他尋了這樣一門親事？他不想想以他的名聲能和甄家結親，我花了多少功夫，現在倒拿前程來做由頭。我看他不是為了前程，他是看上了別的親事。」

申嬤嬤眼睛一轉。「您是說……大老爺……難道外面的傳言是真的，是敬郡王妃遠親家的小姐？」

有些事未必就是表面上看的那樣。

周老夫人道：「盯著琳怡那邊，看看是不是她在搗鬼。」最近這一樁樁的事都是琳怡兩口子算計出來的。

申嬤嬤頷首。「自從出了鞏二的事，第二進院子那邊就放出話來，不會簡簡單單地揭過去算了。如今大太太出了紕漏，定然會揪住不放。」郡王妃那邊可不是什麼省油的燈，否則也不能嫁進康郡王府。

申嬤嬤說了會兒話就下去安排諸事。

祖宅那邊，大太太甄氏房裡一片冷清，段嬤嬤進門將送進府裡的禮單給甄氏。「這是二太太讓我帶進來給您看的，禮物都已經登記入冊。」

甄氏看也不看一眼。這些東西就算拿給她又有什麼用，現在是郭氏掌家，她是動不了分毫。再說，她哪裡有心情想這些，說不得哪日這個家就容不下她。

段嬤嬤端了杯熱茶給大太太。「老夫人病了不去宗室營裡熱鬧，二太太讓我問您要不要去康郡王府那邊。」

甄氏臉上浮起譏誚的笑容。「我是一個要被休的人，哪有臉面再出門？」

段嬤嬤看看屋子裡的丫鬟，小丫鬟急忙退下去。

「太太，」段嬤嬤上前勸說。「您別怪奴婢多嘴，人生在世都有個溝溝坎坎，您性子好強，可這一次是咱們有把柄在別人手裡，您就低頭認個錯，我看郡王妃那邊也不一定非要將您置於死地。」

甄氏聽到認錯兩個字，頓時覺得心中一片冰涼。「憑什麼讓我認錯，她讓我已經沒有了臉面，讓整個甄家跟著受牽連，就算我去認錯，她也不會放過我。她就是心腸狠毒的毒婦，我去也是自取其辱。」

「太太，」段嬤嬤小心地給大太太換了手爐。「您要想想大爺啊，萬一您真的走出這個家門，大爺日後要怎麼辦？您要忍一時之氣……風水輪流轉，早晚還有翻身那一日。」

真的還有嗎？她讓人去求老太太幫忙，又低聲下氣地向周元景認錯，卻都沒有用。「周元景是看上了旁人，定要我讓出正室的位置。我已經看透了，這些年，我掏心掏肺為這個家，卻沒有換來他半點真心……」甄氏說著眼淚落下來。「如今我就擔心全哥，我走了，全哥就要、就要……」

段嬤嬤看甄氏淒楚的模樣，也跟著掉眼淚，太太這些年是真的對老爺好。「太太千萬不要這樣想，總會有法子的。」

甄氏覺得眼睛發酸，身上也沒力氣，讓段嬤嬤扶著躺在床上。「是我要嫁進來的，父親、母親覺得宗室好，我覺得周元景長得威武，會哄著我說話。從前祖母說，人生在世，只要撒下種子就能長出東西來。這種子是我自己選的，長出的果子不管是酸甜苦辣，我都該認命。」這些日子，她是真的想通透了。

甄氏剛閉上眼睛，門口的桂圓來道：「二太太來了。」

甄氏皺起眉頭，讓段嬤嬤將她扶起來靠在迎枕上。

郭氏挺著大肚子慢慢走進內室，然後坐在甄氏床邊。

段嬤嬤忙去端了熱茶過來，郭氏喝了一口就放在矮桌上。

甄氏表情懨懨，不想開口說話。郭氏臉上都是關切的神情，伸出手去拉甄氏。「大嫂，妳身子不舒服該讓郎中來把脈才是。」

甄氏搖搖頭。「沒事，歇歇也就好了。」

郭氏拉緊甄氏的手。「大嫂，我有幾句話想和妳說，不知妳願不願意聽？」

郭氏一臉誠懇，段嬤嬤看向面色憔悴的甄氏。

甄氏點點頭，讓段嬤嬤幾個退下去。

郭氏這才道：「大嫂，妳這個樣子也不行。」說著話伸出手去整理甄氏的髮髻。「妳總要想想法子度過難關。」

甄氏面如死灰。「我何嘗不想，只是現在已經無路可走。」

「也不一定。」郭氏道：「只要想法子緩一緩，我有個法子不知道大嫂願不願意試試。」

甄氏抬起眼睛看郭氏。「什麼法子？」

郭氏道：「您不如就在屋裡立個佛堂，專心抄寫佛經，不管之前是不是有錯，只要擺出要改變的姿態，修身養性，不管是對家裡人，還是對外面的人都算有個交代……大嫂對大伯也是這樣說，讓大伯看在夫妻的情分上，就算為了大爺，也要給大嫂一個機會。還有就是康郡王府那邊，大嫂不願意出面，我就過去說，向琳怡認個錯。」

甄氏聽到這些，臉上有些掛不住。自從嫁過來，她從來沒這樣服過軟，只要認錯就等於在這個家丟了地位，往後再也別想管家。

「等到事情緩和下來，家裡還是要交給大嫂來管。」郭氏輕聲道。「我也要生產了，將來還要養孩子，哪裡有管家的精力？」

這話說到甄氏心裡，甄氏略帶驚訝地看向郭氏。郭氏竟然心甘情願地將管家大權交出來。

話到這裡，段嬤嬤將全哥領進了屋。全哥看到母親，一陣風似地衝進母親懷裡。甄氏看到全哥大大的眼睛、小小的臉頰，心頓時軟了。

郭氏看著摟抱在一起的母子。「話說得好，留得青山在，不愁沒柴燒。全哥就一個母親，大嫂妳可要想清楚。」

甄氏掉著眼淚，全哥伸出小手來擦。「母親，母親妳別哭。」可發現眼淚怎麼也擦不完，全哥就跟著哭起來。

甄氏手忙腳亂地哄全哥。「乖，不哭啊，母親沒事，母親一會兒還要做好吃的點心給全哥。」

段嬤嬤看出了希望，感激地看向郭氏。

郭氏輕輕頷首。如今甄氏唯一的希望就是全哥，為了全哥，甄氏怎麼也能挺過來。

第二百四十八章

中秋節，大家互相送節敬，就是各種各樣的小月餅，送到信親王府的節敬尤其多，很快就擺滿了院子裡的圓桌，宗室長輩們看著歡喜，這說明宗室人丁興旺。

蔣氏笑道：「節氣一過，家裡的節敬吃到年底時還有呢，還不如等到放賑的時候也拿出去。」

話說得是，不過長輩都覺得中秋節的節敬不能拿出家門，否則不吉利，充其量是分給家裡的下人，開始幾天大家還挺高興，但是後來……琳怡能想到結果。「在福寧也是一樣，大家互相走動，家裡做多少節敬就會收回多少。我父親就常和母親說，就不能少做些節敬嗎？免得過了年家裡還有儲存的月餅。」

琳怡和蔣氏說說笑笑地往府裡走，蔣氏心情似是很好，趁著大家彼此說話，蔣氏也和琳怡坐下來。

中秋節大家都休息，連早朝也免了，只是周十九卻忙著巡視宮門和京中，很晚才能過來。

蔣氏和琳怡喝了些茶。「聽說周老夫人也病了？」

琳怡頷首。

蔣氏笑道：「那還真不巧。」

周老夫人這樣做無非是不想擔責任罷了，大太太鬧成今天的模樣，裡面何嘗沒有周老夫人教唆。

周元景倒顯得十分無辜，將一切過失都推到甄氏頭上，中秋節大大方方地來宗室營飲酒。

女眷們吃了些酒，又聚在一起看了戲，準備各自回去，小孩子們卻聚在一起鬧個不停，哪個也不想走，還是信親王妃開口求情，讓小孩子們多玩一會兒。

門口馬車準備好了，犟嬤嬤來道：「郡王爺來了。」

蔣氏先將琳怡送到垂花門。

琳怡坐在馬車來，外面傳來一陣馬蹄聲響，然後是周十九的聲音。「走吧！」

馬車開始前行，車子的聲響和馬蹄聲交雜在一起，琳怡握住手爐，忽然覺得十分安寧。

外面不時地傳來爆竹聲響。

內務府送來的爆竹還沒放呢，要等到他們到家中吃了月餅。外面的宴席是應酬，家中的小宴才是團聚。

馬車停下來，橘紅掀開簾子，琳怡走下來看到周十九。

周十九穿著天青色的錦袍，外面罩了紫貂鶴衣，頭上戴著紫玉冠，在月光下如同鍍了一層尊貴的銀色，腰間繫著黃玉蛟首帶，看起來高大英武，細長的眼睛上揚嘴角含著笑意，目光清澈，卻讓人看不透。

她從來沒想過會嫁給周十九這樣的人。父親雖然是勳貴子弟，卻從小循規蹈矩，在福寧家中也辦過不少的宴席，宴席上，大家偶爾談論京中權貴子弟的傳聞，她當時覺得那些人都離她很遠。周十九就是那樣的人，被人談論、讓人覺得好奇，卻難以接近。

要是沒有經過前世種種，她也學著在算計中自保，不會嫁給周十九。轉眼之間，她的生活天翻地覆。

周十九伸手將琳怡抱下車。

兩個人走進垂花門，琳怡吩咐管事嬤嬤。「放爆竹吧。」

管事嬤嬤笑著忙去張羅。

府裡已經掛好了花燈，各式各樣的燈在夜裡點起來極為漂亮，琳怡邊走邊抬起頭來看，兩邊的夾竹桃上都綁了鮮豔的絲帶，橘紅想出法子，在廊上、屋裡的絲帶上撒了香粉，被風一吹，淡淡的香氣傳過來。

主屋伺候的丫鬟都站在門外，白芍帶著橘紅、玲瓏，鞏嬤嬤帶著胡桃、墜兒，站了兩排給周十九和琳怡行禮，琳怡笑著給大家發了賞錢和月餅。

鞏嬤嬤讓不當班的下人去歇著，橘紅帶著小丫鬟將飯菜擺上。

琳怡服侍周十九換好衣服出來，鞏嬤嬤笑著迎上來道：「廣平侯府那邊來人說，葛家大爺能讓人扶著走兩步了。」

琳霜一定很高興，中秋節葛家也算是團圓了。

吃飯的時候，琳怡將葛慶生的事告訴周十九。

「琳霜說等孩子生下來認我做乾娘。」要是葛慶生真的醒不過來，以琳霜的倔脾氣，說不得真的將孩子託付給她，到時候她和葛家都要作難。

周十九微微一笑。「這孩子定會喜歡妳。」

琳怡道：「也不一定，小孩子的事誰說得準。」說著笑起來。「不過，誰對他好，他自然會喜歡誰。」

自家廚房做的飯菜很對胃口，琳怡陪著周十九吃了一小碗飯，兩個人又穿上氅衣去看燈，白芍和橘紅要跟著，周十九從橘紅手裡接過兔兒燈。「只是在院子裡轉轉，不用妳們伺候了。」

白芍和橘紅互相看看低頭應了。

琳怡和周十九走出月亮門去了旁邊的小園子。園子裡各色花燈爛灼，走到園子當中還有燒起的香爐，煙霧繚繞，十分有意境。

周十九拉起琳怡的手，放下袖子上的紫貂，慢慢在花燈下穿梭，她抬起頭看向周十九，他臉上掛著淡淡的笑容，看起來十分柔和。

一不小心就走了好久，琳怡輕輕地跺了跺腳。

「是不是覺得冷？」周十九低下頭。

她笑道：「反正也要回去了。」話音剛落，只覺得腰上一緊，整個人就被周十九抱起來。

琳怡臉上一紅，忙周圍看看。「讓人看到成什麼樣子？」

「元元若是覺得不好意思，一會兒就說崴了腳。」

大過節的若說崴了腳，整個院子都要不消停。「大家都要過節呢。」

周十九笑道：「那就走到月亮門放下。」

院子裡終究有伺候的丫鬟，他這邊才抱起琳怡，那邊白芍就得了消息忙帶人過來，等琳怡進了屋，連藥酒都準備好了。

琳怡乘機埋怨地看了眼周十九，周十九卻像沒事人一般坐在旁邊看小丫鬟給琳怡洗腳。

婆子拿來藥酒，琳怡道：「沒什麼大不了的，不用揉藥酒了。」

揉藥酒，她哪裡都不疼要怎麼說？

那婆子一時不知該怎麼辦，看看琳怡又看向周十九，周十九慢悠悠地端茶喝。「還是揉開了好。」

琳怡滿面通紅瞪向周十九。這人不知道葫蘆裡賣的是什麼藥，到底有沒有扭傷他還不知道？

看到琳怡嬌嗔的表情，周十九這才放下茶杯起身，從婆子手裡接過藥酒，將婆子遣了下去。「元元不願意讓婆子伺候，我就來幫忙。」

他將藥酒倒在手裡，又抹上琳怡的腳。
琳怡抿起嘴唇，要將腳收回去。
周十九抬起頭來，深不見底的眼睛似笑非笑。「是御醫送來治妳腳冷的藥酒，秋冬用最好，妳先用幾瓶試試。」
原來是這樣，周十九故意來逗她。
琳怡又羞又氣，躲開他的手。「那也不用郡王爺動手，讓人看了還當是妾身驕縱。」
周十九微微一笑，修長的手指一根根慢慢合攏，握住琳怡的腳，指腹按著她的腳背，手掌貼著她的腳心摩挲。「元元怎麼總怕外人知曉，讓旁人說我們鶼鰈情深不是很好嗎？」
周十九握著她的腳一直抹完藥酒才放下。琳怡怕叫來丫鬟反而讓周十九失了顏面，只得順著他的意思，之後忙讓丫鬟打了水服侍周十九梳洗。
琳怡鋪好了被子和周十九躺在床上，腳上抹了藥酒，感覺暖暖的很舒暢。周十九側過身將她抱在懷裡。「太后替敬郡王一家說話了，說葛慶生沒有死，懲辦下人也就是了，治敬郡王哥哥一個管束不嚴的罪名。」
早知道敬郡王會拿葛慶生沒死來做藉口。「甄家不是還告了敬郡王哥哥從前也有過買凶之事？」
周十九道：「甄家反口了，說是情急之下說錯了話。」
琳怡看著窗外搖曳的紅燈籠。「是五王爺出面調停。」

周十九低下頭來，氣息溫暖。「皇上本是想要二王爺和信親王一起好好查查宗室的事，也是要告誡宗室子弟好好收斂，免得越來越荒唐。」

琳怡眼睛一亮。「誰知道旨意還沒下去，五王爺和太后娘娘已經將整件事辦好了。」

周十九只是笑著沒有說話。

怪不得他心情很好。看似是葛家吃了虧，其實在大局上，五王爺和太后娘娘這步走得太著急了。

琳怡道：「妾身在信親王府也聽到些皇上這些年厚待宗室的話，這幾年入仕的宗室子弟比成祖、高宗年間要多不少，皇上在秋狩時還讓宗室子弟較騎射，為的就是從宗室營選才。」一言下之意是皇上維護宗室子弟。

五王爺是在揣摩皇上的意思，為的就是博得皇上歡心，這才爭著替君父解憂。能幹固然是好，可萬一做不好就會弄巧成拙。

琳怡正想著，周十九已經解開她的衣帶。

昨天才有過，現在她都覺得大腿痠疼。

琳怡微微躲閃，耳邊傳來他的聲音。「元元，今天過節呢。」

中秋節也能拿來做藉口。看著他眼睛裡光芒閃爍，又覺得不好在過節時拒絕他。

周十九的吻剛落下來，就傳來一陣敲門聲響，接著只聽玲瓏道：「郡王爺、郡王妃，祖宅那邊出事了。」

琳怡就要拿衣服起身，周十九拉住她的手，問橘紅。「有沒有說我們已經歇下了？」

橘紅道：「說過了。」說著頓了頓。「是鞏嬤嬤來找的，說是大太太身邊的嬤嬤直接找到老夫人那裡，老夫人聽了消息已經起身了。」

看來不是小事，否則不會是鞏嬤嬤來報信。周元景在信親王府喝了酒回家，說不得是藉著酒勁和甄氏鬧開了。

琳怡穿好衣服，又侍候周十九穿了袍子和氅衣，兩個人去了周老夫人房裡。此時此刻，第三進院子一片燈火通明，周十九和琳怡才進門就看到穿好氅衣的周老夫人。

「祖宅出什麼事了？」周十九看向周老夫人。

周老夫人臉色難看。

「你大嫂不小心傷著了，我不放心想過去看看。」

上次周元景差點掐死甄氏，周老夫人也沒有這樣著急。琳怡看向周十九。這麼晚了，周老夫人要出門，他們哪裡能不聞不問，就算裝作不知曉，到時候也會被牽連，這種事不是經歷過一次、半次了。

周十九道：「今天太晚了，我陪著嬸娘過去。」

他話說到這裡，周老夫人不好拒絕。「也行，遇到巡城的兵馬，你在也能說話。」

周十九畢竟是男人，內宅上的事諸多不便，琳怡道：「我也陪著嬸娘過去。」

周老夫人還沒開口，周十九先道：「都走了府裡怎麼辦？妳還是在府裡聽消息，如果有事，明日一早再過去替換我。」

周老夫人不為人知地微抬眉眼。

第二百四十九章

門房準備車馬，琳怡和周十九回到第二進院子換衣服。

她將紫貂的氅衣拿出來給周十九穿好。「郡王爺怎麼不讓我過去？」

周十九道：「沒什麼好事，與其頂著風過去，還不如在房裡睡個好覺。」

他的意思是費累不討好，不小心還會被反咬一口。

琳怡將周十九送出門，回來時，鞏嬤嬤已經打聽出一些消息。「說大太太是不小心傷著了，其實是被大老爺拿椅子打到了頭。」

拿椅子打了頭？就算知曉周元景酒後失德，卻怎麼也想不到會這樣，都說一日夫妻百日恩，周元景這樣薄情和牲畜有什麼分別，先不說甄氏對外人如何，至少對周元景盡心盡力，周元景做出這樣的事來，讓人聽了心裡生寒。

鞏嬤嬤道：「祖宅那邊的嬤嬤都慌得渾身顫抖，說大太太一下子就暈了過去，一會兒工夫就耳鼻出血。」

周元景畢竟是武夫，若是真的用力，甄氏哪裡能受得住？怪不得周老夫人會慌慌張張趕過去。

殺人償命，甄氏真的有事，周元景也逃不掉。

鞏嬤嬤說到這裡，也覺得驚駭。「老夫人簡單問了問，祖宅那邊的嬤嬤已經嚇壞了，說話不清不楚，說大太太本來想好了要在屋裡立個佛堂，日後就在屋裡抄佛經修身養性，只求能在家裡照顧大爺，外面一切都由大老爺作主……」

甄氏為了全哥，在周元景面前放下了臉面。

鞏嬤嬤接著道：「可是大老爺吃過宴席回去，看到屋裡的周姨娘被大太太罰在院子裡跪著，就怒氣沖沖去和大太太吵了一架，兩口子鬧得不歡而散。後來大太太聽說大爺在大老爺跟前吃了虧，就帶著丫鬟找過去，不知怎麼地大老爺動了手，等大家趕過去，大太太躺在地上不省人事，大老爺也傻了眼。」

琳怡看向鞏嬤嬤。「才說要在屋裡修身養性，怎麼馬上又罰起姨娘來了？」

鞏嬤嬤也覺得這裡蹊蹺。

琳怡看了看沙漏。「天亮前祖宅那邊應該會有消息。」甄氏沒事則好，出了事，甄家必然不肯干休。早在周元景要掐死甄氏的時候，周老夫人就該教訓兒子，現在巴巴地趕過去遮掩，說什麼都晚了。

琳怡讓鞏嬤嬤下去歇著，多留幾個婆子值夜。鞏嬤嬤應了一聲。

橘紅進屋要服侍琳怡歇著，她搖了搖手。「還不知道會不會有旁的事，我就在暖炕上歇歇。」

到了丑時，周十九回來換衣服上朝。

琳怡剛好梳洗完，聽到聲音迎了上去。

周十九面色還如尋常，看不出什麼來，她只得問：「怎麼樣？」

周十九換上雪白的軟緞襯袍。「請了郎中過去看，郎中的意思是家裡要有準備。」

雖然已經想到了，聽起來還是讓人皺眉。甄氏縱然壞，也不該這樣死在周元景手裡。琳怡道：「有沒有請御醫？」

周十九微抬眼睛。「請了。這時候連御醫都不請，別說周元景，我們也交代不過去。」

琳怡幫周十九繫好扣子。「嬸娘也是這樣想的，所以才沒攔著郡王爺過去。否則誰能擔得起這個責任？甄家又不是小門小戶，怎麼肯吃這個虧。」

周老夫人現在一定急得像熱鍋上的螞蟻。

屋子裡擺好了飯菜，琳怡陪著周十九過去，親手給周十九添了湯。「一會兒我就過去看看，出了這麼大的事，總不好不露面。等到天亮，甄家大約也要知曉消息。」

周十九點頭。「妳看著辦吧，若是有什麼不對頭的，就讓陳漢去衙門裡找我。」

內宅裡的事複雜多變，誰知道最終會如何發展。

天一亮，琳怡就坐車去了祖宅。

郭氏已經讓管事嬤嬤在門口等著，琳怡一下車，那嬤嬤立即上來行禮。

那嬤嬤眼睛通透，露出幾分精明幹練來。

「大太太怎麼樣了？」琳怡低聲問過去。

那嬤嬤道：「之前還閉著眼睛說話，現在大多時間都暈沈沈的，好不容易餵了些藥下去，忽然就都吐了出來……御醫才又施了針……」

琳怡走到甄氏房裡，濃重的湯藥味立時撲面而來，屋子裡的下人都小心翼翼地站在一旁，屋內的氣氛沈重。郭氏撩開簾子讓琳怡進到內室。

琳怡一眼就看到了躺在床鋪間的甄氏。

人之將死，彷彿所有的恩怨都能放下了似的，尤其是看著平日裡生龍活虎的人，如今呼吸微弱，就算再仇恨，心裡也不會覺得十分快意。大約是心裡知曉甄氏不過被人所用，從來不是她真正要對付的人。

郭氏拿起帕子擦眼角。「能想的法子都想了，京裡有名的郎中也都請來了，現在只能盼著大嫂挨過來。」

郭氏話音剛落，床上的甄氏忽然之間就抖起來，兩邊的嬤嬤忙上去扶住。

周老夫人起身過去看，好半天，甄氏才穩當下來，只是身體挺得如木板一般，嗓子裡更是發出呼嚕呼嚕的響動。甄氏現在的樣子，比葛慶生那時候還凶險。

琳怡看向郭氏。郭氏臉色難看。「已經好幾次了，也不知道為什麼。」

光看甄氏頭上血肉模糊，就知道周元景用了多大的力氣。

周老夫人走過去握住甄氏的手，聲音比往日更多了慈祥。「好孩子，妳可要挺過來，將來全哥還要靠妳，我還指望妳養老，妳可不能有事。」

甄氏也不知是不是聽到了周老夫人的聲音，開始張牙舞爪地亂抓一氣。嬤嬤們又忙著上前安撫甄氏。

屋子裡正亂成一鍋粥，外面傳來小孩子哭鬧的聲音。「讓我見母親！我要見母親！」

郭氏聽著是全哥就出了門。

全哥推開乳母，就衝著郭氏撲過來，郭氏身邊的嬤嬤生怕全哥碰到郭氏的肚子，嚇了一跳，忙上前拉郭氏，這樣一來就被全哥闖進了屋。

小小的一團影子眼見就要到甄氏床前。甄氏病情發作，正是一副猙獰的模樣。

琳怡走上前擋在甄氏和全哥中間，全哥收勢不住，一下子撞進琳怡懷裡。全哥被人阻攔哪肯干休，頓時又哭鬧起來。

琳怡蹲下身，忍著全哥抓打的疼痛，將全哥抱出內室。

全哥張著嘴，不知所措地哭喊，小小的身體竭力扭著。「讓我進去……我要母親……我要母親……」

郭氏正好趕到，也陪著全哥哭。「全哥、全哥……聽二嬸說，等你母親病好些了就讓你進屋，好孩子，二嬸保證。」伸出手不停地摸全哥的頭。

全哥就像找到了救星，伸出小手抱住了郭氏。

郭氏安撫好全哥，去看琳怡。「郡王妃，怎麼樣？有沒有傷到妳？」

全哥聽到這句話，像是想起了什麼，轉過頭就看琳怡，身體一面往郭氏懷裡縮一面向琳怡道：「郡王妃……妳救救我母親吧……妳不是能讓人死而復活，求求妳……救救我我母親吧！」

能讓人死而復活。這樣的話不可能出自一個六、七歲孩子之口，一定是有人教的。

郭氏睜大眼睛一陣詫異，轉頭去看全哥的乳母。

乳母忙擺手，張大嘴巴要辯解。

全哥伸出手來，用了身上所有的力氣去搖琳怡。「郡王妃，求求妳……求求妳了……」稚嫩的聲音讓人聽起來格外心酸，全哥不會說別的，只是一味地央求琳怡。大家忙著安撫全哥，也想起葛慶生的事。

葛慶生是被人刺了一刀還能活下來，不知道是找了什麼郎中救治的。大家臉上不動聲色，心中卻都在思量。

琳怡看向郭氏，郭氏彷彿顧不得別的，只是將全哥抱在懷裡勸著。

內室裡不時地有甄氏掙扎的聲音傳來，全哥睜著大大的眼睛，有些茫然有些慌張。這麼小的孩子還不太懂得死是什麼意思，只是知道他母親和平日裡不一樣。

琳怡走到全哥身邊，放輕聲音。「全哥，等一會兒你母親好些了就讓你過去。」

聽到會讓自己去看母親的話，全哥睜大眼睛，硬是止住哭泣，然後不肯相信地看向身後的奶娘，又去向郭氏求助。

郭氏點頭。「全哥聽話。」

小孩子不懂得耍心思，特別是在這個時候，只會依靠自己信任的人，顯然全哥很相信郭氏。

屋子裡一時安靜下來，正好門口的嬤嬤進來道：「郡王爺請了太醫院裡在軍中謀過職的御醫。」

周老夫人一迭連聲請御醫來看。

那嬤嬤欲言又止，低聲在老夫人耳邊說著什麼。

老夫人皺起眉頭。「妳只管將人請進門，剩下的我來說。」

就算不說明白，琳怡也猜得出，這時候不肯讓御醫來診治甄氏的定是周元景。周元景將甄氏打成這樣，自然希望越少人知道越好，尤其是御醫，將來要將脈案報去太醫院，萬一御醫看出些什麼，周家再怎麼樣也是徒勞。

周老夫人這樣毫不猶豫地讓御醫進門，是因甄氏的情況已經是藥石難醫。周家現在積極地醫治，一來面對甄家也有話可說，二來鬧到公堂上，周元景也是並非有意為之。

御醫來看脈，琳怡和郭氏跟著一起進了內室。

丫鬟正要放下帳幔，周老夫人伸手阻止。「還是讓御醫看看才好用藥。」

那御醫躬身看了一眼床上的甄氏，稍稍看了看脈就起身，要了前面郎中開的藥方，問了問這些藥吃了之後可見消減。

周老夫人道：「吃了又吐了，不見有什麼效用。」

那御醫只好據實道：「實非能治之症，老夫人、郡王妃心裡要有準備。」

郭氏顫聲道：「就沒有別的法子了？」

御醫搖了搖頭。周老夫人的眼淚頓時一連串落下來。

御醫退了出去，周老夫人坐在錦杌上和甄氏說話。「全哥才這麼大，妳怎麼就忍心……」甄氏身邊的丫鬟也跟著都掉了眼淚。

周老夫人正哭著，一個丫鬟慌慌張張進門稟報。「周姨娘上吊了。」

郭氏嚇了一跳，半晌說不出話來。

周老夫人皺起眉頭。「人死沒有？」

丫鬟道：「周姨娘說是出去走走，伺候的下人也沒在意，等發現的時候吊在空屋子的房樑上……已經死了。」

周老夫人聽了問申嬤嬤。「哪個周姨娘？」

申嬤嬤不知曉就去看郭氏。

郭氏道：「就是外面送給大哥的彩雲，因是自小被牙婆子買賣的，沒有姓氏，大哥就……就……」

沒有姓氏，周元景就給周姓。不過是個妾室，也能冠上夫家的姓。周姨娘固然手段高明，周元景也實在夠荒唐。

周老夫人臉色鐵青。「這樣的禍害死就死了，叫什麼周姨娘，日後就叫彩雲。」

家中出了這樣的事，彩雲必然活不成，周老夫人昨晚趕過來就是怕周元景處置不好。彩雲一死，許多事就能推在彩雲身上。

剛說完周姨娘，外面又道：「甄大老爺、甄大太太、二太太來了。」

甄家人到了。

第二百五十章

周老夫人忙讓申嬤嬤扶著迎了出去。

甄大太太、二太太見面就哭起來。「好端端的人，怎麼轉眼間就成這個樣子？」甄大太太說著上前去喊甄氏。

甄氏哪裡還能聽得到，躺在那裡，氣息漸微弱。

甄二太太撲過去哭個不停，大家說話間，甄氏又渾身顫抖發作一次，嚇得甄家兩位太太蒼白著臉，面面相覷。

甄大太太半天才緩過神，看向周老夫人。「親家老夫人，您說這是怎麼回事，我家姑奶奶到底怎麼了？前些日子姑爺說和離，我們好話說盡，現在姑奶奶卻成了這個模樣……可還有我家老太太的活路？」

周老夫人也忍不住悲傷，眼淚又再落下來。「本來都好好的，怎麼就降這麼大的禍事下來，看著這孩子受苦，我恨不得就替了。」

周老夫人這話說得彷彿和周元景無關，只是意外。

甄大太太看著甄氏頭上一片血肉模糊，咬了咬牙。「姑爺怎麼能下得去手？我家姑奶奶到底犯了什麼錯，就算是一無是處，好歹給周家留下了血脈……」

「不是我替元景說話，」周老夫人垂淚。「這個時候了，我哪裡還敢遮掩？昨晚元景也醉得不知人事，我來的時候他猶自說胡話，並不知道打了媳婦。我讓人潑了冷水，他這才清醒了些。千錯萬錯都是元景的錯，若是打死他媳婦能沒事，我昨晚就動了手……」說到最後滿臉羞愧。「我也是對不起親家。」

甄家也知曉周家不可能承認周元景故意要殺妻，甄大太太用帕子掩面。「也不是一次、兩次了，上回我家姑奶奶說，姑爺就差點將她掐死，沒想到這一次……早知道我們家就答應和離……姑奶奶也不至於會死。」

甄家連這樣的話都說出來，就是不肯放過周家。放眼整個宗室營，寵妾滅妻的也只有周元景一人。

甄大太太話說到這裡，就聽外面一陣騷亂，唐嬤嬤匆忙進門道：「順天府來人了。」

周老夫人看看甄家人。

甄家人的表情複雜難辨，甄大太太隱約面目舒展些，因此微微掩蓋住了臉上的憤怒。

周老夫人道：「是什麼事？」

唐嬤嬤低聲道：「只是來了個官爺，正和大老爺說話。」

顯而易見，順天府是聽到了風聲來找周元景詢問。

會是誰將消息放了出去？

唐嬤嬤瞧瞧看屋子裡的人，甄家才知道消息，郡王妃卻是昨晚就知曉，郡王爺今天上衙完全來得及安排。

申嬤嬤緊盯著大太太甄氏看，生怕甄氏微弱的呼吸這一刻就停住。正是順天府上門的時候，這時候甄氏沒了，那不是正好堵了正著？

甄氏靜靜地躺著，蒼白的臉孔讓申嬤嬤想起甄氏平日裡說笑的模樣，心裡不由得一陣酸澀。

甄氏的呼吸越來越弱，眼見一滴眼淚滑下來。

床邊的申嬤嬤和甄二太太都嚇了一跳。甄氏流了血淚。

這是七竅流血，甄二太太哭出聲。「姑奶奶、姑奶奶，妳可不能嚇我，妳睜開眼睛看看！」

甄大太太也走到甄氏身邊哭起來，那邊一連串地叫郎中。

郎中進門瞧了瞧，不停地搖頭。

周老夫人吩咐申嬤嬤將續命丹拿來給甄氏用上，甄氏牙關緊咬，丫鬟、婆子怎麼也撬不開，好不容易灌進去一點，卻和著血水流出來。

甄大太太身邊的嬤嬤提醒。「要不要讓人回府和老太太說一聲，姑奶奶這個樣子……」

甄大太太哭得哽咽難言，只是點頭，那嬤嬤忙讓人去甄府稟告。

周老夫人徹底被晾在一邊，郭氏忙上前幫忙，甄大太太客氣地拒絕。「這裡有我們，二太太肚子裡也是一條人命，萬一有了閃失，可要如何交代。」

話音剛落，外面又有消息，甄大老爺和周元景動了手，好不容易被家人拉開了。甄家這是徹底要和周家撕破臉皮。

甄大太太、二太太正商量要不要讓全哥進來看母親，床上的甄氏忽然睜開了眼睛，大家嚇了一跳，又忙圍上前去。

甄氏漆黑的眼睛直勾勾地盯著帳幔，張開嘴大喊：「母親……母親……疼啊……我疼……」說著話，大口大口吐起血來。

甄大太太正慌張，琳怡從丫鬟手裡拿過軟巾子遞過去，甄大太太這才哆嗦著手去給甄氏擦血。

甄氏吐了幾口血，彷彿氣息通暢了些，血紅的嘴唇嗡動著。「周……元景……你好狠……周元景……周元景……」眼睛越瞪越大，突然之間，整個身體都沈了下去，腳開始在床鋪上踹著、踹著，最後一動不動，口鼻頓時又湧出些血水來。

中嬤嬤顫抖著手去試探甄氏的氣息。不知是不是因為緊張，半天也試探不出來。

甄二太太看不到甄氏胸口起伏，轉頭看甄大太太。「姑奶奶……姑奶奶……要不行了，這可怎麼辦？」

誰也不敢提換裝殮衣服上板子的事。

甄氏直挺挺地躺在床上，滿臉都是血跡。

周老夫人流著眼淚吩咐下人。「還愣著做什麼？快打水給大太太清洗。」

甄大太太也回過神，將屋子裡看了一圈。「我家姑奶奶身邊的丫鬟都哪裡去了？青柳、金翠呢？」

甄二太太拉住嫂子。「嫂子忘了，青柳和翠兒已經嫁出去了，如今是桂圓和芝蘭。」說著話，甄氏床前的芝蘭出來道：「奴婢在這裡。」

甄大太太這才看到。當著周家人的面，甄大太太不好相問，只吩咐芝蘭。「我家姑奶奶平素的衣裳呢？快拿來一件穿了，總不能就這樣見人。」

芝蘭忙要下去拿衣服，人還沒走幾步，只聽外面有婆子議論。「桂圓姑娘撞牆了，看來是要殉主。」

另一個道：「大太太也沒白疼她，大太太本來還要給桂圓和芝蘭兩個準備嫁妝，明年就將兩個姑娘嫁出去，誰知道偏出了這檔子事。」

芝蘭就想起大太太對她和桂圓的好處，眼淚就掉下來，等到去了套間打開箱籠，看著大太太平素裡穿的衣服，想起大太太讓她收拾箱籠時說的話，彷彿就是剛才的事。芝蘭茫然地抬起頭，看到小丫鬟、婆子都擠在門口向屋內張望。

炕桌上還擺著幾串佛珠，她鼻子一酸，再想想死了的周姨娘和撞牆的桂圓。桂圓會不會是不聽申嬤嬤的話，所以和周姨娘一樣……芝蘭這樣想著，身上頓時生出寒意。

大太太一死，沒有人再會替她們說話，她們只能任人擺布。

桂圓或許也是真的想死，至少這樣有面目去見大太太，還全了忠僕的名聲，她怎麼就沒想到？現在她照申嬤嬤說的做，將來呢？她真的會有個好下場？

現在沒有人敢上來幫她的忙，就是怕被牽連。跟著大太太去周姨娘屋裡的就是她和桂圓，無論誰想知道昨晚到底是怎麼一回事，都會來問她，她真的要違心去撒謊，真的要大太太不明不白地死了？芝蘭想要逃，卻不知道要逃去哪裡。

這麼多人眼巴巴地看著，她卻要做那個忘恩負義的人。

芝蘭抬起頭來。不知道誰將大太太請的觀音擺在了炕桌上，觀音低著頭卻能洞察一切。她是信佛的，每逢初一、十五她都要食素，現在卻要在觀音面前撒謊，將來會不會下了陰司地獄，受無邊苦，嘗身前罪？

芝蘭打了個寒顫，半天也選不出衣服來。那邊等不及了又過來催促，也不知道是誰說了聲。「都什麼時候了，拿一件就行了，姑娘要誤了大太太不成？姑娘服侍了大太太一輩子，可別臨走的時候落下埋怨。」

可別臨走的時候落下埋怨。是啊，她跟著大太太那麼久了，怎麼能在最後關頭落下埋怨？

大太太最後要穿的衣服怎麼能隨便選，大太太到底喜歡哪件衣服，只有她和桂圓知曉。芝蘭打起精神，選了一件藕色金銀花桃紅邊褙子出來，還有襯裙、綜裙、褻衣、褻褲、腰帶，只要能想到都拿來，儘量準備周到。

芝蘭將大太太的衣服拿去內室，屋子裡已經到處都是哭泣的聲音，芝蘭將衣服抱進去，小丫鬟已經收拾完穢物，二太太郭氏迎過來問芝蘭。「東西都收拾好了？妳快過去服侍大太太穿上，這時候可不能亂了。」

芝蘭跟在郭氏後面去給大太太換衣服。

甄大太太終於拿定主意上前阻攔。「還是等刑部來驗過之後再動姑奶奶。」

聽到刑部兩個字，再想想早晚要進衙門說話，芝蘭心裡更悔，還不如不聽申嬤嬤的話，就和桂圓一樣自己尋了死路。

芝蘭想著，腿一軟跪下來，抬起頭看向甄大太太。「周姨娘如今死了，除了奴婢，再沒有人說昨晚的事。昨晚太太本要睡了，老爺回來聽說周姨娘受了罰，就來責備太太，太太辯了兩句，說原是周姨娘不守本分，連手也伸到大爺房裡去了，哪日若是害了大爺也未可知。老爺只說太太疑神疑鬼又提起和離的事，兩個人鬧了不痛快。大老爺說完就去了周姨娘那裡，太太怕周姨娘再用壞心就使人去聽，果然聽到周姨娘哭著告了大爺身邊的奶娘和丫鬟一狀，還說太太許多不是，更將前幾年姨娘小產的事怪在太太頭上，攛掇老爺有這些事，就算休了太太也不為過……」

芝蘭說到這裡，屋子裡的人臉色都有些變了。周老夫人臉色尤其難看，申嬤嬤驚得像見了鬼一般，想要打斷芝蘭的話，卻尋不到機會和理由開口。

芝蘭分明是在說實話。

芝蘭抬起頭，正好看到二太太郭氏手裡的一串佛珠，想起二太太幫忙請來的那尊觀音大士，頓時受了鼓舞，咬了咬嘴唇接著道：「太太一時氣不過要去找周姨娘，奴婢們攔著也沒攔住。太太闖進門，二話不說就去抓了周姨娘打，老爺上前攔著，太太不肯放過周姨娘，更連老爺一起罵了。奴婢們看老爺臉色難看，就要拉太太回去，太太便說老爺心狠，她已經甘願在屋子裡吃齋唸佛，老爺竟然也不肯網開一面，既然不顧多年夫妻情分，不如現在就殺了她，免得再找藉口和離。」

琳怡突然有些明白甄氏為什麼會這樣不管不顧起來。甄氏忍氣吞聲就是為了全哥，如今全哥也朝不保夕，周元景更是為了一個姨娘去責罵正妻。甄氏萬念俱灰，自然會將多日積攢下來的怒氣一下子發放出來。周元景又正好喝了酒，被甄氏這樣一鬧，頭腦發熱就下了重手。這是多少原因正好湊在一起，才鬧成今天這個樣子。這裡面真的沒有任何人推波助瀾？

芝蘭眼睛發紅，已經什麼也顧不得。「大老爺拿起凳子對著太太頭就是一下……」

甄二太太驚訝地用手帕捂住了嘴。

周老夫人眼前發黑，幾乎站立不住。

郭氏一副手足無措的模樣。

芝蘭哭道：「是老爺失手打死了太太，是老爺……真的是老爺……」

甄大太太先回過神來，大哭著。「我可憐的姑奶奶……」說著看向周老夫人。「親家老太太，您怎麼說？我家姑奶奶就這樣沒了……您怎麼說？」

周老夫人擦著眼淚，彷彿一下子蒼老了十幾歲。「不管怎麼樣都是元景不對，親家放心，我們一定將事情查清楚。」

先是道歉，再說會查清楚，周老夫人的意思是不能光相信一個丫鬟所說。

周老夫人說完話，去摸甄氏的手。「手還是熱的，再去請郎中來看。」說著也忍不住哭出聲。

申嬤嬤立在那裡，不知道如何是好。

第二百五十一章

琳怡和郭氏從內室裡出來，前院，周元景和甄大老爺一前一後走進院子。甄大老爺板著臉怒氣沖沖，周元景像拔了牙的獅子，兩眼無光、垂頭喪氣。

甄大老爺徑直去了內室，周元景倒止步在那裡，眼睛裡透出幾分害怕來。周元景這種人別看平日裡囂張跋扈，真正遇見事卻比誰都膽小，要不是藉著酒勁絕不敢打死大太太。現在一切都要聽甄家的意思，誰也不能作主。周元景在屋外正徘徊，簾子一動，甄大老爺突然走出來，伸手揪起周元景的衣襟。「你把三娘打成這個樣子，現在連見也不敢見她?!」

周元景被拽得一個踉蹌，狼狽地進了屋。

甄大老爺將周元景押到甄氏床前。「你說說，你對不對得起三娘？我祖母早就看你粗魯，要不是看在你是宗室，怎麼可能將三娘嫁給你?!如今看來你果然不成氣候，有殺人的本事卻不敢認，想要躲在婦孺身後！」

琳怡在門外真切地聽到甄大老爺的話。甄大老爺當著周老夫人的面這樣訓斥周元景，不只是因喪妹之痛，還因甄家被宗室牽連，差點就吃了官司。甄家這些年沒有從周元景這裡拿到半點好處，倒是因此受了牽連，還賠上了一條性命。

甄大老爺吩咐甄大太太。「給三娘穿好衣服，一會兒刑部就來驗了。」說著頓了頓。

「刑部來人之前，旁人再休想動我三妹。」

周老夫人欲言又止。甄家是不想給她半點臉面，她再說什麼也是無益。

甄大老爺坐下來，看向周老夫人。「親家老太太，三娘就這樣沒了，我這個做長兄的不能讓她死不瞑目。不只是我，換作旁人也一樣，好好的女兒嫁人做了正妻，這樣沒了誰也不會就算了……日後全哥恐怕就要仰仗您這個祖母……」

周元景不能呼吸，怔怔地看著周老夫人。

周老夫人眉梢都帶著沈重的鬱色。「你是全哥的舅老爺，打斷骨頭連著筋，現在全哥母親沒了，將來更要仰仗你，全哥年紀還小……」

「就是全哥年紀小，我才不能騙他。」甄大老爺冷笑道。「就算不驚動官府，全哥將來問起來他母親是怎麼死的，我總要說實話。我不能讓全哥小小年紀就做個不明是非的虛妄之人。」

話中是在指責周老夫人教子不嚴。

周元景怒火一下子又燒起來。「你是什麼意思?!」

甄大老爺動也沒動。「怎麼?你還要將甄家人都殺了不成?」

周老夫人厲色看向周元景。

周元景愣了片刻，頹然坐下來，聽著床那邊窸窸窣窣的聲音，周元景忍不住轉頭看去。

甄氏平日裡柔軟的身子變得僵硬，手臂直直地伸出來，說不出地駭人。三娘真的就死了……往日的情景一下子湧進他的腦袋裡，三娘剛嫁給他的時候羞澀可人，直到他第一次喝醉了打她，兩個人生分了一陣子，後來三娘又有了全哥，他看上三娘身邊的青柳和翠兒，三娘一個也不肯給，他恨三娘的妒忌，恨她要將他握在手心裡，男人就該三妻四妾，想要什麼就有什麼，女人只要準備好熱熱的飯菜和體面的衣服，將他服侍周到。他是宗室子弟，他生來就該享受，可是三娘為什麼就不懂這個道理？

要不是三娘不懂事，哪有今天的結果，是她不懂事，不能怪他……

周元景耳邊傳來申嬤嬤的聲音。「老爺，刑部的仵作來了，咱們得先出去。」

刑部來驗屍之後，將甄氏抬走了。闔府內眷都沒見過這樣的情形，小丫鬟們嚇得臉色蒼白，經過事的婆子私底下小聲議論。好歹也是宗室女眷，就這樣被抬走了，什麼時候才能殯葬？

甄家人也是豁出去了臉面，寧願這樣也要個公道。

刑部的人剛走，宗人府就帶走了周元景。

只要宗人府來人，這件案子就算立下了。緊接著官府的人帶走了芝蘭。桂圓沒能死成，也支持著和芝蘭作伴去了。

這樣來來往往幾趟，大太太甄氏的院子一下子就蒼涼下來。

周元貴撐不起門面，都要靠郭氏張羅，周老夫人一天下來也是筋疲力盡，被人扶著去歇著。郭氏就和琳怡商量什麼時候搭孝堂。

琳怡道：「還是問問嬸娘。」

郭氏嘆氣。「這時候只怕做什麼都不對。」

郭氏是一副要和她商量出個對策的樣子。郭氏掌家時間短，進周家卻也有些年了，祖宅裡的風吹草動，郭氏怎麼會一無所知，就算是晴天霹靂也是有跡象的。芝蘭開始的模樣分明是站在了周老夫人那邊準備說假話的，怎麼出去一趟回來就將真相一五一十地說給了甄家人？這裡面不可能沒有郭氏安排。甄氏一死，周元景被抓，日後周老夫人只有周元貴一個兒子，整個祖宅也就完完全全落在郭氏手裡。

郭氏這麼聰明，哪裡用得著別人出主意？琳怡不想摻和進去，就坐著馬車回到康郡王府。

鞏嬤嬤倒了熱茶給琳怡。「沒想到甄家沒有一點商量的餘地。」

想想周老夫人因此受挫，琳怡道：「甄家這樣做不光是為了甄氏，也是想為自己挽回顏面。」

鞏嬤嬤道：「大老爺這次再也不能安然無恙了吧？」

甄家不是普通人家，周元景寵妾滅妻若是不重罰，將來誰願意和宗室聯姻？絕不可能丟了官打板子就放回來。

過了一會兒，周老夫人也坐車回來，申嬤嬤過來道：「老夫人說，等到晚上郡王爺下衙回來，請郡王爺過去一趟。」

是想讓周十九幫忙疏通關係吧！周老夫人這樣開口，他們做晚輩的總不好不過去商量。

琳怡答應下來，等到周十九下衙，兩口子一起去了第三進院子。

周老夫人一天一夜沒有合眼，看起來異常憔悴、蒼老。

周十九上前行了禮，周老夫人就招手讓他坐到身邊，有氣無力地道：「外面什麼情況，刑部是不是已經查了清楚？」

周十九言語簡單、直接。「刑部立了案，明日便將卷宗交給宗人府。」

周老夫人眉頭皺得更深了些。「能不能想個法子上下疏通？」

周十九道：「刑部仵作已經驗了清楚，還有大嫂的兩個丫鬟的證詞，想要從這上面下功夫已是不能，嬸娘若是想法子，不如去問問信親王妃。信親王主管宗人府，要論罪還是看宗人府的。」

周老夫人的手抖起來。若是這樣，元景定會除宗籍，弄不好還要打板子徒刑。

屋子裡正說著話，套間裡就傳來哭泣的聲音。「母親呢……我要母親……」

是全哥的聲音，全哥跟著周老夫人到了康郡王府。

周老夫人深深地看一眼琳怡。「這孩子沒有了母親，父親也不知道還能不能回來，妳二嫂那邊懷相不好，恐難以顧著他，現在只有跟著我，我年紀大了有什麼事，妳也幫忙照應著。」

周老夫人說著話，全哥從內室裡跑出來，小小的臉上滿是淚痕，眼睛揉得又紅又大，看了眼琳怡，眼裡明顯流露出牴觸的神情，自始至終沒有看周十九，而是一頭紮進了周老夫人懷裡。

周老夫人懷抱著全哥，一時之間老淚縱橫，好半天才看向周十九。「看著全哥，就想起你們幾個小時候……全哥還這麼小，就算我全心全意顧著他，究竟比不了在父母身邊。」

周老夫人這話有幾層深意，既讓周十九別忘了這些年養育之恩，又一次提起周元景……若是周元景不能放出來，全哥就要一直在周老夫人身邊長大。

也就是說，全哥要留在康郡王府，無論是周十九還是她都沒有法子拒絕。

琳霜之前說要將肚子裡的孩子託付給她撫養，現在葛慶生救回來了，琳霜的孩子能在父母身邊長大，沒想到甄氏卻死了，周元景也要面臨重罰，失去父母的變成了全哥。

有時候很多事都讓人意想不到。琳怡想起她才嫁進周家時，甄氏讓全哥喊她嬸娘，還拿周十九和周老夫人的關係來說她跟全哥。

現在，全哥真的到了她身邊。

第二百五十二章

全哥哭著在周老夫人懷裡睡著了，周老夫人拿出帕子給全哥擦臉上的眼淚，祖孫倆靜靜地待了一會兒，才讓奶娘將全哥抱去暖閣裡睡覺。

全哥掙扎了一下，迷迷糊糊睜開眼睛喊了：「母親。」又閉上眼睛睡著了。

孩子好幾天沒有睡好，已經筋疲力竭。

申嬤嬤過來道：「郡王爺和郡王妃已經歇下了，老夫人也早點安置了吧！」

周老夫人冷笑一聲。「他們倒是能睡個好覺，現在元景被抓起來，他們的目的也達到了，不用再緊盯著祖宅那邊不放……」

申嬤嬤黯然，眼前還是大太太血肉模糊的慘狀。「要怎麼辦才好？真的眼看著大老爺被定罪？」

有什麼辦法，能做的都做了，誰知道芝蘭會關鍵時刻改嘴，一定是琳怡搞的鬼。周老夫人一掌拍在矮桌上。「她不讓我安生，我也不能讓她自在！元景不能放回來，她就要想想怎麼當好別人的嬸娘。我這個嬸娘不好，我倒要看看她這個嬸娘如何做？」

周老夫人話音剛落，暖閣裡的全哥彷彿被夢魘著了，忽然大喊大叫起來，周老夫人讓申嬤嬤扶著起身，忙去看長孫。

一晚上，全哥都時時驚醒，周老夫人也睡不安穩，一直打發人去看。

琳怡這邊也是輾轉反側。

「在想什麼？」周十九緊緊抱住琳怡，低頭在她耳邊輕聲問。

琳怡縮在被子裡。「在想全哥，」說著頓了頓。「郡王爺到嬸娘家年紀也不大吧？」

周十九輕輕頷首。

她道：「年紀雖小，卻能記得小時候很多事了。」尤其是父母怎麼離開的，會記得清清楚楚。

外面樹影被風吹得四處搖動，屋子裡卻十分暖和。

周十九道：「剛被叔叔帶來家裡，下人都說我是叔叔私生的孩子，因我父親無子孫才悄悄送過去撫養。」

怎麼會有這種傳言？琳怡轉過身去看周十九。「婆母十月懷胎總不能是假的。」

他笑容淡然。「我母親身體羸弱，未到產期就生下了孩子，當時大家都見過那孩子小得似貓兒一般，接生的婆子都說十有八九活不了。後來我父親從重華寺找了位師太做了法事，又依照師太所說三月內不得將孩子抱出來……等到三個月之後，家裡再擺宴席，那羸弱的小孩子已經變得白白胖胖，甚至比同齡孩子還大一些。我父親說都是因重華寺的師太道場做得好，才會如此。」

周十九說這些的時候，沒有用「我」來代稱那個孩子。琳怡驚訝地看向周十九。「郡王爺也懷疑自己不是康郡王爺一脈？」

周十九笑容仍似平常般。「我和宗室子弟可否相像？」

宗室營的男子大多是有些相似之處，若是當年她多見過幾個宗室，也就不會將周十九當作鄭家男子。「自然是像的。」

周十九道：「我父親和叔父又是同胞兄弟，若說我是叔父的兒子，那也實在難以分辨。不過有許多事是讓人怎麼也弄不清楚的。那時我父親已經失了爵位，家中情形不算太好，沒有人會多在意我家中的事，只會覺得孩子變化有些大，卻誰也沒有深究……現在想起來，若說做法事真的就能讓人脫胎換骨，元元信不信？」

做法事、點長明燈、符咒是最不可信的，不過就是圖個心安罷了。琳怡伸出手抱住周十九的腰。「不過小孩子也是難說的，就說我的小八妹，我半個月不見她就長得白胖，和之前大不一樣了。」

周十九笑著道：「我父親、母親都不在了，叔父也病在床上不能說話，所以誰也說不清楚到底是怎麼回事。」

琳怡低下頭，靠在他懷裡。「只要郡王爺分得清就好，哪邊是父母，哪邊是叔嬸，很多時候旁人不過說說，真的過日子的還是自己。叔父為了郡王爺動用了不少銀錢，嬸娘心裡不舒坦，自然疑神疑鬼。若說郡王爺是叔父所生，對嬸娘來說也有莫大的好處，這樣一來，郡王爺和大老爺、二老爺就是親兄弟了。」

琳怡是勸他不要相信那些傳言吧！他也曾偷偷想過叔父或許是他親生父親，否則怎麼會對他比對周元景和周元貴好？現在想想，大約就是因為是自己的孩子才會更用心。

周十九親吻琳怡的額頭。「元元說得對，既然沒有結果，不如就往好處想。」

受人滴水恩，該當湧泉報。周元景他們可以眼看著不管，周老夫人那邊也可以慢慢周旋，單是年紀小的全哥……琳怡嘆了口氣，好不容易才睡著。

第二天，宗室營裡的女眷來康郡王府看望周老夫人。

蔣氏也坐車過來，先給周老夫人請了安，才去琳怡屋裡說話。

蔣氏低聲道：「大家都在問，郡王爺有沒有幫忙呢！」

琳怡搖搖頭，將當時的情形說了。「刑部當時就來驗了，還有甄家人在，誰能遮掩過去？大嫂傷得厲害，要說不小心摔了，決計不能成那個模樣。若說是女眷打的，又沒有那個力氣。」

蔣氏道：「說得是，再說已經交去了宗人府，要論和信親王府的關係，康郡王還能比得上妳家老夫人不成？」說著看向琳怡。「妳放心，總會有人說句公道話。」

蔣氏向來維護她，再說寵妾滅妻，丟人的是周老夫人和周元景。

蔣氏想起全哥來。「那孩子怎麼辦？將來要養在康郡王府？二太太那邊怎麼就不能帶？只怕是周老夫人故意給妳出難題。」

這是誰都看在眼裡的。於情於理，她和周十九都不能不管。

蔣氏道：「這可不是個好差事，就算妳照顧全哥長大，全哥將來也未必承妳的情，畢竟他有個親祖母在。」

她何嘗不知道。

郭氏被甄氏的事又驚又嚇，已經臥床不起，能不能保住肚子裡的孩子還尚未可知，周老夫人更是將全哥包攬過來，她總不能就將周老夫人和全哥一起趕了出去。

琳怡和蔣氏對視一笑。

蔣氏半晌才道：「大太太一死，甄家人將甄氏之前的錯都怪在周元景和周老夫人身上，周老夫人的聲名可比不上從前。」說著壓低聲音。「妳也別急，早晚有一天……」

蔣氏話說到這裡，白芍進來道：「信親王妃來了。」

琳怡和蔣氏對視，沒等周老夫人去求，信親王妃親自來了。

琳怡和蔣氏去垂花門將信親王妃迎去老夫人房裡。

周老夫人讓女眷們圍坐在中間，哭得眼睛紅腫。

見到信親王妃，周老夫人忙起身上前行禮，信親王妃將周老夫人扶起來。「轉眼之間，人就變成了這個樣子。」

周老夫人只是掉眼淚。

信親王妃忙問起全哥。「可憐了孩子。」

周老夫人讓奶媽將全哥帶來，一會兒工夫，就傳來小孩子小跑的聲音。

大家轉頭看過去，只見全哥瞪大眼睛，稚嫩的臉上都是憤恨。本來無憂無慮的孩子臉上滿是不合乎年齡的神情。琳怡看向周老夫人。為了達到目的連親孫兒都要這樣利用，不管這樣做會給幼小的孩子心裡落下什麼樣的創傷……這樣的祖母……真是令人心冷，更加為人不齒。

信親王妃向全哥張開手，全哥一路跑過去，看到琳怡卻突然改變了主意，一下子就撲到琳怡身上，琳怡嚇了一跳彎下腰來，全哥含著眼淚不停地捶打。「為什麼……為什麼不救我母親……妳是壞人……我永遠都記得……是妳害死我母親……」

滿屋子人都嚇了一跳，誰也沒想到突然之間會有這樣的變化。

奶媽在身後不知所措，所有人的目光都落在琳怡和全哥身上。

琳怡拿起帕子給全哥擦眼淚，誰知道全哥低下頭，一口就咬在琳怡手腕上。

這下子所有人都倒抽了一口冷氣。

全哥雙手緊抓著琳怡，不肯放鬆。

周老夫人張大了嘴，忙吩咐人。「快……快拉開……快拉開……別傷了郡王妃。」

全哥的奶媽和旁邊的丫鬟、婆子這才回過神。

四、五個大人都奔著一個六歲多的孩子伸過手去。對一個剛沒了母親，父親不在身邊的孩子，是不是太過分了？任誰看了都會覺得不忍心，周老夫人更是口氣謙卑，生怕惹怒了她似的。

琳怡抬起頭看了一眼圍上來的下人，清澈的眼睛中露出幾分威嚴。幾個人互相望望，不敢再向前。

琳怡伸出另一隻手輕輕地拍全哥。全哥隔著厚厚的衣服在咬她，只有孩子才會這樣，不知道咬在肉皮上才是最讓人疼的。

全哥哭泣卻發不出聲音。一個小孩子嘴被堵住能堅持多長時間，不用強迫他，他會很快鬆開，琳怡拿起帕子擦全哥臉上的淚痕。

全哥還斷斷續續地喊著：「我母親……我會記得……我都記得……」卻忘了拒絕琳怡手上的帕子。

琳怡放輕聲音。「你該記得，全哥，沒有誰會比父親、母親還好，他們是生養你的人。」

全哥大約沒想到琳怡會這樣說，眼睛裡有些猶豫。他轉過頭向奶娘求助，在奶娘那裡沒有得到答案，又去看周老夫人。

小孩子其實膽子很小，特別是遇到陌生的情形時，所有人的目光又都在自己身上，他會本能地尋找解決法子。全哥眼睛裡透著害怕和詢問。誰都能看出來他在詢問周老夫人。

利用小孩子的人其實很可笑。難不成周老夫人覺得她會比一個小孩子更加驚慌失措？琳怡順著全哥的目光看向周老夫人，停頓了一會兒，也露出驚訝、失望、傷心的神情，在眾目睽睽之下一閃而逝。

琳怡將全哥抱在懷裡，慢慢安撫全哥。「你想記得什麼都好，無論是好的還是壞的，讓你傷心的還是高興的，等將來你長大了，等到可以不去依靠任何人的時候，你可以仔細地一遍遍地去回想，等你真的明辨是非對錯，你會將好的那部分做回憶。所以你的父親、母親你當然要記得，永遠都不要忘。」

誰也不會承望一個六、七歲的孩子聽懂這番話，琳怡的話一半講給全哥，一半講給周老夫人聽。等全哥長大了，就會知曉他的祖母怎麼利用他。人這一生許多事都會變，周老夫人養育周十九，不是要讓周十九長大之後仕途順利，漸漸脫離她的掌控，而是想要利用周十九獲得利益。現在看來，周老夫人沒有達到目的，至少在這上面，周老夫人應該吃到教訓。

全哥長大還有那麼多年，誰也不知曉將來全哥會站在誰那邊。若是讓她養育全哥，她會盡可能讓全哥明辨是非。一個人想要做個好人固然不容易，要變得一無是處其實也很難，周老夫人總不會想要將自己的孫兒養成周元景那般。

全哥不知道說什麼才好，小孩子總有詞窮的時候，琳怡彎下腰將全哥抱起來交給旁邊的奶娘。

全哥立即縮進奶娘的懷裡。

橘紅忙上前去看琳怡的胳膊傷得怎麼樣。

「沒事。」琳怡道：「小孩子能有多大的力氣，不用這樣大驚小怪。」

信親王妃看看琳怡，滿眼關切。「忙了半天，快過來坐坐。」

琳怡點頭過去坐下，大家很快就從這件事中回過神來，又去關切周元景會被判下什麼罪名。

第二百五十三章

琳怡坐了一會兒，出去吩咐門房準備馬車送女客們回府。鞏嬤嬤跟了出來，忙去看琳怡的傷，淡藍色金銀花鑲邊的袖口拉起，下面的皮膚一圈紅腫。

鞏嬤嬤皺起眉頭，忙讓丫鬟將藥膏子拿來仔細塗在琳怡胳膊上。「下次大爺再跑出來，奴婢說什麼也要攔著。小孩子是沒有心計，不知道大人教唆什麼。大爺這樣當著大家的面說郡王妃害死了大太太，讓別人想起來，還以為郡王妃真的見死不救。」

琳怡知曉周老夫人的意思。周元景將甄氏直接打死了是什麼罪名，周老夫人哪有臉面向信親王妃求情，若是甄氏的死是別人推波助瀾又落井下石，無論是周元景還是甄氏就都有了可憐之處，再說這段日子因天津知府上奏摺說宗室貴族占地之事，宗室貴族都惴惴不安，生怕御史言官推波助瀾，皇上決策對宗室貴族不利。周元景這時候出事，周老夫人想要救周元景，就要說成是政治角逐的結果，周元景被重判就有可能助長那些御史言官的氣焰。有了個開頭，還怕彈劾的奏摺不接連遞到御前？爭取信親王妃是周老夫人唯一的希望。

琳怡陸續將女眷送走，東暖閣裡只剩下周老夫人和信親王妃。

周老夫人小心翼翼地打量著信親王妃。「若不是之前的傳言，兩口子也不會鬧和離，更不會有今天的結果。王妃如今在這裡，我也不瞞王妃，元景脾氣是不好卻沒有殺妻的膽子，這是有人在背後推波助瀾，故意鬧到今天的局面，我現在也沒有別的法子，只求王妃能幫幫忙。」

信親王妃嘆口氣。「我也是長年在家，之前也沒有聽到任何傳言……也是聽家人說起……開始還不肯相信，後來問了王爺，王爺才說果然是這樣。外面的事都是男人管著，我們婦孺也不好就問起來。」

信親王妃這是在推託。

周老夫人掉眼淚。「王妃不看別的，就看在我們可憐的全哥，幫忙說說話。」

信親王妃為難起來。「不是我不幫忙，上次大太太鬧出那些事來，我也是願意幫襯的，只是……葛家差點出了人命，如今大太太又……就算進宮去求太后，我也張不開嘴了。」

周老夫人萬念俱灰，頓時頹然下來。「難不成眼看著元景就這樣……可讓我們老老小小如何活啊！」

周老夫人哭了好一陣，信親王妃這才躊躇地答應。「那我就幫妳問問看，只是萬一沒有用處，妳也不要怪我。」

周老夫人臉上浮起一絲期望。「不會、不會……王妃能幫忙我已經是萬分感激……」

信親王妃喝了口茶，看向周老夫人。「妳也要保重身子才是，這個家還要靠妳撐著呢，妳那小孫子怪讓人心酸的。」

周老夫人被說得又掉了眼淚。

送走了信親王妃，申嬤嬤上前道：「信親王妃一直不肯答應，奴婢嚇得手心裡都是冷汗。」

周老夫人垂下眉眼。「她就是要等到我放下臉皮去求她，求得她心中舒坦了，她才會答應。」這些年但凡宗室有人上門求，都是如此。信親王妃就是喜歡等到別人身處絕境，再伸出手去。

申嬤嬤倒了熱茶給周老夫人。最可惜的是沒能將郡王妃困住，郡王妃就像一條滑溜溜的泥鰍，總是能從別人指縫溜走。

周老夫人想起琳怡抱著全哥說的那些話。大庭廣眾之下威脅她，若是她敢將全哥交給琳怡養，琳怡就能讓全哥背離她這個親祖母。全哥還要十年才能長大，十年時間能改變很多，人永遠不能和時間做賭注。

周老夫人眼前浮起琳怡那雙熠熠發光的眼睛。

晚上，琳怡去套間裡服侍周十九換常服。

她抬起手，周十九聞到一股淡淡的藥香。

他拉起琳怡的手來看。「手怎麼了？」

琳怡笑道：「也沒什麼，被全哥隔著衣服咬了一口。」

周十九飛揚的眉毛一收，拉起她的衣袖來看。

塗抹了藥膏已經好多了，只剩下淡淡的紅印子。

琳怡道：「明日也就消了，小孩子沒有多大力氣。」她不想讓周十九覺得全哥是多大的負擔，否則他很容易就會想到小時候被撫養的事。

周十九將琳怡的衣袖整理好，眼睛清澈。「有沒有想過萬一那邊將全哥推過來讓妳養，妳要怎麼辦？」

琳怡和周十九坐在臨窗的大炕上，將今天的事說了一遍。「遇到我這樣的嬸娘，只怕老夫人短時間內不會捨得放開手。如果老夫人真能將全哥推來我這裡，全哥長大了也會質疑老夫人。若說我不好，老夫人卻捨得將親孫子交給我；若說我好，老夫人怎麼在全哥面前說我的壞話？」

所以怎麼算，她都不是絕對的輸家，現在該絞盡腦汁出謀劃策的是周老夫人。

周十九看著嫻靜的琳怡。讓人覺得發愁的事，在她這裡卻十分簡單就能化解。

周十九道：「今天遇到岳父，岳父說有御史等著要彈劾宗室，如今大家都在揣摩皇上的意思。」皇上有意維護宗室，御醫的奏摺就不能上，反之皇上有整治宗室的心思，御史就會大受鼓舞。

就像周老夫人謀劃的那樣，周元景真就成了試金石。

琳怡看向周十九。「信親王妃答應幫忙，說不得還會叫上五王妃一起去太后娘娘那裡求情。罪名減下來，大不了流放陪都，過幾年再回京。」這是處置宗室常用的法子。

周十九微微一笑。「這麼說，我們也該有所防範，免得真會如此。」

外面擺好了飯菜，兩個人用過之後，早早漱洗躺在床上。

周十九借著燈光又將琳怡的手臂看了看，果然沒什麼事，這才放心，將琳怡摟在懷裡。

「下次他就不敢咬了。」

琳怡怔愣片刻，明白周十九的意思。「郡王爺不要嚇壞小孩子。」

周十九緩緩一笑。「不用我嚇他。小孩子只要覺得妳不怕他，下一次他就不敢。」說著他的手慢慢在琳怡腰上摩挲，卻沒有下一步動作。

並不是人人都這樣。「郡王爺小時候定不是如此。」

「怎麼不是？我除了膽小，還怕被人拒絕。」周十九聲音更低些。「元元信不信？」

會相信周十九才怪。

琳怡目光閃動。「相信，郡王爺說什麼妾身就信什麼。」這樣一來他就沒有理由上下其手。

周十九看著琳怡如同枝上桃花染過的眉眼。「說起來我也要感謝嬸娘，至少嬸娘教會我一件事，有喜歡的，不要開口要，而是要想方設法自己奪來，握在手心裡。這樣一來既不會被拒絕，更不會被人以此要脅。」

琳怡想起她和周十九的親事。他一手謀劃，從開始送給父親黃玉腰帶到後來請皇上賜婚，從來沒有向外人說過他想要迎娶她，她已經認定是他的計謀，他對日後前程的謀劃，選擇了陳家。那時他一心想要握住政局，如今呢……

琳怡略微失神，已經被周十九解開了衣襟的帶子。他手指熟練地沿著她的腰線上移，指尖微合，半握住她的柔軟，緊接著翻過身，吻就落在她眼角。他垂下來的頭髮讓琳怡覺得有些癢，她抬起頭看周十九，眼睛裡就帶了幾分的笑意。

周十九撐起身子一直看著琳怡。他的眼睛裡總是比旁人多幾分神采，一時清澈，一時翻捲著變幻，越是看進去越是讓人難以琢磨。此時此刻，他的笑容就含在嘴邊，有些閃爍，有些迷離。

琳怡的腿微抬，不期然地抵上火熱的堅硬，她想要躲閃，他卻沈下身，完全覆上去——

第二百五十四章

第二天，周十九一早去上朝，琳怡去抱廈裡安排府裡的事，管事們才退出去，白芍就來道：「郡王爺回來了。」

按理說這個時辰應該還沒下朝，周十九怎麼回來了？

琳怡迎出去，他神情仍舊如平常般，只是臉上少了笑容，多了幾分沈靜。

琳怡心裡一緊。「怎麼了？」

周十九吩咐白芍。「將我的快靴拿來換了。」

琳怡上前去給周十九換下朝服。「郡王爺要出城？」

周十九看著琳怡。「皇上病倒了，沒能上早朝。」

她驚訝地抬起眉眼。「什麼時候的事？」

周十九道：「昨晚在淑妃娘娘宮裡，半夜就傳了太醫去診脈，一直折騰到天亮，皇上支撐著要去上早朝，誰知道車輦到了半路上，皇上就暈厥了過去，太醫施了針，皇上才醒過來。」

恐怕打聽出來的消息和實際情形還是有出入。

特別是聖體違和……一開始都會遮遮掩掩。

周十九換了衣服，穿上快靴低聲道：「現在知曉這些的人並不多，皇上是讓我去請上清院的道士，才將我召進宮。」

「上清院的道士不是一直在宮裡嗎？」琳怡不解。「再說，這時候為什麼要請道士？」皇上總不能想讓道士作法驅病吧？

周十九搖頭。「皇上對上清院的道士一直多加信任，這些年我也沒少打聽緣由，大約是真庵有讖書傳下來。在皇上繼位之前就有讖語說皇上登基，真庵的徒弟這些年就是在鑽研此書，前些日子才解過圖讖，說皇上在位六十六年，使得天下大治，出現盛世。」

前朝都已經禁止讖緯之學，民間的讖書大多都被焚燒，卻沒想到到了大周朝又有讖書，甚至於還有讖語測出國運。這是不可能的事，誰也不能預測將來。可是誰又能反駁這讖語，畢竟說的是當今聖上讓天下大治。琳怡目光閃爍。「難不成皇上遲遲不立儲君，是因這圖讖？」

立儲是為了怕君主稍有不測，國家不至於慌亂，政治也不會動搖。皇上既然能在位六十六年，自然不用著急立儲，現在皇上這一病，是不是心中疑惑，想要將道士召到跟前問清楚？

周十九輕輕頷首。「大約是因為這般，皇上這才要擴建上清院，好讓道士接著將後面的圖讖解出來。現在皇上最信任的道士去了陪都招攬術士，皇上就命我將那道士帶回京。」

琳怡心中思量。「郡王爺能不能將那道士帶回來？」這是最關鍵的，周十九能不能將那道士帶回來、那道士回來之後又會說什麼？若是說了事關國運的話，會不會牽連到周十九？朝堂上幾股勢力較勁，周十九能找到平衡自保不大容易。

他看向琳怡。「不管能不能將人帶回來，現在我就要出城。」否則不知道有多少人得知消息來找他。

琳怡忙去給周十九收拾衣服，簡簡單單收拾成一個包裹讓橘紅遞給桐寧，她將周十九送出門。

兩個人走上抄手走廊，周十九低聲道：「外院的喬長寶是經常在外跑消息的，有什麼事就將他叫過來問，有要打聽的也吩咐他去。馮子英那邊會幫我注意京中的動靜，一會兒妳讓人去趟廣平侯府，讓岳父這幾日謹言慎行，有事等我回來再說。」

琳怡答應下來，將他送到垂花門。

桐寧牽了馬在等，周十九轉身整理了一下琳怡身上的斗篷，嘴邊露出抹安然的笑容。「我不會有事，妳放心。」

周十九是會算計，但是不一定每一次都算計得那麼周全。琳怡也伸出手將周十九袖子放下來，一會兒提韁繩也好禦寒。「郡王爺在外要小心。」

兩個人對視一笑，周十九這才轉身走了。

周十九騎馬出京，琳怡回到屋裡將鞏嬤嬤叫來，讓鞏嬤嬤回去廣平侯府，將周十九剛才說的話原原本本稟給長房老太太。「老太太自然會安排。」

鞏嬤嬤低聲道：「老太太問起什麼事，奴婢要怎麼說？」

現在證據未定，知道多了反而不好。「就說郡王爺匆匆忙忙出京，別的現在也不知曉。」

皇上病的事很快就會傳開，琳怡腦子裡立即勾勒出父親聽到消息坐立不安的模樣，讖書的事還是不要提的好。

鞏嬤嬤出府去。一會兒工夫，門上婆子道：「姻語秋先生來了。」

琳怡放下手裡的東西去迎姻語秋。

兩個人見了面，姻語秋笑道：「我去買胭脂，也給妳挑了兩盒，不知道妳喜不喜歡。」

姻語秋先生很少用胭脂，今天怎麼會特意出去買？

琳怡拿起胭脂來瞧，湊在鼻端是淡淡的香氣，真的是精挑細選。琳怡笑著看向姻語秋。「內務府送給宗室的都是一模一樣的顏色和香味，先生拿來的這兩種我還沒用過。」

姻語秋臉上一片紅暈。

琳怡起身和姻語秋一起去了東暖閣裡。

她親手給姻語秋泡了一盞龍井，坐去姻語秋身邊低聲道：「先生是從來不喜歡女兒家這些東西的。」

姻語秋嗔怪地看了琳怡一眼。「許妳們買胭脂弄香，還不許我去買了。」

琳怡拿起帕子掩嘴笑。「先生能敷衍旁人，可不能敷衍我。」

姻語秋臉上一紅。「那個給葛慶生治傷的張家大爺遣人登門向我父親借醫書。」姻老太爺病在床上不能問事，那張風子分明是向姻語秋先生借書。姻語秋先生自從婚事上出了差錯，就下定決心不會出閣，怎麼這個張風子……琳怡有些驚訝。「先生可知曉那個張公子的家事？」

姻語秋臉上有些猶豫。

琳怡道：「也不瞞先生，那張公子是兵部尚書家的公子，無心於仕途，四處遊歷，後來在廣州認識了一個番僧學了些醫術。那些番術是本朝明令禁止的，張家現如今也不肯認那張家公子。上次為了給葛慶生治傷，我們才求獻郡王問張公子的下落，獻郡王將人送來卻也不敢明說就是張公子，因為只要讓朝廷知曉，張公子就要被捉去刑部判刑。」姻語秋先生若是想要嫁給張風子，那將來的情形可想而知。

「我從前也聽說那些番術是番僧拿來騙人的，經過葛慶生之事我才明白，為什麼有人要跟番僧學醫術。」姻語秋眼睛一亮。「我也知道這是朝廷不允許的，可是皇上準備開海禁，不就是願意接納番國，也許等明年朝廷的船隊出海回來就會不一樣。」

精誠所至，金石為開，不知道張風子到底怎麼打動了姻語秋先生，姻語秋先生性子堅定，認準的事就不會更改。

琳怡道：「先生要想清楚，現在張公子畢竟是見不得光的，這京中耳目眾多，萬一被人發覺……還不知道能不能保下來。」

姻語秋握緊帕子點點頭。「我會小心。」

都說寧拆一座廟，不毀一樁婚，姻語秋先生已經認定了，她也不能多勸。琳怡就和姻語秋說些別的，姻語秋想起天津知府的案子。「到現在也沒有判下來？也不知道是個什麼結果。」

五王爺遲遲不結案，就是想看看情勢會怎麼發展，畢竟天津知府奏摺中提及土地的事，損的是顯貴宗室的利益，若是幫天津知府說話，就得罪了顯貴，五王爺想要爭儲君之位，就離不開顯貴、宗室的支持。

琳怡將姻語秋留下吃過飯，兩人說了會兒話，姻語秋問起全哥。「妳準備怎麼辦？」

周元景殺妻的事傳得沸沸揚揚，大家可憐的就是全哥。

琳怡道：「先小人後君子，醜話說到前面，讓老夫人權衡。若是老夫人真捨得將孩子推過來，周元貴那邊避開，我就要在宗室營裡說清楚，然後將孩子養過來。」她是可憐全哥，卻不能不清不楚地養著。

姻語秋微微一笑。「前提是周老夫人和周二老爺豁著在宗室營裡沒有顏面。」

周老夫人想要將她一軍，她也不是傻子，難不成就不能反將周老夫人？若是將名聲敗壞了，周老夫人還有什麼慈母的立場，周十九也不用揹著忘恩負義的包袱，她何樂而不為？

姻語秋看著琳怡。「什麼樣的人才能算計妳？小心落得一個太精明的名聲。」

琳怡笑著回看過去。「那有什麼不好，這樣害我的人都會有個思量，我也少了煩惱。」

的。

她不是不能吃虧，也要看看吃什麼虧，這樣被人利用當作傻子一樣耍戲，她是絕不肯受

第二百五十五章

琳怡送走了姻語秋先生，祖宅的嬤嬤正好來府裡商議給大太太甄氏搭孝堂的事。孝堂要搭在祖宅，全哥要服重孝守夜，等到甄氏的屍身從官府裡抬出來，周老夫人就要帶著全哥回去祖宅住一陣子。

祖宅的管事嬤嬤回話的時候小心翼翼，生怕哪句話惹得老夫人不高興。要知道大太太屍身從官府裡抬回來的時候，就是大老爺定罪之時。

周老夫人不但要辦兒媳婦的喪事，還要聽兒子被判什麼罪名。

周老夫人聽完之後抬起眼睛。「喪事要辦得風光，水陸道場都是少不了的，我已經吩咐下去先將我的板子給大太太用上，孝堂家裡要搭好，等到官府將人送回來，我就和全哥回去祖宅。」

管事嬤嬤應下來，周老夫人又問起郭氏的身體。

管事嬤嬤道：「二太太本來就胎氣不好，這幾日更是吃不下東西，不敢沾半點葷腥，補身子的藥更不敢間斷。」

「除了管中饋，就要好好養著。」周老夫人聽了皺起眉頭。「怎麼也要將孩子平平安安生下來，添丁進口的事馬虎不得。」元景兩口子出了事，若是郭氏再有個什麼閃失，那可真是要讓所有人都看笑話。

周老夫人說完看向申嬤嬤。「將我屋裡的血燕都給二太太送去，讓她每天都按時吃。」

管事嬤嬤退下去。

申嬤嬤上前給周老夫人熱敷後背。自從周元景出了事，周老夫人就開始後背疼得厲害。

申嬤嬤低聲問：「您要陪著大爺一塊兒回去祖宅？」

周老夫人頷首。「本是想讓二太太顧著全哥和喪事，現在只怕是二太太身子受不住，若是因此出了閃失……老二要怨我。」

所以大爺不能交給二太太撫養。繞了一圈又繞回來，申嬤嬤想到郡王妃在宗室女眷面前威脅老夫人的話，郡王妃可是說得出做得到的人。申嬤嬤將熱熱的鹽袋敷在周老夫人後背上，然後伸出手在周老夫人腰上慢慢地揉。

周老夫人半合上眼睛，琳怡不過是暫時仗著娘家和周元澈撐腰，卻不可能永遠順風順水。

申嬤嬤服侍得好，周老夫人很快睡著了，等到醒來時，外面打聽消息的管事回來稟告。

周老夫人梳洗好坐在東暖閣裡，管事的躬身道：「宗室營裡都傳開了，皇上因病沒有上早朝，現在已經將幾位王爺召進宮中，大約是分配職司。」

周老夫人聽到這裡撐起身子。正是好時機，若是皇上將元景的事情交給五王爺，說不得就會有轉機。

申嬤嬤彷彿能看出周老夫人所想。「那如果皇上立了五王爺為儲君呢？」

立了五王爺為儲君，那皇后一黨就成了砧板上的魚肉，說不得元景還因禍得福了。周老夫人吩咐申嬤嬤。「明日我去趟信親王府。」

周十九不在家中，琳怡睡得不踏實，臨到天亮，糊裡糊塗地作了個夢，醒來的時候腳上冰涼。

琳怡沒有立即將值夜的玲瓏叫進來，而是躺在床上思量。周十九現在是不是已經到了陪都，也不知道有沒有找到那道士。

越躺著越不覺得暖和，琳怡乾脆起身讓丫鬟服侍著梳洗。

白芍上前道：「二老爺來接老夫人，說是回去宗室營佈置孝堂。」

周元景進了大牢，周老夫人就想起二兒子周元貴來。

琳怡問道：「全哥呢？」

白芍道：「讓乳母照應著，說是等到老夫人走了，就送來郡王妃屋裡照應著。」

琳怡梳洗完去周老夫人房裡。

見到琳怡，周元貴立即起身行禮，這樣一來，倒是比周元景來的時候氣氛好多了。

送走了周老夫人和周元貴，琳怡吩咐鞏二媳婦幫著照顧全哥，將之前買來的玩具都拿給全哥玩。琳怡就在外間和橘紅、玲瓏兩個一起做針線。

翬二媳婦經常哄著家裡的孩子玩丟沙包，畫各種各樣的小格子，丟到哪裡就跳到哪裡，翬二媳婦故意輸給全哥，惹得全哥高興起來，兩個人一直將小格子畫到外屋，全哥跳出來看到外屋的琳怡，一開始還畏畏縮縮害怕，漸漸地就又被遊戲吸引住了。

玩了一上午，全哥也累了，翬二媳婦就將廚房做好的桂花糕拿給全哥吃，全哥吃了糕點又吃了一碗金絲麵，然後讓奶娘哄著睡著了。

琳怡吩咐老夫人院子裡的婆子照顧好全哥，這才帶著翬二媳婦回到第三進院子。

翬二媳婦邊走邊道：「比起奴婢家裡的孩子，大爺好哄多了。」

琳怡也覺得很意外，全哥的性子和周元景大相徑庭，玩遊戲時知道思量，一點也不武斷，玩到最後有些放鬆了，還露出快樂的笑容。

其實和小孩子在一起不會覺得累，反而會因此也感覺到些快樂。

琳怡微微一笑。全哥排斥她，她就不說話，只在旁邊靜靜地看著，沒必要騙小孩子或者故意裝成十分友善去接近他，小孩子有自己的觀察方法，大人只要以身作則做好自己，任憑小孩子去看。其實分別善惡是人天生的本領，過多表演讓人覺得假惺惺。

晚上周老夫人回來，琳怡才知曉甄家族裡不知誰出了主意，要在甄家搭孝堂。這是逼著周老夫人去甄家賠禮。甄家也是大族，這就是大族的厲害之處，隨時隨地都會有人從背後出主意。周老夫人這時候不敢逆著甄家的性子，遞帖子要去甄家。

周老夫人在祖宅折騰了一日，回到府裡顯得灰頭土臉。

平日裡，周老夫人因輕縱周元景這才惹出這樣的禍事，現在自然要選另一種法子補償。周老夫人上門賠禮，又請了中人過去說項，甄家才將孝堂的事停了下來，卻死咬著整個案子不放，說什麼也要周家還個公道。周老夫人沒法子，只得又求去信親王妃那裡，信親王妃第二天一早就進了宮去給太后娘娘請安。

皇上這一病，連著三日沒有上朝，京裡的消息傳得沸沸揚揚。三日不上朝，已經是皇上登基以來從未有過的情形。女眷們私底下小聲議論，京裡達官顯貴的府邸也開始有人頻繁進出。二王爺、三王爺、五王爺都開始入朝管事，五王爺管了刑部、吏部最為顯眼，幾位王爺都賜了每日養心殿面聖。

琳怡回到廣平侯府便陪著長房老太太說話，琳霜這幾日調養得當，整個人臉色好了不少，葛大太太就有想要回去三河縣的心思。長房老太太倒是同意。「再養個把月回去也好，家裡過年總是熱鬧，也免得長輩們惦記。」

葛慶生的傷好得很快，每日都讓琳霜攙扶著在園子裡走動，雖說回去三河縣車馬勞動，可畢竟回到自己家中得養，再說……現在京裡亂得很，倒不能清靜地調養。長房老太太沒有將最後一層意思說出來。

晚上陳允遠下衙回來，大家吃過晚飯，葛家人去西園子歇著，祖孫三代才聚在一起說話。

陳允遠喝口茶，神情沈重。「也不知道皇上的身子到底如何。」說著看向琳怡。「郡王爺那邊有沒有捎消息回來？」

琳怡搖頭，大約是沒有進展，周十九只是讓人報了個平安。

陳允遠放下茶杯嘆氣。「一定要將人平平安安帶回來，否則還不知道會怎麼樣。」

琳怡聽著，心裡油然生出幾分的擔憂。「父親是在朝堂上聽說了什麼？」要不然以父親的脾氣，不可能說得這樣肯定。

陳允遠思量片刻，決定告訴長房老太太和琳怡。「都說因讖書的事，那道士沒有命回來，這時候想要爭儲位就要破了那道士的讖語。」

長房老太太聽得皺起眉頭來。「這話怎麼說的？誰傳的這話，誰就居心叵測。」

陳允遠欲言又止，半晌才道：「偏這話是從科道傳出來的，科道有幾個言官，提起讖書說了類似的話，皇上信讖書不對，讖言說皇上能在位六十六年，這樣一來誰也不能提起儲君之事，皇上這些年駁斥言官的立儲奏摺原來是道士作祟，這話原本是大家在衙門裡私談的，誰知道傳去外面就變了。」

傳言從來都是越傳越離譜，加上被有心人利用，多少人因無心的一句話落得牽連全家的下場，只要涉及政局，向來不怕牽連無辜的人。

陳允遠道：「皇上信讖書已經不是一日、兩日了，皇上開始登基時受益於讖言，一直大刀闊斧勵精圖治，為的就是迎來盛世，若是照此下去，說不得會在皇上晚年，大周朝迎來前所未有的興盛。」

琳怡看著父親複雜的神情。這讖書還不能不信，因為上面的確有應驗的讖言。「問題不在讖書上的讖言，而是在於解開讖言的人。同一句話讓十個人去解，說不得就能解出十個不同的結果。」

陳允遠嘆口氣。「可是現在皇上和太后信那些道士，太醫院的御醫們忙著每日給皇上請脈，太后娘娘就命那些上清院的道士為皇上祈福。」

長房老太太喝了口花茶。「若是郡王爺能將那道士帶回來，任憑外面有許多謠言，也和我們沒有關係。」

陳允遠頷首。「所以兒子才說，郡王爺一定要平平安安地將人帶回來。」

琳怡想到周十九走之前十分有把握的模樣，只要那些道士還在陪都，要帶回京城應該不難。

散布那些謠言的人，無非是怕周十九乘機脅迫道士，做出有益於皇后娘娘或是二王爺的事來。五王爺那些人已經認定周十九支持二王爺。

長房老太太瞭解陳允遠的脾性，若是有人受了冤枉，定然不會坐視不管。「不論御史言官怎麼說，現在郡王爺沒有回來，你都要謹言慎行，免得著了那些人的道。」

陳允遠頷首。「現在政局不定，兒子不敢攪和進去。」

大家喝了些茶，小蕭氏安頓好小八妹過來說話，小蕭氏坐下來就看向陳允遠。「有件事不知道老爺說沒說。」

陳允遠微微思量，這才想起小蕭氏說的是什麼事。

陳允遠沒說話，小蕭氏笑著道：「我娘家哥哥想和我們親上加親。」

親上加親，說的就是衡哥的親事了。長房老太太看向小蕭氏。「妳哪個哥哥？」

小蕭氏滿臉喜氣。「原來在外放了土同知，如今已經補了知府，也是前幾日家宴才知道的，原本我也在京外，大家走動不多，最近他家的小姐來京裡，我上次見了，是個恭謹有禮的。」

小蕭氏很少這樣熱切，看來是真的看上了自家的姪女。長房老太太不動聲色。

小蕭氏眉宇飛揚，陳允遠卻不為所動。

小蕭氏道：「老爺也見了的，那孩子真是不錯，和琳怡的性子差不多。」

琳怡沒想到會在這時候說到自己，轉過頭去對上小蕭氏的笑臉。小蕭氏是性子好，熱心腸，只是有些時候看人是真的不大準。

長房老太太沈吟了片刻。「也不是不行。」

小蕭氏聽得眼睛一亮。「只是怕老爺嫌棄不是京官。」

陳允遠這時候開口。「那倒不是，本就應該低娶高嫁，再說在地方上知府已經是大官，比起我那不是更實惠。」

小蕭氏笑起來。

長房老太太和琳怡卻聽出些弦外之音。

第二百五十六章

長房老太太摩挲著手裡的玉麒麟。「那就哪日將人請過來吃宴席，也不要特意挑日子，眼見就是節慶，妳送些禮物回娘家，若是他們有心就會還禮，順便到我們家來作客。」

小蕭氏抿著嘴答應下來。

等小蕭氏出了屋子，長房老太太才看向陳允遠。「怎麼了，你不願意？現在這種情形，找個外官做親家也好。」

陳允遠道：「我聽說蕭知府為官不是那麼清廉，自從他上任以來。已經有幾本奏摺是參他貪墨，雖然現在沒有查證，我是怕有一日……」

長房老太太忍不住笑起來。「和你結親家也是不容易，你身在科道見過有幾個人沒被參過？單說你自己就是三天兩頭總被查辦，若是別人也在意這個，我們家衡哥去哪裡找個好閨女？你媳婦好不容易開了口，不好因為些傳言就拒絕，還是仔細打聽一下好。」

陳允遠答應了。「母親說得是，那就看看再說。」

蕭家嫁了兩個女兒過來，就算給蕭家面子也不能輕易就拒絕。送走了陳允遠，琳怡和長房老太太說起陳臨衡的婚事。

長房老太太嘆氣。「本來我是想和妳父親、母親說鄭七小姐的事，鄭閣老已經致仕，我是想和鄭家親上加親，選來選去還是鄭家最可靠，不光是鄭七小姐性子好，還有我們多少年的交情在裡面，等到我和鄭老夫人少了一個，兩家的關係就沒有這樣可靠了。妳父親在京裡為官順利，就是靠了郡王爺和鄭家。」

琳怡沒想到長房老太太會提起和鄭家的婚事。

長房老太太拿起茶又抿了一口。也是奇怪，但凡她看上的親事都是一波三折。琳怡是這樣，到了衡哥又是如此，兒孫的姻緣真是很難說。

周十九不在京中，琳怡就早些回去了康郡王府。換了衣服，琳怡做了會兒針線就覺得異常疲倦，彷彿一閉眼就能睡著似的。

橘紅忙去鋪了床，琳怡梳洗完了躺下來，想要將父親今天說的話好好想想，誰知道還沒想就睡著了。

第二天醒過來，橘紅進來伺候還說笑。「昨晚郡王妃睡得好快，奴婢還沒將燈拿下去郡王妃已經睡了。」

琳怡也覺得詫異，她是很少這樣。「大概是妳添的手爐格外暖和，一晚上我都沒覺得冷。」

橘紅笑道：「是今年的銀霜炭好。」

吃過早飯，蔣氏過來和琳怡說話，琳怡讓人擺了些點心，和蔣氏在一起看繡莊送來的花樣子。

蔣氏道：「不比專門請成衣匠做得差，而且繡的花紋也漂亮，也不知道誰那麼有眼光請了那麼好的繡娘。」

是琳怡託人好不容易才尋到一個合適的。

琳怡笑道：「只是從江南請過來的，那邊的繡娘大多都做得精細。」

蔣氏就問琳怡。「成衣鋪準備什麼時候開張？」

京裡都喜歡初八開張做生意。「準備初八的時候正式開門。」

蔣氏就笑。「那我到時候一定多訂幾套衣裙，到時候妳可要算我便宜些。」

琳怡也跟著笑。「一定讓成衣匠將最好看的樣子給妳做了。」

兩個人說說笑笑，蔣氏就提起朝廷政局混亂的事。「在宗室營聽到些傳言，都覺得心驚肉跳的，我就盼著日子能過得安生，我們沒事做做針線、開個鋪子，那該多好？多生幾個孩子，整日裡圍著孩子轉，一轉眼就半輩子過去了。我小時候聽父母說皇上才登基那些年，天天都有官員被罷職，當時我就想千萬別讓我經歷這個，現在想想都覺得好笑，人生這麼多年，哪能不經這些事呢？」

蔣氏說著去繡手裡的月季花。

這些話，就像是在哪裡聽到過一樣。琳怡看著蔣氏靜謐的眉眼，忽然間，腦海裡如同舊時記憶般，許多東西一閃而過。她一怔，等回過神來，從前的許多疑惑都迎刃而解。

她終於知道為什麼這一世第一次見到蔣氏就覺得有一種熟悉感。

前世成國公謀反，京裡的人一下子就慌亂起來，一是怕成國公的叛軍屠城，二是怕皇上的軍隊攻進來之後，所有沒有向成國公反抗的人都會被劃為叛黨。

京裡有些達官顯貴將家人集中起來對付叛軍，一時之間，京裡血流遍地。家人怎麼能敵得過身經百戰的兵士？一旦叛亂，成王敗寇沒有退路，軍隊殺紅了眼，女眷們雖在高門大院中，卻也惶惶不可終日。

成國公殺了不少和他作對的達官顯貴，熬過一日沒有叛軍上門，就像是撿了條性命般。大家本以為這樣的叛亂持續不過三日，誰知道叛軍卻沒有像大家想的那樣不堪一擊，後來才有消息進京，皇上在陪都遇刺，更有密詔下來，傳位給二王爺，成國公是受命進宮護駕，真正叛亂的恰恰是京外的軍隊，許多武將倒戈向二王爺和皇后娘娘，叛軍的部隊一下子壯大，為了抵禦外敵，京裡要關上城門。林家事先知曉了消息，因和成國公素有嫌隙，且林家和陳家聯手對付成國公在先，成國公勢必趁亂除掉異己，林家正想要逃出城外，叛軍正好砸開了林家大門。

琳怡只記得慌亂中逃亡，想方設法出了京城才能保住性命，就是在那時候，她遇到了蔣氏。

琳怡邊和蔣氏說話邊將記憶停留在前世。

京城亂成一團，女眷們相攜出城，從前看到官兵都會覺得心安，那時候卻魚龍混雜，分不出是敵是友。

琳怡記得遇到官兵互相廝殺起來，蔣家開門讓女眷們暫時躲避，蔣氏和她的母親、姊妹也準備繞開後門出城去，大家穿戴整齊只是為了逃命，此情此景讓人既害怕又覺得奇怪。蔣氏和她年紀相仿，大家就說起話來。

蔣氏當時就說了類似今天說的話，雖然有些出入，意思卻大同小異。

琳怡看向蔣氏，她神情平常。蔣氏若是和她一樣記得前世之事，現在定會露出些奇怪的表情，蔣氏倒對她的注視有些奇怪。

說者無意聽者有心，蔣氏一定沒有想到這番話會將她前世的記憶勾起來。琳怡在蔣氏的目光下微微一笑。

蔣氏謹慎地看看周圍。「是不是我說錯什麼了？原是不該議論政事。」

大家私下裡都在說，也不光是她們。琳怡笑著搖頭。「偶爾說說也沒什麼。」

蔣氏坐了一會兒，向琳怡要了幾張花樣子回去做。

琳怡去了東暖閣裡稍作歇息，可是閉上眼睛，腦子裡都是前世的種種回憶，不想去思量，卻不由自主地順著脈絡回想——

第二百五十七章

她在蔣家過了一夜，外面殺聲震天，又有歹人趁亂行竊奪之事，不要說外院值夜的家人不敢合眼，就是內府裡被保護的女眷何嘗不是提心吊膽。

還好蔣家人心善，第二天，蔣太太沒有趕她走，而是讓她安置在內宅裡，還讓家人妥貼侍奉。蔣老爺官職不高，和成國公也沒有過節，知曉了陳家和林家的事，蔣大太太就勸琳怡。「安心在這裡住下來，等到一有機會，妳就跟著我們一起去京外。」

蔣家在京外有親戚接應。

要不是蔣家幫忙，琳怡主僕說不得那時候就會死在叛黨刀下。也是蔣家人素日行善積德，一開始並沒有叛黨登門，可是後來京裡越發亂了，就有叛軍到處抓男丁逼迫從武，武將抓文官上朝議事，這樣一來，叛黨不管是哪家大門，砸開就闖進去，蔣家旁邊的程家錢財被洗劫一空，家人也都被官兵鎖了去，程家的小姐因被賊人抓了一下，晚上就上了吊。

這樣朝不保夕的日子不知道什麼時候到頭，蔣家商議還是準備出京。如今京裡這樣亂，大家都覺得只要逃出去就能有一條活路，所以不管是達官顯貴還是平民百姓，只要有機會就湧去城門。守城門的是成國公的嫡系，哪肯將人放出去，若是有人硬闖就是死路一條。

蔣家人出去打聽，說是也有人賄賂城門守將攜家眷出城，蔣大人便讓人上下打點，希望能爭得一線生機。

蔣氏還和她說：「有錢能使鬼推磨，我父親從前最厭煩城外做生意的叔叔，而今卻要依靠叔叔保命。」

琳怡正思量蔣氏的話，就有人捎來消息，說林家人找了過來。琳怡放下手裡的東西迎出去，就見到了院子裡的林正青。

林正青正謙恭地和蔣老爺說話，感謝蔣家收留他妻房。林正青凡事都是利益為先，沒有籌碼就別想和他謀利。

林正青邊說話邊看她，彷彿對她滿腔柔情，英俊的臉上濃濃的擔憂，讓人看了心生感動。

送走了蔣老爺，林正青走到她跟前，想要拉起她的手，卻被她躲避開來。「聽說蔣家人要想法子出城去，我不放心就這樣讓妳跟著蔣家女眷出城門。」

林正青的意思不言而喻。琳怡抬起頭看向林正青。「蔣家女眷要出城，我們非親非故自然不能跟著。」她原本就沒打算要出京，父親和母親都情形不明，她出京又如何？

林正青目光流轉。「我才打聽過，陳家已經遭過賊匪，聽說擄走了錢財和丫鬟，妳若是回去陳家，下次賊匪進門還不知道要擄誰，現在最好的法子還是先出京躲避。妳娘家族裡在三河縣，蔣家人也要到通州坐船，正好結伴同行，蔣家花了銀錢打點，我們必然不能欠他們的，等出了城，我們再將銀票奉上。」

聽起來是事事為她考慮，琳怡對上林正青閃亮的眼睛。「如今公婆如何了？家中情形可還好？」

這樣的詢問讓林正青有些意外。

琳怡心中譏誚一笑。林家若不是遭難，林正青哪裡會找到蔣家來？她來到蔣家不是一日、兩日，林正青若是為了她登門就不用等到今日。

這幾天，林正青放任她在蔣家住下，何嘗不是握住了一條退路。

琳怡這樣追問，林正青露出難過的表情。「叛軍進了家門，父親和幾個弟弟被抓走了，母親也受了傷，若不是我在京中四處尋妳，說不得現在也被抓了……」

說得好聽，還不是丟下家人自保，這倒是和林正青的一貫作為相符。

林正青道：「我託蔣大人帶妳和母親、妹妹一起出城，暫時去陳氏族中，妳好好照應好母親，我留在京裡想法子看看能不能將父親和弟弟救出來。」

若論大義，林正青哪有這般膽色？琳怡眼睛一閃。「大爺不和我們一起出京？」

林正青皺起眉頭，眼睛裡卻在笑。「我走了，父親要怎麼辦？」

林孝子賢孫的戲分要做足，否則將來林大爺回到京裡要怎麼做人？林正青想留在京中，林大太太卻萬萬不肯讓唯一的兒子在京裡等死，想方設法也要將林正青一起帶走。到時候有母親相勸，又有她這個妻房無依無靠，林正青只好答應先將林大太太和她安頓好。

這樣一來，林家就順理成章和她一起住在陳氏族中。

三河縣離京城不遠，不但能避禍又能打聽各種消息，叛軍若是被朝廷鎮壓下去，林正青就會恰時出去為國效力，白白就能撿來好前程。

琳怡佩服林正青，不只是因林正青聰明，還有他的厚顏無恥。他早就想到這一步，否則不會讓人從大火之中將她救出來。

琳怡和林正青四目相對。所有的事不用再說，彼此心知肚明。

「妳哥哥也被送去了三河縣，妳去了三河縣至少能和妳哥哥團聚。現在岳父被陷害的事，妳哥哥還不知曉，若是妳不說，妳哥哥說不得就要被瞞一輩子。」

林正青上前幾步。「若是妳我都死在京裡，妳這輩子就永遠是我林家的媳婦。」

林正青是算準了她定會想方設法活下來。在京裡沒有人能幫她一家，現在也只有去族裡求助。

「我母親病著，大爺若是能將我母親接來，我自然肯走。藉口也好尋得很，就說我病不可治，我母親定會拚命也要見我最後一面。」

既然都要算計利益，她也不必和林正青客氣。

林正青微微一笑。「既然如此……也好。」

「大爺要保我母親平安，否則我萬念俱灰，只能留在京裡等我父親，蔣家的好意我也只能婉拒。」她不走，林正青總不能讓蔣家帶他母子出城。就算林正青豁出了臉面，她在蔣家人面前將林正青的真面目揭開，到時看蔣家是否能容得下這隻中山狼。

「外面兵荒馬亂，陳家距此也不近。」

「大爺才要萬般小心。」林正青有本事來蔣家，就有本事去陳家。將母親從陳家帶出來雖然凶險，卻比留在陳家等死的好，活路就是要拚了命才能爭出來的。

琳怡堅定地看著林正青。林正青一步步地逼近，眼睛裡冒出危險的光芒，她依舊不肯退縮。

林正青不知為什麼忽然一笑，神情倒柔軟起來。「好，那就都依妳。」說著伸出手捏起琳怡的下頜。「如此聰明的女子我還從未見過，妳要好好活著，將來咱們還有幾十年的時間在一起。」

琳怡伸手做了個福。「那就請大爺早些去安排。」

林正青想要平平安安出城，只得依照琳怡所說的去安排。琳怡第二天夜裡見到了小蕭氏。

短短幾日，小蕭氏瘦得皮包骨，坐在炕上空喘氣，琳怡好一陣子安慰，蔣家又拿來上好的草藥煎給小蕭氏吃下。

小蕭氏見到琳怡，精神也好了些。

蔣家那邊花了幾千兩銀子打通關節準備出城，大家準備等到天一黑就出去，琳怡和小蕭氏卸掉身上的頭面，和幾個丫頭一樣穿了素淨的衣服，擠在蔣太太的馬車裡。

林正青和林大太太、林家幾位小姐乘坐一車，臨走之前，林大太太果然拉著林正青不放，哭喊著若是林正青不肯答應走，她就一頭撞死在這裡。林正青不敢違逆母親，只好照辦。琳怡看著林家母子演戲，只覺得好笑。

琳怡緊緊握著小蕭氏的手，兩個人手心裡都是冰冷的汗。聽著車轍聲響，生怕哪裡會忽然鑽出個人來。車廂外跟著的丫鬟、婆子都不敢出聲，車廂裡的女眷呼吸也是小心翼翼的。畢竟是刀劍不長眼，到底能不能順利出城誰都不知曉，萬一情形驟變，所有人都會死在這裡。

多虧了蔣老爺做生意的弟弟，許下送給守城將領田產和鋪子，否則那些人收了眼前的金銀何必再將他們放出城去，蔣老爺也是仗著這點，才覺得此行穩妥。

小蕭氏十分害怕，將琳怡護在懷裡，琳怡摸著小蕭氏瘦瘦的手指，心中頓時一陣難過。想及才進京的時候，他們一家是多麼地高興。

蔣太太低聲道：「應該不會有事。」

小蕭氏點點頭，這樣一來，大家好像都多了幾分信心。

琳怡也相信至少有八分希望是能出城的，守將既然貪財，就不只是貪蔣家這一筆銀錢。他若是反悔殺了蔣家，日後還會有誰將錢財送上門來，那不是斷了他的財路？做了買賣就要有誠信，守將這點思量還是有的。

馬車走到城門口停下來，蔣太太使人去打聽。不一會兒工夫，家人來道：「前面還有馬車出城，讓我們先等一等。」

還有馬車出城？車廂裡的女眷詫異地對視。雖然已經想及城門守將不只是放蔣家一家，可也沒料到會和別人撞在一起。

「馬車還不少，」車外的婆子小聲道：「恐是京裡的顯貴。」

京裡的顯貴也被放出城。琳怡想問那婆子有多少輛馬車，卻不好意思開口，畢竟那是蔣家的家奴。

蔣太太沒有問，可是不多時候，又有馬車聲傳來，琳怡挑開簾子向外看去，只見有不少的防風燈籠在閃爍，馬蹄聲響不絕於耳，甚至有官兵來招呼馬車出城。

琳怡就看向蔣太太。「這麼多人出城有些奇怪。」

蔣太太也覺得蹊蹺，想賄賂出京也不容易，蔣家是託了許多人才到了守將那裡，守將不是誰的銀子都肯接的，之前也有不少達官顯貴要走這個路子都被攔了回來。

往小了想是守門將領貪財，往大了想……

「是不是京裡政局有變？」琳怡看向蔣太太。

蔣太太也弄不清楚，搖搖頭。「現在說什麼都晚了，老爺已經將銀錢交了過去，我們現在反悔，恐怕那守將疑心我們，反而會對我們下手。」

現在這時候不能作任何決定。蔣家下定決心要走，琳怡和小蕭氏也只好跟著。

大家等了一會兒，就有腳步聲響起，外面的婆子道：「太太將帷帽戴上吧，官兵要來查驗了。」

之前商議好的，必然是這個步驟，否則不知道馬車裡都是誰。

琳怡和小蕭氏、蔣太太幾個人戴好了帷帽，只等著官兵掀開馬車車簾來看。誰知道那些人遲遲不肯來，車外的婆子正著急，蔣老爺走過來道：「就肯放行了，大家再等一等。」

竟然沒有查驗就要放行，這和之前想的大不相同。

守門將領為什麼會急著將人放出城？不查驗只會是兩個原因，要嘛是放心蔣家，要嘛是根本不需要再查驗，如果馬車裡的人不可能活下來，當然沒有查驗的必要。守門的將領在京城內不會殺人，可是出了城，那些官兵萬一追上來殺人滅口可要怎麼辦？

琳怡這才真正緊張起來。

思量中，馬車已經開始前行。聽著車轍的聲音，馬車離城門越來越近，琳怡真切感覺到生死只是一瞬間。

城門特有的青石磚，馬匹踩上去聲音格外地大。

不知道到底走了多久，讓人覺得有一個時辰那般漫長。

終於馬蹄聲變了，車裡眾人都鬆了口氣，琳怡反而越發緊張起來。

若是起變端，就在這時候。

第二百五十八章

車外的婆子低聲道：「太太，沒事了，咱們出來了。」出了城門不知道外面有沒有駐軍，也是奇怪，之前叛軍和皇上派來的軍隊還在城外打殺，這兩日反而沒有了聲音。

蔣太太道：「到了那邊更好說了，我們是從京裡逃出來的，不會將我們怎麼樣。再說我家老爺官小，就算上面怪罪，也怪不到我們頭上，我們反而是不肯和叛黨同流合污。」

所以大家才覺得出城比較安全。

在蔣太太安慰下，小蕭氏拉著琳怡的手鬆下來。

蔣家吩咐馬車快些走，也能早些和蔣家接應的人會合。

蔣太太道：「也不知道之前走的那些人和我們是不是走同一條路。」平日裡早已經打聽出來，這時候卻誰也顧不得想這些，更不知道那些人到底去了哪裡。

出城的路還算平坦，只是夜裡看不清楚，難免要顛簸，這樣的顛簸倒讓人心安下來。趕路雖然不容易，好在沒有人阻攔。

琳怡和小蕭氏互相靠著慢慢平靜下來，曾有一陣子好像是要睡著了。琳怡正迷迷糊糊著，馬車卻忽然停了。

蔣太太還沒問，外面就傳來婆子的聲音。「是趕上之前的那些馬車了。」

本來兩家的馬車就是前後腳出城，如果走的是同一條路，說不得就會遇見。

又過了一會兒，下人打聽出來。「前面的馬車是國姓爺家的。」

國姓爺家的車馬。國姓爺家不是一般達官顯貴，怪不得有那麼多輛車。守門的將領定是拿了不少好處，竟然連國姓爺一家也敢放出去。

馬車停頓了片刻，女眷們喝了些水，正準備要接著走，就有人看到有火把向這邊聚來，外面的男丁嚇了一跳，蔣老爺立即吩咐車馬前行。

一大家子人，再怎麼走也比不上那些騎馬來追的官兵。

很快就聽到追兵的馬蹄聲響，外面的僕婦亂成一團。

馬車是最顯眼的，車廂裡有燈，車外還有提燈的下人。蔣太太正不知道如何是好，蔣老爺過來道：「我們和國姓爺家分開走。」

蔣太太應了一聲。

外面傳來林正青的聲音。「讓下人將燈籠都滅了吧，車裡的燈也滅了。」

蔣老爺覺得好，就在前面岔路和國姓爺家的馬車分開。

燈雖然滅了，車馬仍舊會有痕跡，可是也沒有更好的方法，只得盼著追兵去追國姓爺一家。

往往是事不如人願。臨到天亮的時候以為將追兵甩了下去，誰知道卻又遇見了國姓爺家的馬車。兩家在一起躲避，蔣太太讓人去向國姓爺家的下人打聽，這才知道原來是國姓爺家周大老爺和大太太帶著兒女出京。

女眷這邊聽著些許消息，蔣老爺和林正青也從前面探了情勢過來。

蔣老爺臉色凝重，林正青目光閃爍。

蔣太太顧不得別的，開口就問蔣老爺。「老爺有沒有打聽出什麼？」

蔣老爺欲言又止。

林正青低聲道：「周老爺車上恐是帶了旁人出京，遮遮掩掩不接近，那些官兵應當是追國姓爺一家，我們還是早些和他們分開的好。」

國姓爺家帶了誰出京？

蔣太太道：「我就說，太后娘娘還在宮中，國姓爺一家是太后娘娘的母家，怎麼能這時候不管不顧地逃出京城。原來女眷不過是幫忙做遮掩，到底國姓爺家是做大事的，人家心中都是政事，女眷也幫著走這一趟，不像咱們只是顧著逃命。」

蔣老爺嘆口氣。「不在其位不謀其政，我們一家平安就好。」說著看向跟車的婆子。「伺候好太太、小姐們，我們要走了。」

婆子答應下來，忙將車廂整理好，蔣家下人都跟上，大家又要開始前行。

車夫還沒有將馬驅走，就又有人大呼小叫起來。「快！官兵過來了……殺、殺人了！」

蔣太太臉色頓時變得煞白。

車夫心裡一慌，拉緊了韁繩，馬匹似是也受了驚嚇，不安地來回踏動著四蹄。

緊接著就是林正青的聲音。「還愣著做什麼？快走！」

一路上經過不少波折，都是化險為夷，這次感覺到叛軍離他們很近，馬蹄聲響傳過來，好像能聞到血腥味兒。

讓人難以抗拒的恐懼感隨著外面家人的慘叫越來越強，這下子誰也不能再鎮定。已經出了人命，那些人定不會手軟。最後一線希望也就此破滅，只要被追上就是死路一條。現在大家都開始後悔，早知如此就不應該想方設法出京，這樣也就不會遇到國姓爺，自然不用被牽連。

馬車被逼停下來。外面傳來蔣老爺辯駁的聲音。「我們是太原府蔣家，車裡都是女眷，我們是和守城的——」話音不自然地戛然而止。

外面傳來僕婦們驚叫的聲音。

蔣太太再也坐不住，撩開簾子看出去。

蔣太太這樣一看，整個人立即癱軟在那裡，嘶聲喊道：「老爺、老爺……」

官兵的刀刃已經架在蔣老爺脖子上。

車簾一掀，眼看著官兵粗劣的手伸進來，病得喘不過氣的小蕭氏不知道哪裡來的氣力，一下子將琳怡拽到身後。可是再怎麼躲藏，狹小的車廂也已經無處避讓。

不知道怎麼地，琳怡就想起才和林家談妥了婚事，父母兩個在屋子裡悄悄給她算添箱的事來。母親仔細籌備婚事，就是為了讓她嫁去林家衣食無憂，卻怎麼也沒想過將來會面對這樣的情形。

眼見官兵就要上車，車夫忽然回過神來，一鞭子就抽過去，馬車立時動起來，將官兵甩到一旁。

可是，馬車跑沒幾步就被前面兩輛馬車攔住了，真的是無路可逃。

跟車的馬夫就急急地喊蔣太太。「太太，您還是先下車來，小的才能將馬車趕過去。」前面兩輛馬車並排擠在一起，擋住了所有的路。只有驅趕著空車才能從旁邊繞過去。

馬車不能走，乾坐著就是等死。

蔣太太帶著蔣氏下車，琳怡攙扶著小蕭氏。幾個人才從車上下來，就看到前面壞了的馬車上也下來了人。

是國姓爺家的女眷。前世，琳怡對國姓爺一家不熟悉，可是經過了今生，琳怡認出了眼前的人，是周大太太和周琅嬛。

官兵漸漸接近，官路很窄，車夫趕車越是著急，那馬兒越是不肯聽令，車夫又拉又拽總算將車趕過去，可是官兵已經追了上來，大家已經來不及再上車去。蔣大太太和蔣氏才登上車，官兵就到了眼前，車夫不管三七二十一立即趕車前行，車裡的蔣氏嚇了一跳，撩開簾子去抓琳怡的手卻沒有抓到。

望著走開的馬車，琳怡心中更生出幾分害怕，卻又有些僥倖。不論如何，總比大家死在一起要好得多。

不知道是不是因為糊裡糊塗地作夢，這樣危急的時候，琳怡想起周十九來。

她之前作惡夢驚醒，周十九說過，若是在夢裡害怕就喊他的名字，到時候他就會出現。她試著在心裡喊周元澈。明知道上輩子的事不能更改，她卻忍不住思量，哪怕是將她的惡夢驅走……

周元澈，周元澈。

就這樣唸下去，好像他真的會出現一般，被官兵逼得走投無路，眼看著一柄柄明晃晃的刀就到了眼前。

琳怡突然就看到了周十九。

真的是周十九。

第二百五十九章

「元元，元元。」

琳怡聽到聲音，睜開了眼睛。眼前是周十九俊逸清朗的面孔，神情溫和，眼角如同秋夜般帶著一絲的涼意。「怎麼了？作了什麼夢，嚇得滿頭大汗。」

琳怡看了周十九一會兒，這才分別出哪些是夢，哪些是現實。

人生真是奇怪，她前世遇到的人，今生依舊會再遇見，只不過重生一世就不是前世的境況。陳家、蔣家、林家、國姓爺家……所有一切全都變了。

她還是遇見了林正青、周十九、周琅嬛和蔣氏，人還是那些人，只不過大家的生活都變了。成國公早早就被周十九殺了，她嫁給了周十九，周琅嬛嫁給了齊重軒，蔣氏和她成了妯娌……變化最大的要數她自己，這樣想想，前世的一切真像是一場夢。

「剛才作惡夢，夢見被歹人團團圍住。」琳怡笑著將夢告訴了周十九。

作了這樣的夢，所以急得出了一身的汗。

說著話，琳怡起身，剛要問周十九怎麼回京也不讓人知會一聲，耳邊就傳來周十九的聲音。「上次說，元元只要作了惡夢就喊我。」

琳怡聽得這話就笑起來。上次的玩笑話，她竟然也當真了。「我喊了郡王爺。」在夢裡真真切切就喊了周十九。

周十九眉眼舒展，臉上浮起欣然的笑容。「那我有沒有出現？」

「有。」琳怡頷首一笑，迎上周十九的目光。

真的有，不知怎麼地周十九真的就在那裡。

琳怡道：「妾身一轉眼，郡王爺就到了跟前，將歹人手裡的刀也打飛了出去。」

周十九拉起她的手，手臂用力將她剛剛直起的身子又放躺了下去，不等她說話，低下頭來抵上她的額頭。

額頭相觸，清澈的目光在彼此的眼睛中輕閃。

琳怡猶豫著要再起身。

周十九笑著道：「元元將那個夢說完，後來怎麼樣？」

後來……她沒有想起來。「郡王爺將妾身叫醒了。」夢裡見到了周十九，醒來之後，周十九也在面前。

周十九想了想，少有地認真。「怎麼也要英雄救美才行。」

琳怡忍不住就笑出聲。「下次說不得還會有這樣的夢，到時候一定讓郡王爺大展身手。」

琳怡話音剛落，橘紅進門道：「郎中來了。」

周十九吩咐橘紅立屏風，然後將郎中請進了屋。

琳怡詫異地看向他。

周十九拿起被子給琳怡蓋好。「怎麼病了都不知道？」

病了？她沒覺得，琳怡想著伸手摸摸額頭，是有些溫熱，還不至於到生病的地步。

郎中進屋診了脈，沒開藥方，只囑咐要好好休息，吃些溫補的食物，養些日子他再過來請脈。

橘紅去送郎中，琳怡紅著臉看周十九。「折騰了半天就是沒有病。」說著就起身穿鞋。

他剛進屋的時候看到琳怡蒼白著臉，緊緊地鎖著眉頭，頭上都是米粒大的汗珠，不由得嚇了一跳，轉身就讓丫鬟將郎中請來，再一思量，才想到琳怡是在作惡夢。

琳怡起身簡單綰了頭髮，讓玲瓏將周十九的乾淨衣袍拿出來，服侍他換了衣服。「郡王爺將那道士帶回京了？」

周十九看向琳怡尖尖的下頷，一時沒有說話。

琳怡將荷包、扇墜子給周十九掛好，抬起頭來，看到他沈靜的神情，琳怡嘴邊的笑容也少了大半。

周十九道：「那道士妖言惑眾，只怕帶回來要禍國殃民，我和幕僚商量了一下，帶了幾個嫡系將道士給殺了。」

琳怡驚訝地睜大眼睛。「那……皇上那邊郡王爺要怎麼交代？這幾日京裡就傳出消息，說有人要謀儲君之位，必然先殺那道士……郡王爺去尋那道士進京，若是道士不見了蹤跡，上面怪罪下來，郡王爺首當其衝。」

周十九的表情寧靜如水，伸出手來整理琳怡鬢角的頭髮，微微一笑。「元元放心，沒事的，不過是雷聲大雨點小罷了。」

殺了皇上最信任的道士，卻能這樣悠閒地一帶而過。敢這樣做的人，大周朝能有幾個，周十九因為聰明也有幾分的任性，所以他才敢去對付成國公，才能明著不向五王爺折服。

兩個人從套間出來到東暖閣裡說話。

周十九喝了幾口清茶。「那道士欺瞞皇上，謊稱解開了讖語，聽說皇上病重，心知犯了欺君之罪，恐性命難保，於是就從陪都脫逃了。我趕去陪都的時候，已經不見那道士蹤跡。若論罪責我固然有，陪都的官員也少不了。陪都的官兵已經四處尋找道士下落，我是回京請旨調動更多兵馬，掘地三尺也要將人找出來。」

皇上病重，誰敢下令動用陪都的兵馬？這樣一來延誤尋人的良機，即便最終找不到那道士，也可以用這個藉口堵住悠悠眾口，誰又知曉那道士已經被周十九殺了？周十九算計得好，可也是一步險棋，朝廷上本來就已經流言四起，儲位之爭就會被推到高處，這是逼迫皇上作個抉擇。

琳怡思量片刻。「儲位之爭幾位王爺都脫不了干係，郡王爺是覺得早些爭起來不利於五王爺？」

五王爺如今占了優勢，就這樣下去，早晚有一日會得到更多的支援。

周十九笑著道：「皇上雖然病重，卻還想著親自批閱奏摺，幾位王爺看似分擔了政事，卻哪一個每日都要去養心殿聆聽聖訓。」

也就是說皇上依舊雄心治國，現在誰想做儲君，就相當於覬覦皇位，現在擁護的人越多犯的錯也就越大。琳怡才想到這裡，白芍進來道：「宮裡有內侍來了。」

內侍進府是要傳召周十九進宮？周十九整理衣袍迎了出去。

一盞茶工夫，周十九去而復返。「皇上看了我的奏摺傳召我進宮。」

果然是這樣，皇上要親自問周十九那道士脫逃之事。

琳怡忙服侍周十九換好了官服，將周十九送出院子。

接下來就只能在家裡聽消息。

琳怡回到東暖閣，拿起笸籮裡的針線才繡了幾針，鞏嬤嬤就進屋來。「奴婢看到申嬤嬤從信親王府回來……好像很是高興。」

申嬤嬤高興，那就是周元景的事有了轉機。信親王妃進宮見了太后娘娘，太后娘娘或許答應了要向皇上求情。

琳怡沒有仔細問鞏嬤嬤。

周老夫人做事向來是虛虛實實，明明沒有什麼也會故弄玄虛，周元景和甄氏的事不該她操心，她乾脆就真的放開，周元景留在京中或是流放，那該是周老夫人和甄家關切的。

琳怡裁好了布，要給周十九縫襪子，一針針細密地縫上去，繡線埋在布料中，要很仔細才能看出來。

靜靜地做著針線，總是能讓人平靜下來，仔細思量前世那一樁樁的事……讓她覺得熟悉又陌生。

那些無關的她不想去思量，只有二王爺和皇后娘娘謀反的事，讓她放心不下。前世她和周琅嬛、蔣氏相遇，這一世大家的生活都有了改變，她們不但又相識而且頻繁走動。這樣想下來，皇后娘娘和二王爺與前世一樣，仍舊被劃作了一起。

前世的謀反會不會重現？這是誰也猜不中的事。

所有的事彷彿都是冥冥之中安排好的。前世，守城將領若不是要放國姓爺女眷出城，說不得也不會放了蔣家和她們。能順利出京本是好事，卻又因國姓爺一家被官兵追殺，成也蕭何敗也蕭何。這一世她本和周琅嬛交好，可是關鍵時刻，周琅嬛還會站在太后娘娘那邊。

她和蔣家的關係就十分簡單，前世蔣家一心想要救她和小蕭氏，這一世蔣氏覺得和她性情相投，在人前總是不遺餘力地維護她。

林正青就像一條滑膩的毒蛇，無時無刻不吐著紅信。

周十九呢？也許就是因為前世的周十九關鍵時刻救了她，所以才會有這世他們兩個的姻緣——

第二百六十章

做了會兒針線，琳怡讓橘紅幾個將今年收好的花瓣拿出來，挑出曬得好的來做點心，等到九九重陽節時用。鞏二媳婦也過來幫忙。自從鞏二重新得了差事，鞏二媳婦就格外高興。「從此往後府裡就不能閒著了，馬上就是重陽節，然後是冬至，再就是春節。重陽節要吃花糕，冬至要包餛飩，還要準備年禮。」

這樣一說還真是，琳怡笑起來。「這樣也好，有事做，日子過得也快，冬天好熬過去。」她從小怕冷，一直覺得過年就是為了熬冬，熬過冬天就有盼頭了。

玲瓏說得高興，開口就道：「我家小姐可會做點心了——」話說完也知道稱呼錯了，忙捂住嘴。

橘紅取笑玲瓏。「她呀，就是記吃不記打，想到冬天的吃食，什麼都忘了。」

玲瓏說不過橘紅就向琳怡求助。「郡王妃瞧她那張嘴，等到過年包餃子，我非要多捏捏她的嘴皮，讓她整日裡說個不停。」

在福寧的時候，小蕭氏請過一個嬤嬤教琳怡禮儀，那嬤嬤嘴格外大，整日裡就是挑剔別人禮數不周，看見了誰都想教訓一番。琳怡嫌棄嬤嬤絮叨，過年的時候玲瓏就拿了幾隻沒有捏好的餃子遞給琳怡，讓琳怡將餃了捏好，就當捏嬤嬤的嘴皮。

將嘴皮捏上，看她還說不說壞話。

琳怡提起這件事，鞏二家的笑道：「這奴婢可是沒聽過。」說著問琳怡。「可管用？」

琳怡笑看玲瓏，玲瓏鼓起嘴。「管用、管用，怎麼不管用了？那嬤嬤後來說話真的少了。」

橘紅道：「那是因為嘴裡生了瘡。」

幾個丫頭笑成一團。

大家正說笑著，外面丫鬟道：「申嬤嬤來了。」

琳怡穩穩地坐在軟墊裡，讓申嬤嬤進屋。

申嬤嬤笑容有些古怪，上前給琳怡行了禮，眼睛一溜看向屋子裡眾人，鞏二媳婦和橘紅、玲瓏給申嬤嬤行了禮。

胡桃讓小丫頭去沏茶來，鞏二媳婦又將錦杌拿給申嬤嬤坐了。

申嬤嬤卻推卻一番，仔細向琳怡回話。「宗室營那邊問開粥棚施米的事，往年都是宗室聚在一起開辦個粥棚……老夫人說今年咱們家裡出了些事，想單獨施粥，就打發奴婢來問郡王妃。」

周老夫人是想給周元景造聲勢，這時候才想著施善心，未免有些晚了。

琳怡放下手裡的花罐子，看向申嬤嬤。「一樣都是施粥，就聽嬸娘的。」

申嬤嬤目光閃爍。郡王妃這麼痛快就答應了？

申嬤嬤忙道：「那奴婢就回稟老夫人了。」

琳怡頷首。

申嬤嬤就告辭。「老夫人那邊還有事，奴婢先過去了。」說到最後皺起眉頭。

等申嬤嬤走了，橘紅端了熱茶給琳怡。「申嬤嬤有些奇怪，說起話來口齒不清似的。」

白芍從外間過來，帶了廚房遞上來的花餅給琳怡嚐。「申嬤嬤生了口瘡，剛向郎中要了藥粉。」

鞏二媳婦憋不住，先笑出聲。

琳怡也被逗笑了。原來是這樣，怪不得申嬤嬤進來之後笑容就怪怪的，一定是以為她們在取笑她長了口瘡。

笑一陣，鞏二媳婦猶猶豫豫地看向琳怡，半晌才道：「郡王妃，要小心些。老夫人說單獨辦粥棚，咱們家裡誰出頭來辦呢？奴婢聽說二太太因有了身孕被供起來，除了每日點卯問問府裡的事，就什麼也不做了，老夫人將內務府賞下來的好東西都送去二太太那邊，哪裡會捨得二太太操心粥棚的事呢，還不是要讓郡王妃來做。雖說該是老夫人花錢，可是這事如何好做，就算是親兒媳還要揹上從中貪拿的名聲，只怕到時候郡王妃受累不討好。」

難得鞏二媳婦想得這樣透澈。琳怡道：「那妳就去跑一趟，找到申嬤嬤就說粥棚我讓妳們來幫忙做，妳從前也沒做過，問問申嬤嬤該怎麼辦。」

讓鞏二媳婦向申嬤嬤探個口風，申嬤嬤就知道是什麼意思，一定會向周老夫人稟告。

鞏二媳婦應下來。

琳怡道：「妳下去選幾個媳婦子，等著過去施米，一定要可靠的。」

鞏二媳婦一愣，接著歡歡喜喜地答應了。「郡王妃放心，奴婢一定小心辦好。」

鞏嬤嬤年紀大了，將來屋裡勢必要添嬤嬤，白芍、橘紅幾個還沒有嫁人，肯定接濟不上，不如就將鞏嬤嬤的媳婦選出來，這樣鞏嬤嬤也會盡力教媳婦。

到了晚上，周十九才從宮裡回來。

周十九換好了衣服，兩口子到暖閣裡說話。

琳怡低聲問：「郡王爺受了訓斥？」

周十九搖搖頭。「現在只是讓我將經過說一遍，等核實過了才是論罪的時候。」說著頓了頓。「再說道士才死，下面還沒有動作。」

周十九說的動作是……

「郡王爺說的是朝臣要提立儲君，那必然是科道御史、言官遞奏摺。父親說這幾日就有御史頻頻提起立儲，即便皇上能在位六十六年，立儲對朝廷有利無害。」

周十九道：「那就讓他們去說，看看能怎麼樣。」

第二天，鄭七小姐來看琳怡，兩個人鬧著說了會兒話，琳怡問起鄭老夫人。「身子怎麼樣？」

鄭七小姐笑道：「好著呢，前幾日還勸我母親要心胸開闊，才能活得長久。」

惠和郡主心裡放不下事，兒女的婚事就將她病了一大場，鄭家就是靠鄭老夫人支撐。就像長房老太太說的，鄭老夫人就是個老人精，誰也算計不過。

鄭七小姐道：「我母親最近進宮了，聽說一件事。」說著看看身邊。

琳怡向白芍點點頭，白芍忙出去守著。

鄭七小姐道：「我母親偶然聽太后娘娘說，皇上右手不能動了，所以不能批閱奏摺，這些日子太醫正在施針，宮裡都不敢議論皇上的病。太后娘娘滿心盼著上清院道士回來祈福，誰知道郡王爺沒能將人帶回來，外面都說是有人故意將道士殺了，現在太后娘娘遷怒於皇后娘娘，皇后娘娘過去請安，太后娘娘都不願意說話呢。」

太后遷怒於皇后？

「皇后娘娘還不知道到底是因什麼。」鄭七小姐道：「現在宮裡也是情勢緊張，我母親從宮裡回來，一直拉著祖母問，太后娘娘將母親叫去是不是別有用意，是不是關係到祖父和父親。」

琳怡道：「鄭老夫人怎麼說？」

鄭七小姐道：「祖母沒說什麼，只是讓母親少擺宴席，少出去走動，不要和旁人說起這件事。」

不向別人說起，卻讓鄭七小姐來她這裡作客，鄭老夫人是想提醒她，這一關不只是周十九要過，她也要有心理準備，說不得哪一日太后娘娘也會遷怒於她。

「五王妃這幾日倒是經常進宮陪著太后娘娘。」鄭七小姐將惠和郡主的話儘量都說給琳怡聽。「五王妃是很信道士的。」

五王妃是投其所好。琳怡喝了口熱茶。當年就是道士的讖言幫助了皇上登基，現在又遇到生死關頭，太后娘娘自然全心寄託在道士身上。

琳怡和鄭七小姐說了會兒話，鄭七小姐破天荒地向琳怡開口要繡花的花樣。

旁邊侍奉的白芍臉上都一閃驚訝。

鄭七小姐從來不喜歡針線的。

鄭七小姐抱怨起來。「祖母借我用的丫鬟年紀到了出府配人，從前我屋裡的針線都是她做，現在母親給我選的丫頭總比她差一籌，還要我選花樣出來她才會繡。」說著皺起眉頭。

琳怡目光一閃。「那怎麼不換了她？」

鄭七小姐道：「為人本分對我又好，我怎麼好將她換出去？」

聽鄭七小姐這樣一說，琳怡更確定了心中的想法。鄭家絕少不了會針線的丫鬟，鄭老夫人這樣安排，也是要逼著鄭七小姐去學女紅，如今分到鄭七小姐身邊的丫鬟，說是幫忙做針線，實則是在教鄭七小姐針線。

鄭老夫人的安排可比惠和郡主逼著鄭七小姐學要高明很多。

女孩子畢竟都是天性愛美的，穿慣了精緻的衣服，想要湊合是千難萬難，鄭七小姐又心善，不肯遷怒於奴婢。不過鄭七小姐早晚有想明白那天，到時候她就會感謝鄭老夫人的良苦用心。

鄭七小姐生性好玩，似是比別人立志晚些，等將來心性開了，未必就不是一個好主母。琳怡就想起長房老太太有意和鄭家聯姻……

她微微一笑，吩咐白芍。「將花樣都拿出來給鄭七小姐挑選。」

鄭七小姐笑著挽起琳怡的胳膊。「還是妳好。」說著羨慕地看了一眼白芍、橘紅和玲瓏。「妳身邊會針線的丫頭這麼多……」

琳怡將桌上裝針線的笸籮交到鄭七小姐手裡。「那也不給妳。」

鄭七小姐愁眉苦臉，可是轉頭看到琳怡，兩個人又都笑起來。

送走了鄭七小姐，桐寧回來稟告。「郡王爺今晚不回來用膳了。」

周十九從陪都回來之後就忙起來。他將殺道士的事說得輕描淡寫，彷彿和從前一樣一切都在掌握之中，琳怡卻感覺到前所未有的緊張。

到了門禁時周十九才回府，琳怡去套間裡服侍他換下衣服。

琳怡將鄭七小姐捎來的話說給周十九聽。「宮裡亂成一團，有人想要將禍水東引，郡王爺是不是也不好脫身？」

周十九拉著琳怡躺在床上。「政事從來都不容易，不到最後誰也不敢放鬆，這幾日我會忙些，妳早些歇著，不用等我。」

琳怡頷首，周十九伸出手臂將她抱在懷裡。

不知道周十九是不是睡著了，琳怡在黑暗中睜開眼睛，數著他呼吸的聲音，十分平穩，可不知道怎麼地她卻睡不著，想要翻身，卻怕吵醒了周十九。他一早就要去衙門，沒有多少時辰好睡。

又過了一會兒，琳怡才小心翼翼拉開周十九的手，向床外挪了挪，閉上了眼睛。

她才轉過身，周十九睜開了清亮的眼睛。

第二百六十一章

第二天，琳怡一早就起床服侍周十九吃過飯，將周十九送出門。

葛家準備明日一早就啟程，琳怡回去廣平侯府看琳霜，順便將送給葛家的年禮一併帶去。

葛慶生讓人扶著給長房老太太、琳怡和小蕭氏行了禮。

長房老太太忙道：「快起來、快起來，小心身上的傷。」

葛太太笑道：「若不是有傷在身，必然要行大禮。」

長房老太太埋怨地看著葛太太。「都是姻親，這樣豈不是見外。」

大家坐下來，琳怡看著琳霜。琳霜胃口好了，臉色也見紅潤，和她說話間，眼睛也一直往葛慶生身上瞟，葛慶生不說話的時候也會偷偷看一眼琳霜。

琳怡看著琳霜微微一笑，琳霜不禁羞紅了臉。

葛慶生不能久坐，說了兩句話就去歇著，琳霜因要離京了，就拉著琳怡去東側室裡說話。

琳怡將給琳霜孩子繡的肚兜遞過去。

琳霜笑著收下。「妳什麼時候能來三河縣？」

周十九忙成這樣，她也不可能獨自回陳氏族裡，琳怡搖頭。「有了時間我定過去瞧瞧。」

要回家固然是好事，可是也要和琳怡分開，琳霜想著眼睛一紅。

琳怡小聲安慰。「人都說大肚婆眼淚多，還真是如此。」

琳霜破涕為笑。「怎麼總是妳打趣我……虧鄭七小姐和琅嬛還說妳厚道，妳就會欺負自家姊妹。」說到這裡，琳霜問琳怡。「慶生讓我問問，有沒有我們能幫忙的，若是我們能伸上手，就是晚回去幾個月也無礙。」

琳霜住在廣平侯府，應該也聽說了些消息。

琳怡搖搖頭。「妳放心回去吧，照顧好父子兩個，等明年再來京裡看我們。」

琳霜笑起來，拉起琳怡的手。「妳真是我的福星，每次我有好事妳總是在身邊，有了壞事也要靠妳幫忙。」說著眼淚又順著臉頰滑落。「我都不知道該怎麼報答妳才好。」

琳怡拿起帕子給琳霜擦眼淚。「又哭又笑的，小心讓肚子裡的寶寶笑話。」

琳怡和琳霜說完話去長房老太太房裡。

長房老太太吩咐白嬤嬤將她送給葛家的禮物交給小蕭氏。

這樣一來，屋子裡除了長房老太太就剩下了陳允遠和琳怡。琳怡給祖母和父親倒了熱茶，祖孫三個喝著茶水，屋子裡一時之間異常安靜。

長房老太太猶豫地看向琳怡。「郡王爺最近怎麼樣？」

琳怡低聲道：「從陪都回來之後就一直忙著。」

陳允遠皺起眉頭。「郡王爺有沒有說起那道士？當真是從陪都脫逃了？」

琳怡用茶蓋去拂茶碗裡浮起的茶葉，清脆的撞瓷聲突然響起來，原本壓抑的氣氛中頓時多了幾分的緊張。她將茶碗放在矮桌上，謹慎地迎上陳允遠的目光。「郡王爺說，他將那道士殺了。」

陳允遠手一抖，茶水頓時灑在長袍上，來不及叫丫鬟進來收拾，臉色煞白地看著琳怡。

「郡王爺真的說殺了那道士？」

琳怡頷首。「是真的。」

陳允遠似脫力般，肩膀一下子垮了下去，緊接著卻又緊張地聳立起來。「郡王爺怎麼做了這樣的傻事？殺了那道士，得力的是五王爺！」說著似是想到了什麼，直直地看向琳怡。

「郡王爺莫不是想要助五王爺爭儲君之位？」

周十九到底站在哪一邊，琳怡從來沒有細問過，只是照她看來，周十九一直傾向皇后娘娘那邊，既然如此定不會支持五王爺。如果不是五王爺，也不可能是荒唐的三王爺，就只有二王爺了。

陳允遠有些坐不住了，站起身來在屋子裡來回走動。

長房老太太思量片刻，看向陳允遠。「坐下，著什麼急，還沒有問郡王爺你自己先亂起來。」

陳允遠表情緊繃著。「常光文參奏上清院的道士在先，現在道士死了，又有人上摺子提起立儲君之事，奏摺上多提到中宮無子，分班序齒二王爺最長。這樣一來，道士一死，得利的豈非是二王爺？就算皇上曾有立二王爺為儲君的意思，現在二王爺的野心眾所周知，皇上豈會再立二王爺？郡王爺走之前還說定會將那道士帶回來，如今怎麼會突然將道士殺了？這到底是怎麼一回事？從前郡王爺就和國姓爺走動頻繁，難不成現在要靠向太后娘娘？關鍵時刻，怎麼能錯了主意？五王爺為人奸詐，身邊都是裝腔作勢之輩，將來登基並非明主，反過來，二王爺雖然表面上沒有作為，卻——」

陳允遠正說到興頭上，長房老太太頓時一聲大喝。「廣平侯！你在說什麼？」

陳允遠一怔，臉色難看。「是兒子失言。」

長房老太太冷厲地道：「你不只是失言，你是要將整個陳家送到火上烤。妄論立儲也是你能做的？莫說現在皇上沒有這個意思，真到了那時候，立誰也是皇上要作的決定，君臣之道還要我教你不成？」

陳允遠惶恐地垂下頭。「母親教訓的是，是兒子忘形……以為在家裡……就沒有了分寸。」

父親是真的怕周十九和陳家不是一個立場。從成國公之事一路走來，周十九都和陳家站在一起，雖然不能妄論立儲，其實哪朝哪代到了立儲的時候，重臣不私下裡使勁，都說不能結黨，沒有黨派的臣子少之又少，說是一心為朝廷辦事，那不過是表面上的罷了。

不知道怎麼，琳怡就想起前世周十九娶周琅嬛的事。周十九和國姓爺的確關係匪淺。

陳允遠重新坐下來。

長房老太太盯著陳允遠，臉上沒有半點血色。「郡王爺不一定有立場。若是你有結黨的心思，我勸你趁早斷了。放著好好的日子不作，專做掉腦袋的事。你父親不過是丟了爵位，你要讓陳家斷了生機，將來到了地底下陳家祖宗不會饒了你。」

陳允遠忙稱是。

長房老太太就看向琳怡。

琳怡在長房老太太的注視下，半天也沒有說話。

長房老太太讓白嬤嬤扶著站起身，向琳怡招了招手。「我累了，讓六丫頭陪陪我。」

琳怡走上前扶起長房老太太。

陳允遠出了一身的汗，不敢再說別的，躬身看著長房老太太進了暖閣，然後退了下去。

白嬤嬤倒上兩杯茶。琳怡坐在大炕上，眼看著茶杯上的花紋，正不知道在想什麼，手上一熱，琳怡看過去，是一隻滿是皺紋的大手，正緩緩地拍著她。

祖母年紀這麼大了，卻還要替她操心。現在本該是她給祖母解悶，想方設法幫助父親給這個家遮風擋雨的時候，怎麼她倒懶散起來……

琳怡收拾起心緒，笑著看長房老太太。「祖母屋裡什麼時候換了傢伙兒，這套粉彩是極好看的。」

長房老太太雖然老邁，眼睛依舊明亮，微微笑著。「離我那麼遠做什麼？坐過來。」

琳怡這才發現自己只坐在了床邊，往常她只要一回來就會膩在長房老太太身邊。

「跟祖母說說，妳是不是心裡不舒服？」長房老太太身上有淡淡的藥香，琳怡聞著親切又覺得心裡溫暖。

「沒有，」琳怡搖頭。「只是擔心父親……」

長房老太太嘆口氣。「妳這孩子有千般萬般的好處，卻又兩個缺點，固執又將心事都藏在心裡。但凡別人有事，妳都能看清楚，妳心裡怎麼想的，別人卻猜不透，想幫妳也幫不上。妳太聰明、太獨立，這樣雖然好，可卻要吃盡苦頭。就像鄭老夫人，年紀比我還大，卻比我更要操心。」

琳怡被最後一句話逗笑了。「前幾日，孫女還羨慕鄭老夫人凡事都算計得恰到好處。」

「唔……」長房老太太半合著眼睛。「那老東西是個妖精。」

長房老太太讓琳怡躺在自己腿上。「可是鄭閣老充其量只是個讀書人，沒有太大的野心，能做到閣老，還是家有嚴妻鞭策。」

周十九卻有太大的野心。

長房老太太靠在引枕上。「男人和女人不一樣，男人有抱負，是我們永遠不能理解的，他們不會因一件小事或是一個女人放棄前程，雖然有時候也會匪夷所思地做些不理智的舉動。」

可畢竟是太少了。琳怡瞭解周十九的心思，周十九向來不會冒險，他不是不會站位，而是要選擇恰當時機，萬無一失的時候再站位。就算他真的支持哪位王爺，也不會輕易就說出來，他會想方設法保住自己。

長房老太太道：「妳不願意嫁給他不就是因為這個？現在妳父親選了二王爺，那是他的抱負，他想要因此留名。他經常做那些危險的事，雖然不貪圖銀錢，何嘗不是為了想要名聲？郡王爺雖然娶了妳，也不一定就要為我們這個家效力。」

琳怡聽得這話垂下頭。成親之後，她對周十九的防備也漸漸少了，總覺得至少周十九不會害父親，事實上就算周十九袖手旁觀，也不算是錯。

琳怡輕聲道：「父親也是沒辦法，我們家和皇后娘娘母家關係密切，怎麼也逃不開。」

長房老太太瞪著眼睛。「別替妳老子說話，我們家不是書香門第，卻養出他這麼個迂腐的東西，講什麼氣節，整日將文臣死諫掛在嘴邊，因此將妳母親嚇哭好幾次，跑到我這裡來訴苦。」

多少人為氣節欣然赴死，這是一個怪圈，將不要命的御史、言官全都圈了進去。父親去了科道就更加這樣起來，總覺得諫真言是為人臣應盡的責任，因此而死更加滿門榮耀。

長房老太太輕聲道：「妳為這個家做得夠多了，萬一真的有那一天，郡王爺不保妳父親，妳也不要因此為難自己。」

祖母畢竟是有遠見，旁人看不透的，都能提前看個明白，到了關鍵時刻，周十九會放棄父親。琳怡微微頷首。「祖母放心吧，我知道。」

出嫁從夫，她不能向周十九提要求，只能跟著周十九的腳步，管好內宅，做好康郡王妃。既然嫁給了周十九，她除了是個女兒，還是一個妻子。

琳霜將琳怡送到垂花門。看著琳霜的笑臉，琳怡心中油然生出一股羨慕。

她想要的平靜生活，離她越來越遠，她心中留下的，只是小時候在福寧的回憶。

第二百六十二章

晚上回到府裡，琳怡等到很晚，周十九也沒有回來，橘紅去鋪床服侍琳怡先睡下。昨晚一夜未眠，今天晚上倒是很快就睡著了。

琳怡迷迷糊糊中感覺到周十九躺到床上，伸手將她抱在懷裡。

第二天，琳怡醒過來，周十九還沒有起床的意思，她微抬起頭，感覺到額頭被什麼扎了一下，剛要躲開，周十九卻低下頭，立即扎得琳怡又癢又疼，她偏頭躲開，抬起頭來，看到周十九英俊的下頷上生出一片青色的鬍渣。

他低下頭笑。「元元說我蓄了鬍子好不好看？」

蓄鬍子那是到了父親那個年紀，大家都喜歡修美鬚。琳怡道：「那是要為人父才能蓄的。」

周十九將琳怡抱緊，手放在她小腹上。「元元快給我生個兒子，等兒子長大了，我就蓄鬍鬚扮嚴父。」

周十九這個嚴父何須扮來，雖然整日溫和地微笑，卻一樣威懾人。

琳怡起身去拿衣服來穿。「郡王爺也該起身了，一會兒還要去衙門。」

周十九伸手將她重新抱回懷裡。「元元別趕我走，我這幾日都沒在家裡。」

沒回家反倒成了藉口，琳怡看周十九一眼，慢慢沈下眼睛。「那好，郡王爺今日就別上衙了。」

周十九將琳怡抱緊，似笑非笑。「我們曹福參領家中遣人來問幾次何時回家，元元怎麼都不讓人去問問我？」

這已經是周十九第二次說起曹福，第一次是曹福的夫人嫌棄曹福納妾，夫妻兩個因此不睦，這次就是曹福的夫人遣人問曹福何時回家。兩件事聽起來都惹人笑話，不過細想起來，曹福的夫人表面功夫做得不好，卻是一心牽掛丈夫。

反過來，她事事周到，始終和周十九暗藏心事。

她不願意開口問周十九並不是怕得到不好的答案，而是她心中已經有了答案。

送走周十九，琳怡剛在抱廈裡見過了府裡管事，申嬤嬤捧來一只匣子，笑著道：「老夫人讓奴婢將施粥用的銀兩給郡王妃送來。」

琳怡有些驚訝。「怎麼好用老夫人的銀子？」

申嬤嬤就笑道：「老夫人說了，她牽頭施粥定要將銀子出了。」

琳怡只好接過申嬤嬤手裡的匣子。

到了晚上，周十九將周元貴叫了過來，幾個人一起去周老夫人房裡說話，周元貴捧著匣子將屋子裡所有人都看了一遍。

大家坐下來，周十九道：「施粥讓二哥安排吧，粥棚祖宅那邊出頭來擺，也給二哥掙顏面。」

周老夫人微微一怔。

周元貴忙推辭。「這……這……都是內眷來辦……我哪裡辦過？」

琳怡道：「嬸娘將申嬤嬤借給二伯，若是祖宅人手不夠，還可以從這邊挑人過去，也不會勞動二嫂。」

周老夫人看向琳怡，琳怡目光閃爍地看過去。她是才進門的新媳婦，就不照宗室營的慣例將銀子交過去一起做粥棚，而是拿了周老夫人的銀錢出來單做，宗室營那邊當她這個新媳婦標新立異，說不定還有她貪圖周老夫人銀錢的消息傳出來。藉著這次，她正好和周老夫人一家劃清界線，周老夫人要救周元景使盡各種手段，可和他們沒有半點關係。

周老夫人沈吟著。

周十九放下手裡的茶杯。「嬸娘就吩咐二哥吧，我們才立府，不好和宗室營分開。」

周老夫人勉強點頭，看向周元貴。「你回去和二太太商量看看，怎麼辦才好。」

周元貴緊緊抱著匣子答應。

等到周十九和琳怡走了，周老夫人才冷笑道：「他們這是要將事做絕了，這樣也好……」說著看向周元貴。「你先回去。」

周元貴出了院子。

申嬤嬤將周老夫人扶去東暖閣裡。

周老夫人道：「現在元景出事他們不管，看廣平侯出事，元澈伸不伸手。」

申嬤嬤眼睛一亮。「這麼說……已經定下了？」

周老夫人喝了口茶。「我也是在信親王妃那裡聽到些消息。」說著看向申嬤嬤。「明日妳就讓人說出去。」看看他們還能不能夫妻同心。

要讓郡王妃知曉，那邊定會鬧起來。

申嬤嬤掩不住笑容，歡歡喜喜地應了。「奴婢明白。」

回到第二進院子，周十九去見幕僚，琳怡在屋子裡做針線。

不一會兒工夫，門上來道：「有位馮爺來了，郡王爺讓去了外院的書房。」是馮子英吧！周十九不方便出面辦的事都由馮子英去做。

琳怡眼睛一跳，有些心神不寧。

周十九很少在家裡見幕僚，特別是還將馮子英都叫過來。

琳怡將鞏嬤嬤叫來吩咐下去。「別讓人去打擾，只留兩個婆子在外伺候。」年紀小的丫鬟辦事不妥貼。

鞏嬤嬤應了一聲，下去安排。

康郡王府照常關門落閂，待到第二天早晨，周十九和馮子英幾個從書房裡出來，門口的婆子道：「早飯已經準備好了，郡王妃問郡王爺在書房用還是去旁邊的暖閣？」

無論什麼時候都能將內宅打點妥當。周十九看向馮子英。「我們去暖閣吧！」
馮子英伸了伸筋骨，齜牙笑起來。「那當然是好，肚子裡早就鬧空城計了。」
琳怡只讓嬤嬤準備了一壺熱酒，周十九要去衙門不能滿身酒氣，喝些熱酒也就是祛寒罷了。
誰知道一盞茶的工夫，鞏嬤嬤就來道：「那位馮爺已經喝了三壺。」
琳怡詫異地看鞏嬤嬤。「郡王爺呢？」
鞏嬤嬤低聲道：「郡王爺倒是沒多飲。」
若是不讓馮子英喝酒，周十九早就開口，她也不必操心。「馮爺要多少給他多少就是。」敢這樣飲酒，八成是不去衙門。
琳怡說完話，鞏嬤嬤還站在旁邊沒走。
琳怡又抬起頭來，詢問過去。「怎麼了？」
鞏嬤嬤道：「是奴婢二媳婦帶著丫鬟進屋伺候的。」
今天早晨她沒讓鞏二媳婦過來梳頭，鞏嬤嬤就將鞏二媳婦叫去外院。
鞏嬤嬤壓低了聲音。「聽到了那位馮爺說起郡王妃。」
琳怡靜靜地看鞏嬤嬤。
「那位馮爺問郡王爺，郡王妃那邊怎麼辦？」鞏嬤嬤說完話低下頭去。這些她本不應該告訴郡王妃，可是她生怕郡王爺有什麼瞞著……怎麼說她也是郡王妃的陪房。

琳怡挪開目光問：「郡王爺怎麼說？」

鞏嬤嬤道：「郡王爺沒說話，那個馮爺也不說了。」

周十九不想提及，馮子英自然就不會再問。

琳怡目光一閃，「嗯」了一聲，看向鞏嬤嬤。「嬤嬤下去忙吧。」

鞏嬤嬤輕手輕腳地退下去。大約一盞茶工夫，周十九回來換衣服上衙，琳怡踮起腳尖給他繫扣子，繫到最後一顆，手一下子被拉起來。

琳怡抬頭迎上周十九的目光。那無論何時都一成不變、清澈的眼睛，一如既往地平靜。

周十九伸手摩挲著琳怡的食指。「少做些針線，手都紅了，」說著又用手來擦她的眼角。「眼睛也熬紅了。」

琳怡微微一笑。「要到冬天了，正好家裡有新熟的皮毛，我給小襖縫上領邊，這就要縫完了，郡王爺過些日子就能穿上。」

周十九眼睛更明亮起來。「又有新衣服穿了。」

這話像是郡王府短了他的衣衫似的。

昨晚她沒事的時候掐指算算，他們才成親還不到一年，她才嫁進來時，周家有常用的成衣匠，但凡那成衣匠給周十九做的衣袍都很合身，穿戴的時候，周十九二話不說都任她安排。可自從她親手給周十九做衣衫，不管是在成衣匠做好的袍子上加縫斕邊，還是在袖口多一層暗繡，或是將紐絆改成手做的，周十九都很喜歡。這樣一來，光是成衣匠做的衣袍他反而挑剔不穿了，即便是去陪都所帶的衣服也全都是經過她手的。

好像只要她不肯做，他就沒有了新衣袍。

都說行伍出身的人好伺候，周十九卻執拗得很，回家之後必然吃她做的，床要她來鋪，洗澡不用丫鬟，林林總總地安排下來，只要周十九一回家，他們兩個就被這些瑣碎事綁在了一起。剛成親時，她心中有防備和不願，卻也因他種種理由，連獨處的機會都很少，每一天做的事彷彿都一樣卻又不一樣，大概差別太過細微，於是她從沒想過，這樣下來，她和周十九到底改變了多少？

第二百六十三章

送走了周十九，琳怡也坐車將備好的花糕送去宗室營。信親王府是要自己送進去的，其餘的就打發媳婦子按照輩分、排行一份份地送過去。

琳怡才進了垂花門，蔣氏就迎上來。

兩個人並肩往花園裡走，聽到翠竹夾道那邊似有聲音。

琳怡側目瞧了兩眼，蔣氏低聲道：「我就是來尋妳，怕妳走到那邊去反被絆住了。」

「怎麼了？」琳怡有些詫異，那邊隱隱傳來哭聲。

蔣氏道：「是鍾郡王那邊的嫂子，前幾日因夫婿在信親王府喝醉酒，第二日回家時帶了一個丫頭回去，這兩日已經抬了姨娘。那位嫂子心裡氣不過卻也不敢犯了妒忌，今日就拿家中哥兒尋不到好先生為由，在那兒哭呢，大家雖然都勸她尋個好先生也不難，心裡都知道是怎麼回事，要不然怎麼會來信親王府哭？」

長輩固然送妾，也是因丈夫醉酒失禮，這種事打掉牙也要往肚子裡嚥。賢婦都要給丈夫納妾，可是有誰是心甘情願的？

蔣氏冷笑一聲。「一個巴掌拍不響，若說男人都是被算計才會納妾，那真是太抬舉他們了。」

琳怡聽到弦外之音看向蔣氏，蔣氏被琳怡這樣一看，神情倒不加遮掩起來。「我婆婆將身邊的丫頭賞下來，昨日我就給備好了嫁妝，今天嫁了出去。」

琳怡驚訝地揚起眉毛。「妳可真敢。」

蔣氏嘟起嘴。「我是拚著被婆婆罵，也不能讓那些妖媚的進屋。我沒嫁過來之前就算了，現在既然娶了我，就要改改章法，我不是溫順賢淑的人，反正惡名在外，我是什麼都不怕的。周元祈已經和離一次，大不了這次再休妻，不過要休也得等到過幾年我真的一無所出。」

和離那一齣周元祈已經沒有了顏面，再休妻不知要讓人怎樣議論……最重要的是，自從蔣氏進門，周元祈已經收斂許多，家中長輩總不能看著周元祈又恢復從前一樣，蔣氏就是握住了這一點才敢這樣。

琳怡和蔣氏走到抄手走廊。

蔣氏將這件事撇開問琳怡。

「郡王爺那邊怎麼辦？聽說皇上信讖言信得不得了，昨日上清院有道士解讖不當，被皇上問住了，拉出去就被打了半死。」

皇上不只是信讖語，還親自解讖，一般的道士都不敢在皇上面前亂說話。不會解是沒有本事，亂解就是欺君，現在真庵的徒弟找不到了，皇上身邊也沒有個讓他相信的道士，就像一個跛腳的人突然之間沒有了枴杖。皇上登基時年歲小，被權臣呼喝驚嚇之事時時發生，心性敏感多疑，這樣的缺點正好被圖讖添補上，若非認定自己是真龍天子，將來勢必大治，也不會幾十年大刀闊斧整肅朝廷弊端。

周十九殺了道士的後果比琳怡想的要嚴重。論政事，她不過是內宅婦人，如何比得上周十九，周十九定然知曉會有這個結果。琳怡仔細想起他臨去陪都時說的話，沒有半點要殺真庵徒弟的意思，到底是什麼讓他一下子改了主意……

大家在信親王妃屋裡坐下，說起重陽節送花糕去慈寧宮，信親王妃的目光就落在琳怡身上。「中秋節我們進獻的花燈在宮宴上都擺了出來，還是年輕人心靈手巧，這次的花糕我也不摻和，妳們自取去做了，還讓康郡王妃送進宮。」

中秋節和重陽節哪裡一樣，中秋節是皇后娘娘主持，重陽節敬長輩命婦進宮是向太后娘娘賀慶。

中秋節宮裡一片祥和，現在宮中因皇上病重，一片愁雲慘霧。

信親王妃的話說到一半，琳怡就已經猜到這裡面的意思，旁邊的蔣氏眉頭微皺，和獻郡王妃對視一眼就要說話，剛張開嘴，琳怡面帶笑容恭謹地答應下來。

大家從信親王妃房裡出來，蔣氏拉起琳怡的手。「妳便說身子不適推託了。」

獻郡王妃道：「宗室營裡那麼多命婦，哪裡就少了妳一個。」

琳怡笑著看向蔣氏和獻郡王妃。「宮裡的消息想打聽都打聽不到，我進宮也未必就是壞事。」

獻郡王妃瞪大了眼睛。「妳還真的要去？」

有些事想逃也逃不掉。

「妳不知道妳那二嬸田氏，」獻郡王妃壓低聲音。「如今可是五王妃身邊的紅人，這次皇上病重，太后娘娘請清華寺主持祈福，五王妃說了佛禪，惹得太后娘娘另眼相看，都是妳那二嬸之功。」

陳二太太田氏準備了這麼多年，現在終於達到目的。

這樣一來，廣平侯府更加被孤立起來。

大家一路說話到了垂花門，然後各自坐馬車回府，鞏嬤嬤早已經等在郡王府門口，琳怡讓橘紅攙扶著下了車。

鞏嬤嬤一路陪著琳怡去了第二進院子，一路上，鞏嬤嬤將府裡的事說了。「廣平侯府送了花糕給老夫人。」

琳怡頷首。

進了內室，鞏嬤嬤將屋子裡的下人遣下去，服侍琳怡更衣。鞏嬤嬤目光閃爍，琳怡詢問過去，鞏嬤嬤低聲道：「郡王妃去了宗室營，奴婢就收到一封信，信封用紅漆漆好，又沒有署名，奴婢不敢打開。」

說是給鞏嬤嬤的信，很有可能是給她的，否則怎麼會用紅漆封。

鞏嬤嬤從懷裡將信拿出來遞給琳怡。

燈光下，那封信彷彿刺目。

鞏嬤嬤是琳怡身邊最信得過的人，只要說一聲，鞏嬤嬤就會立即照辦，她有什麼事，鞏嬤嬤也會盡力遮掩，所以這封信如果是遞給她的，送到鞏嬤嬤手上最為妥當。

鞏嬤嬤慢慢退下去，琳怡坐在暖閣裡思量著要不要將信打開來看。

橘紅拿了手爐上來遞給琳怡。

琳怡接了手爐，將橘紅遣下去，猶豫再三，還是將手裡的信拆開。

上面字跡工整，是瘦硬挺秀的柳體。這樣的柳體大周朝能寫出的人不多，是林正青。

信上寫的是——

攀附乃人之常情，求平安並非只有清華寺。

毫不相關的話連在一起，讓人看不明白，她卻隱隱地猜出裡面的意思。

琳怡將信扔進腳下的炭盆裡。信紙很快就燒著了，熱烈的火焰燒了片刻就成了點點火星，最後化為灰燼。

琳怡看著半晌才挪開眼睛。

燒了信，她讓橘紅幾個將屏風搬來繡。周十九很晚都沒有回來，桐寧來道：「郡王爺在外商量事，讓家裡不要等了。」

琳怡讓白芍取來周十九的氅衣給桐寧，然後才鋪床睡下。

這些日子身上異常疲累，腿也格外容易痠似的，琳怡將腳縮起來，本想看會兒書，卻不知不覺就睡著了。

清醒的時候拚命想逃避的事，到了睡夢裡就作不得主。閉上眼睛，前世的一幕幕就回到腦海裡，她幾次皺著眉頭想要醒過來，掙扎之後只是睡得更沈——

眼看著那一柄柄刀就到了眼前，琳怡握緊了手，下意識地去拉身邊的小蕭氏。女眷們都在躲閃，依稀還能聽到前面馬車裡傳來蔣太太和蔣氏呼喊的聲音。那聲音越來越遠。

馬車追不上了，只盼著能在叛軍手裡逃過一劫。

眨眼之間，已經被叛軍團團圍住。

國姓爺家有幾個家人將國姓爺的女眷護在一起。琳怡和小蕭氏退了幾步，叛軍互相看著上前，幾個家人先被砍得血肉横飛，琳怡從來沒見過這種情況，沒想到此時此刻並沒有更多的驚駭，只是眼巴巴地看著，心裡沒有了半點的希望。

國姓爺的家人開始護著女眷小心翼翼地避開叛軍，小蕭氏、琳怡也跟了過去，琳怡轉頭一看，橘紅、玲瓏幾個丫鬟被叛軍衝散，不知到底去了哪裡。

琳怡茫然地四處看著，突然一個熟稔的身影映入眼簾。

隨時隨地都面帶微笑，意態從容，如今跨在馬上，多添了幾分威武。

叛軍的刀被輕巧地挑開，本來環作一圈的叛軍頓時被打亂，漸漸地被人衝出一條路來。

小蕭氏拉著琳怡想要靠過去，琳怡看著那個人，想要開口，不知道為什麼十分猶豫。

為什麼會猶豫不決？很快她就弄了明白——

國姓爺家的太太已經喊出聲。「郡王爺、郡王爺。」

心底不停地提醒她，眼前這個人並不會幫助她和母親。康郡王和周琅嬛訂了親，是國姓爺家的乘龍快婿，周元澈已經在父親入獄的時候就拋棄了陳家。

小蕭氏道：「是康郡王，快……快……我們過去。」

小蕭氏想要上前，卻被琳怡一把抓住。

琳怡看著周元澈的目光越過她和小蕭氏，直接落在國姓爺家周太太和周琅嬛身上，他的人也堅定地走過去。他握著手中的劍步步向前，擋路的叛軍嚇得發抖，片刻工夫就妥當地將國姓爺家的女眷護在身後。

琳怡轉過頭看到小蕭氏滿懷期望的眼神。

沒有用，如今康郡王和國姓爺家站在一起，他們陳家已經是被廢棄的棋子，周元澈不會在這時候顧及她們。

周元澈已經不需要陳家，更不需要再幫助陳家的女眷。如今他要全力保住周太太和周琅嬛，他也是因此而來。

幫助她和母親只是浪費時間，更有可能讓周太太和周琅嬛有差池。

耳邊傳來小蕭氏叫喊的聲音，琳怡轉過頭，身邊已經有叛軍過來。

小蕭氏和琳怡緊緊握著的手被扯開。本已經想好了母女兩個生死也要在一處，可到了這時候才知道，和那些人相比，她們的力氣小得可憐。

更多的叛軍圍上來，轉眼之間車夫被殺，馬匹也嘶叫著跪倒在血泊裡。沒有了車馬，這些女眷如何逃跑？就算跑得再快也會被人追上。

領頭的官爺大聲問：「康郡王，成國公世子在哪裡？只要你說了成國公世子在哪裡，我就放你們走，如何？」

聽到那問話的聲音，琳怡只覺得脖子上一涼，刺痛過後，溫熱的液體流了下來。

周太太和周琅嬛也是穿著簡樸，女眷們很少見外客，顯然這裡的叛軍不知曉哪些是國姓爺周家女眷，順手將她和小蕭氏撈過來，就以為抓住了把柄。

刀鋒割破了肉皮，依舊擺在那裡，小蕭氏面如金紙，顫抖著嘴唇說不出話來。

周元澈的目光這時候看過來，那雙眼睛平平淡淡，沒有任何情緒。

刀鋒上掙扎的性命本就和他沒有半點關係，怎麼也想不到父親沒有入獄之前，他還登門求娶。

人命終究是敵不過利益，康郡王並非父親口中誇讚的那個平正之人，父親壓上全家不過換來今天的價值。琳怡想到這裡就失笑，人生就是這樣，自己珍視的性命在別人眼中不過螻蟻。

母親還盼望著康郡王能救命，琳怡現在倒怕康郡王開口，只怕倒成了她的催命符。她在大火中掙扎著求生，想方設法和林正青交換利益，終於能和母親一起出了城，一步一步走過來，最終卻落得這樣的下場，這就是她傾盡全力換來的結果。

琳怡只等那一刻到來。

第二百六十四章

似是隱約有馬蹄聲響，琳怡努力辨別過去。

耳邊傳來叛軍氣急敗壞的聲響，琳怡感覺到脖頸上的刀鬆動了些。

「妳這瘋婆子——」

就是這個機會，她用盡全力去推脖子上的刀鋒。

刀一偏，琳怡得以脫逃，才走了兩步，就聽到小蕭氏的慘叫聲。

琳怡轉過頭去，看到小蕭氏緊緊地咬在叛軍胳膊上。

叛軍一腳踹在小蕭氏身上，手起刀落砍在小蕭氏後背上，琳怡又驚又駭，就要去拉小蕭氏，手腕卻是一緊，被人拽到一旁。琳怡抬起頭，看到了周元澈。

周元澈這時候拉起她，叛軍會以為她是國姓爺家小姐，那小蕭氏就是周太太，他是有意讓叛軍誤解。

果然那叛軍又將倒在地上的小蕭氏扯了起來……琳怡還沒回過神來，轉眼看到了馬車，是國姓爺家另一輛馬車。

馬車被叛軍圍停下，叛軍抽刀上前，跟車的家人迎了上去。

看樣子，那輛馬車裡的人就是叛軍要的成國公世子。叛軍去圍那馬車，周十九握緊了劍就要過去。

領頭的將領從兵士手裡接過小蕭氏，冷笑道：「康郡王總不能眼睜睜地看著岳母死在這裡。」

琳怡一怔，看著衣裙沾滿血的小蕭氏，脫口道：「她不是周太太，我們是跟著蔣老爺出城的。」

那將領不肯相信，冷笑著在琳怡臉上打了個轉，又看看旁邊的周元澈。

琳怡期盼地看向周元澈和周家女眷。

沒有人開口，周大太太驚懼的臉上隱約有一絲歉意，周琅嬛躲在周大太太身後，緊緊地握著周大太太的袖子。

這時候人人自保，不惜用旁人的性命去交換。

小蕭氏本就病重，如今身上受了重傷，哪裡能支持住，如同一個沒有生氣的木偶被人提著，看著琳怡時滿臉的關切，沙啞地催促琳怡。「快……走……快……走……」

趁著周圍混亂，這時候可以逃走，畢竟叛軍都盯著馬車。心裡這樣想，琳怡卻挪不開步子。

不行，母親為了救她才會被叛軍傷成這樣，她不能眼睜睜地看著母親送死。琳怡看著提著小蕭氏的將領。

「周太太在那裡，康郡王護著的才是國姓爺家的女眷。」

來。

叛軍如同熱鍋上的螞蟻，已經沒了章法，扔下還剩一口氣的小蕭氏，伸手就向琳怡抓

這下被抓住就是一死，琳怡心裡再清楚不過，可這時候她已經逃不走。

叛軍所到之處殺了那麼多人，哪裡還缺幾條性命，她卻妄想著能勸說他們。

那隻沾滿鮮血的手迎面向琳怡抓來，巨大的力氣彷彿能抓碎她的骨頭，這時候，有人拉了她一把。

琳怡轉過頭看到了林正青。

林正青竟然會去而復返。

那叛軍沒有抓到琳怡，就向康郡王幾個人撲去。

琳怡忙去看地上的小蕭氏。小蕭氏已經沒有了氣息。

「快走，馬車在那邊等著！」

林正青扯起琳怡，琳怡卻鬆不開小蕭氏。

「再不走，一樣死在這裡。」

林正青手上用足了力氣，一下子將琳怡扯起來。

她剛站起身。

「我們的車！這是我們的馬車！」林大太太淒厲地喊叫，那馬車已經被國姓爺的家人搶了過去。林大太太嚇得叫個不停，撩開車簾，不停地喊林正青。

國姓爺家的車夫不管不顧就將馬車趕了起來。

眼見著成國公世子上了車，周太太也登上車廂。

琳怡在林正青拉扯下拚命地跑過去。

終於離馬車還有幾步之遙，身後飛來的竹箭釘在車廂上。

求生的力量是讓人無法估計的，琳怡快跑幾步，伸手握住了車廂，趕車的卻已經揮動了長鞭，康郡王從車廂裡出來。

琳怡對上康郡王那雙眼睛。她不記得帶了多少懇求的神色，只記得車廂裡傳來周老爺的聲音。「郡王爺……快……來不及了……」

她的手被康郡王拉起來，那雙眼睛冷漠地看著她，沒有半點猶豫地將她丟了下去。

緊接著，她感覺到胸口一陣疼痛，心臟彷彿要裂開了般。

胸口的疼痛那麼真切，心窩上似是被人扎了一刀，疼得讓她掉眼淚。

琳怡低頭看胸口，亮晃晃的刀鋒透出來。

眼前的一切漸漸模糊，遠去的馬車、圍上來的叛軍、林正青驚恐的臉……母親死了，她也沒能逃過一劫，林正青算計的大好前程也因此葬送了。

怪不得人人想要攀高，國姓爺一家身分貴重，關鍵時刻搶了別人的馬車也讓女眷活下來。

琳怡看著林正青，人之將死，從前的那些恩怨一下子化開來，只是覺得可憐，可憐林正青機關算盡也落得和她一樣的下場，沒想到終究和林正青死在一起。她對著林正青露出一抹微瀾的笑容，就是這樣……閉眼之前，一切都算了吧！今生今世已經無法再計較。

眼前黑暗下來，琳怡略微掙扎，腦海裡卻浮起周元澈那雙眼睛。平靜從容，在最後將她丟下那一刻，深不見底的眼睛裡也沒有半點情緒。她像個傻子一樣祈求，盼他能看在從前和父親的交情不要扔下她，現在想想，周元澈綁了成國公世子，更帶了國姓爺一家，就是要去御前邀功，她和母親的性命豈有前程重要……

她抱有的妄想，真是世間最大的笑話。

琳怡這樣想著，周元澈的臉越來越清晰起來，琳怡用盡全力一掌揮過去，要將惡夢打散。

「啪」，清脆的聲音徹底將夢打碎了，她徹底清醒過來。

周元澈真的就在她眼前，平日裡從容閒適的神情中有了幾分的錯愕。她那一掌結結實實地打在他臉上。

端茶過來的橘紅嚇了一跳，將手裡的托盤扔在地上。

琳怡如遭電擊，混沌的腦子清楚許多。她剛剛是將夢境和眼前混在一起，還以為在夢中，就揚手打了周十九。前世裡，她是那麼絕望，現在回過神來，卻仍舊抑制不住劇烈的心跳。

從來沒想過時間還能倒轉，她還能重獲新生。閉上眼睛那一刻，她以為那樣就是一輩子，如今父親、母親好好地活著，她也活生生地站在周十九面前，身邊一切都有了天翻地覆的變化。

她慌亂的眼神四處望著，周十九的目光漸漸平和起來，變得異常寧靜。

他的手慢慢地覆在琳怡手上，琳怡忍住戰慄，勉強長喘一口氣，就要開口說話。

「沒事，元元，妳瞧瞧，這裡沒有旁人……」說到這裡微微一頓，彷彿在揣摩著自己的話能不能安撫琳怡。「這裡是妳的家。」周十九撩開袍子坐在榻上，動作很慢，生怕嚇到琳怡，手指慢慢收攏將她抱在懷裡。

周十九緊緊地抱著琳怡，越來越緊，緊得讓琳怡不再覺得冷，不再顫抖。「元元別怕，我讓人多點些燈來。」

琳怡搖頭，這個惡夢並不是燈能驅走的，它那麼真實，一直就藏在她心裡。每次她看到周十九時總是對他心生疑惑，原來是因為前世，她沒想起前世的一切，卻下意識記得周十九那雙從容不迫、波瀾不驚的眼睛。

橘紅還愣在一旁，鞏嬤嬤聽到聲音進來詢問。

周十九道：「郡王妃被夢魘著了，去多拿只手爐來。」

鞏嬤嬤答應一聲，忙帶著橘紅下去。

琳怡接過鞏嬤嬤遞過來的手爐，身上暖和多了，心裡那團冷氣卻始終沒有散去，彷彿仍舊有一柄鋼刀插在上面。

「讓人擺飯吧！」琳怡吩咐鞏嬤嬤。

鞏嬤嬤應了一聲，慢慢退了出去，臨走之前，抬起頭擔憂地看了琳怡一眼。

琳怡知道鞏嬤嬤擔心的是什麼，橘紅一定將她打周十九的事說了，鞏嬤嬤怕他們夫妻因此生嫌隙。要知道男人是最在乎臉面的，尤其是宗室，平日裡錯話也不敢說半句，更別提被人打了臉。

就算做妻子的也不能這樣肆無忌憚。

「讓人將飯擺在屋裡，側室裡沒有暖閣暖和。」周十九喊了橘紅來將意思說了。「再拿些茯苓餅來。」說著低頭看琳怡。「祖母心神不好，妳就讓人送茯苓餅。」

她經常給祖母送藥膳，周十九聰明記憶好，許多事過目不忘。剛才她是被夢魘到了，周十九定也能感覺出異樣。

琳怡看向他，夫妻兩個對視片刻就各自挪開目光。

周十九道：「我去換衣服。」

琳怡也要起身。

他將琳怡按在榻上。「讓丫鬟伺候，妳不舒服多歇著，明日還要忙重陽節的事。」

周十九是從來不讓丫鬟伺候更衣的。

琳怡隨了周十九的意思，就抱著暖爐坐在暖閣裡吩咐丫鬟擺箸。

暖閣支上炕桌，丫鬟將筷子擺好，只等著周十九進屋，婆子就端盤進來。

琳怡等了一會兒，聽到外面傳來腳步聲，抬起頭琳怡看到周十九。

他穿了一件深藍色右衽滿布暗繡長袍，衣襟是琳怡才縫上的毛皮滾，只是領子有些奇怪，是一整條白狐領。

琳怡正仔細看著那衣服，白狐領子忽然就動了。

琳怡一怔。周十九比平日裡少了些耐心，往日他總是故弄玄虛到最後，一定要將她繞進去才干休。

周十九將白狐領捉下來。「是我今天早晨出城抓到的白狐。」說著將白狐抱在懷裡，輕輕走到琳怡跟前，慢慢將白狐放在軟榻上。

白狐大大的眼睛滴溜溜地看看琳怡和周十九。

周十九按著白狐的脖領，去牽琳怡的手。「摸摸牠，這時候毛皮最是軟，牠們經常在溪邊梳理皮毛，很乾淨。」

沒嫁給周十九之前，周十九要送她白狐，她雖然喜歡卻不能要。

琳怡將手放在白狐身上。白狐的毛皮比她想的要軟，和拿來要做的白狐領子完全不一樣。

「摸摸牠的頭。」

不管是動物還是人，都不喜歡有什麼在自己頭上。琳怡將手伸過去，白狐晃了晃小巧的頭。

周十九微微笑起來，眉目輪廓十分溫柔。「別怕牠，妳握住牠的弱點，牠不會咬妳的。」神情仍舊悠然，目光中卻帶著十分的懇切。

周十九拉起琳怡的手，將白狐放進琳怡懷裡。

第一次，她將周十九遞過來的白狐還了回去，這是第二次。

也是第二次周十九說起關於白狐的話。握住牠的弱點，牠不會咬妳的。

琳怡垂頭看小小的白狐，眼睛落在周十九拉著自己的手上。周十九現在拉著她的手，將來會不會像前世一樣毫不猶豫地將她丟開……

琳怡伸出手抿了抿鬢髮。

吃完了飯，周十九沒有去見幕僚，陪著琳怡早早就歇下了。

滅了燈，琳怡看著床帳輾轉難眠，身邊的周十九卻睡得極輕，彷彿連呼吸聲都聽不見。

第二百六十五章

第二天，琳怡醒過來時屋子裡靜悄悄的，周十九已經起身了。

琳怡將橘紅叫進來。「郡王爺呢？」

橘紅道：「在書房見幕僚。」

皇上病了之後不用早朝，周十九走得會晚些。

琳怡起身吩咐丫鬟安排早膳。周十九回來的時候看到琳怡正做針線，長長的睫毛半垂著，清澈的眼睛看著手中的繡花針，一時之間不知道在想什麼。

周十九站在旁邊看了一會兒，等到琳怡發覺抬起頭來，才笑道：「陪我一起用膳吧！」

吃過飯，送走周十九，琳怡吩咐鞏嬤嬤將進宮送的花糕準備好。

等到內侍送來宮牌，琳怡換上宗室婦的禮服進宮去拜見太后娘娘。她早知道此行不易，鄭老夫人讓鄭七小姐給她帶的話果然就靈驗了。

宗室婦進宮給太后娘娘賀節，大家聚在慈寧宮偏殿，然後陸續被太后娘娘召見。琳怡端著花糕在偏殿站了兩個時辰，聽到宮人將各位宗室婦請去宴席，宮人也沒來傳她。偏殿裡的宮人低著頭，眼觀鼻鼻觀心，不肯和琳怡說一句話。

直到宴席結束，才有嬤嬤來領琳怡。「太后娘娘身子不適，康郡王妃回去吧！」

琳怡將花糕放下，在側殿恭祝了太后娘娘身體安康，這才走出宮去。慈寧宮外沒有準備暖轎，這是要她一路上走出去。

琳怡抿起嘴微微一笑，彎腰整理好裙角，跟著內侍徒步走出宮門。

等在一旁、心急如焚的鞏嬤嬤立即迎了上來。「郡王妃您可回來了。」說著遞過暖爐讓琳怡捂手。

「眼見著夫人們都上了馬車，就是不見郡王妃。」說著將琳怡攙扶進了車廂，又將薄毯拿來給琳怡蓋了。

坐到暖暖的軟墊上，整個人放鬆下來，說不出的舒服。琳怡長吸一口氣，靠在迎枕上。不知道是不是在慈寧宮站得太久了，就覺得腰膝痠軟，她從來沒有過這種情形。

鞏嬤嬤吩咐車夫前行，琳怡閉上眼睛靠在車廂裡安神。

馬車才走，就聽到旁邊隱隱約約傳來哭聲。

琳怡看向鞏嬤嬤。

鞏嬤嬤撩開簾子看出去，一會兒工夫，低聲在琳怡耳邊道：「是哲郡王家的馬車。」

琳怡目光閃爍。那哭的就是哲郡王妃了。哲郡王和二王爺也走得近些，太后娘娘將宗室晚輩見了才召見了哲郡王妃。被太后娘娘疏遠，心中應該悲戚。朝廷裡不過才有立儲的傳言，就牽連到這麼多人，她們這些女眷不過是在重陽節送些花糕就被冷落，可見太后娘娘將手伸得有多長。

不怕受委屈，要看這個委屈受得值不值得。

琳怡吩咐鞏嬤嬤。「回到府裡就讓人將送到府裡的宴請帖子都退回去。」太后娘娘連她都不肯召見，她自然無臉在宗室營裡走動。

回到康郡王府，鞏嬤嬤忙讓橘紅打來熱水給琳怡泡腳。慈寧宮的側殿不是很暖和，她一個人動也不敢動地站在原地，寒氣從光可鑑人的地磚上冒出來，鑽進她的腳心中，幸虧她早有準備，否則說不定還真的會被凍著。

鞏嬤嬤將藥粉從琳怡的鞋裡拿出來。暖身用的乾薑和肉桂打成粉踩在腳下，將冷寒都隔開。

鞏嬤嬤將藥粉拿出來。「郡王妃總有法子應對。」

那麼多人都盼著她受苦，她怎麼能和自己過不去，要想方設法讓自己過得舒服些。

琳怡換上淡青色斕邊小襖，將橘紅叫進來。「去將之前我讓人抄的佛經拿出來，外面人問起，就說我在抄佛經。」太后娘娘篤信僧道，她從宮中回來也該學會自省其身，太后娘娘的怒氣也好消一些。

琳怡去暖閣裡歇了一會兒，鞏嬤嬤也讓人打聽了消息。「太后娘娘賞了五王妃一尊菩薩金像，還將平日裡戴的佛珠也一併給了五王妃。」

所有人都想方設法從宮中打聽消息出來，通過信僧道博得太后娘娘的歡心就是最好的消息。

琳怡看向鞏嬤嬤。「讓人去趟獻郡王府，幫我借套佛經出來。」

過了一個時辰，鞏嬤嬤回來道：「獻郡王妃說了，那套佛經被五王妃借走了。」

琳怡撐起了身子。獻郡王府裡藏了一套《藥師琉璃光如來本願功德經》，用來祈福最好……沒想到五王妃這麼快就知曉了。

第三進院子裡，周老夫人看著奶娘哄全哥睡了覺，全哥嘴邊還沾著糖霜，奶娘忙張羅丫鬟打水來給全哥擦拭。

「像他父親小時候一樣，就是貪吃。」

奶娘笑著道：「小孩子都一樣，喜歡甜的，我們卻不敢給多吃。」

周老夫人看著白瓷盤子裡的豌豆黃和千層酥上面都撒了一層糖霜。「這是誰做的點心？全哥好幾日沒有好好吃東西。」自從大太太沒了，全哥就睡不好覺也不肯好好吃飯，整日哭著鬧著要父親、母親。

奶娘一邊接過丫鬟手裡的巾子，一邊笑著回話。「奴婢也沒什麼做的，就去大廚房問廚娘，正好遇見郡王妃在，郡王妃出的主意──」說到這裡，看到申嬤嬤皺起眉頭，忙住了嘴。

周老夫人垂下眼睛不再問話，吩咐奶娘。「好好照看大爺，等大爺睡著了，再燒個安神符。」

奶娘忙應下來。

周老夫人從暖閣裡出來回到內室，申嬤嬤伺候周老夫人換了衣服，躺在床上。

申嬤嬤低聲道：「郡王妃打發人去獻郡王府要佛經。」

周老夫人如同入定了般。

申嬤嬤接著說：「沒能要過來，已經被五王妃借走了。」

周老夫人翹起眼睛。「那五王妃要謝謝琳怡了，要不是琳怡，五王妃還不知道獻郡王府有那本佛經。」

誰說不是？申嬤嬤笑起來，郡王妃拿來討好太后娘娘的佛經被人捷足先登，不知道現在是什麼滋味。

周老夫人道：「她為自己留了條後路，萬一皇后娘娘靠不住，好用佛經來討好太后娘娘。難不成別人就察覺不到？」

還是老夫人有遠見，事先就在第二進院子裡布下眼線，將郡王妃的一舉一動都掌握在手裡，這才知曉郡王妃的打算。

老夫人這些年經過多少事，俗話說得好，薑還是老的辣。

申嬤嬤將茶水遞給周老夫人喝一些。「要奴婢看，五王妃要謝老夫人。」還是老夫人將消息透露給五王妃知曉。

周老夫人不置可否，閉上眼睛休息。

申嬤嬤這才輕手輕腳地端燈出去。

第二百六十六章

五王府做道場祈福，京畿的女眷紛紛送了手抄的佛經過去。

五王府一下子熱鬧起來。

太后娘娘當天又賞賜了不少物件給五王妃，在深宮中拉著淑妃娘娘的手感嘆皇上有此佳兒佳媳實在是福氣。

皇上的病似是有了些起色，有一日還被五王爺攙扶著下地走了幾步，太后娘娘大為欣慰，吩咐淑妃娘娘替換皇后娘娘照顧皇上。淑妃娘娘進了養心殿，看到皇后娘娘正捧著奏摺看，嚇得連殿門也沒進。

消息一波波地送出來，傾向皇后的朝臣也不敢再出來說話。皇后娘娘本就有插手前朝政事之疑，現下這樣一鬧，更讓宮內宮外議論紛紛，就算是一國之母也不能如此。太后娘娘將皇后娘娘叫過去詢問，皇后娘娘也沒有辯解，立即就被太后娘娘訓斥，被罰在景仁宮思過。

景仁宮大門一關，淑妃娘娘進入養心殿照顧皇上，這如同告訴大家，皇后徹底失勢，大家應投靠淑妃娘娘和五王爺。

周老夫人聽到消息，慢慢轉動手裡的佛珠。沒想到幾日工夫就有了這樣的變化，這樣一來，信親王妃再去求求太后娘娘，元景很可能會被放回來。

申嬤嬤道：「我看郡王妃也沒有了法子，這些日子一直閉門不出，除了抄抄佛經就在屋裡歇著，連娘家也不回了。」

周老夫人眼皮不抬。「她哪敢再回去？從來都是御史彈劾別人，廣平侯去了科道，就變了章程，如今御史倒被彈劾結黨，琳怡這時候再回去，就不怕郡王府被牽連？」

申嬤嬤點了點頭。「原是奴婢沒有想透，這麼說，郡王爺不會再管廣平侯府了？」

周老夫人眼睛閃爍。「元澈原來是和國姓爺有些交情，現在想要上岸還要靠國姓爺，哪裡還能管陳家？」

政事上申嬤嬤不懂，不過對內宅裡的事，她可是清楚。「郡王爺這些日子都早出晚歸，很少在家裡用飯。」郡王爺和郡王妃可沒有從前那麼好了。

除了依靠郡王爺，郡王妃還能怎麼辦？和郡王妃要好的無非是鄭七小姐、獻郡王妃還有幾個地位不高的宗室婦，這些人哪裡能幫上忙？

周老夫人在屋裡歇著，那邊獻郡王妃來府裡看琳怡，兩個人到內室裡坐下，獻郡王妃拉起琳怡的手。「這些日子妳是不是病了？瘦得臉也尖起來。」

琳怡搖搖頭。「還是和往常一樣。」吃得也不少，睡得也還算好，沒有了前世迷迷糊糊的夢影響，整個人好像也逐漸精神起來。

獻郡王妃嘆口氣。「妳娘家那邊怎麼樣？郡王爺有沒有回來說什麼？」

自從上次她在夢中驚醒打了周十九，他們兩個之間就有了說不出的隔閡。從前她會將周十九送出第二進院子，周十九穿過長廊時會轉過頭來瞧她，而今她也會送到門口，卻不會停留很久，周十九也不會回頭。

兩個人還是一起坐臥，卻不會再抬起頭，彼此靜靜凝望。只要看向對方的眼睛，彷彿就能察覺彼此的心事。

誰也不說，但是誰都明白。周十九不再在她眼前晃，她也有意避開，兩個人甚至一天才見一面，話也說不上幾句。

這些事不用說也明白。

琳怡回過神來和獻郡王妃說話。「只是可惜了那幾本佛經，恐怕五王妃拿去就不會送回來了。」

屋子裡沒有旁人，獻郡王妃也沒了顧及。「我們家郡王爺本就不信這些，佛經也就是我收著……」說著頓了頓。「我們之前也早就料到會如此，這樣用處也不算白白損失了。」

琳怡和獻郡王妃相視一笑。

「妳在家中大約有些事沒有聽說，」獻郡王妃道。「宗室營那邊已經張羅著要修祈福金塔供奉藥王。」

琳怡並不吃驚，這是早就料到的事。

獻郡王妃道：「比我們想的還要快。信親王已經請來了普遠大師，普遠大師的師父是和真庵齊名的，現在真庵徒弟找不到了，好歹是找到了普遠大師，太后娘娘聽了定會高興。」

信親王妃就是打這個主意。琳怡道：「有沒有說怎麼籌建金塔的銀錢？」

獻郡王妃道：「大家聽說這件事，都在互相商量怎麼給銀錢呢！年底家家都花銷大，建金塔又不是小數目。」

琳怡給獻郡王妃泡了老君眉來喝。

每年走的年禮都不能減少，第二年的開銷也要預留出來，剩下的銀錢就不好分配，年底要施粥救濟百姓，整個宗室營還要跟著皇上祭祖，再建座金塔……給信親王府和五王府臉上添彩不少，到了下面地位低的宗室不過是白白拿出銀錢圖個好名聲而已。

信親王妃想要主持大局恐怕不易，大家籌不夠就要看信親王妃怎麼變銀錢出來。

琳怡目光閃爍。

獻郡王妃笑著看琳怡。「件件都被妳料準了，大家都說開粥棚放賑的事呢，不如就從這上面儉省，反正上面又不會來查。」

琳怡清亮的眸子總是出奇地寧靜。「不敢糊弄皇上，只有哄騙百姓。粥棚照開，每天到底用多少米糧又有誰來管？百姓就算餓死也不會有人追究。」宗室營每年開粥棚，宮裡都會賞銀子下來，這些銀子挪去修了金塔，為的是皇上安康，真的有人敢彈劾不成？

獻郡王妃喜歡琳怡的性情，有她在身邊總是覺得心裡踏實許多。「現在我們就等著看她們怎麼折騰。」

送走了獻郡王妃，周十九正好回府。

琳怡去套間裡給他換下官服，剛要轉身離開，只覺得腰上一緊，被周十九抱進懷裡。

「元元怎麼不問我朝廷上的事？真的不想依靠我了？」

真的不想依靠我了？

周十九是她的夫婿，是她這輩子該依靠的人。從前她知道周十九心思深不可測，和他相處一不小心就會掉進火坑，所以她不敢嫁給他。

可是，她沒想過前世死在周十九手裡。

臨死之前那種恐懼深深印在她心裡，外人永遠無法體會。

她是想依靠，只是怕有一日他再次鬆開手。

周十九眼睛裡露出淡然、冷漠的神情，讓她永遠記得。

人命不過如此。

將生命交到別人手裡之後，低賤如螻蟻。

「整個康郡王府都要依靠郡王爺。」琳怡聲音溫和。

周十九低下頭拉起她的手。「元元知道我說的是什麼，妳都做好了，完全不需要我，我要怎麼辦？」說著將她摟在懷裡。

他有他的計劃，她有她的籌謀。之前雖然各有心思卻互相詢問，彼此幫襯。

其實就算沒有她……周十九心思縝密，無論什麼事都能謀得最大的利益。

周十九溫暖的氣息吹在她耳邊，雙手緊緊地圈著琳怡。琳怡抬起頭，不想撞到了周十九的下頜，他卻動也沒動，反而彎腰將她抱起來，一直走向內室。

琳怡皺起眉頭掙扎起來。「下人都在外面等盤子，大白天……行為不端……」

周十九笑道：「元元說錯了，天已經黑了。」

琉璃簾子一動，琳怡迎面撞到了橘紅。

橘紅臉立即紅起來，慌不擇路地轉頭就跑。看到下人們都紛紛退避，琳怡只覺得熱血一下子沖到頭上，用足了力氣去推周十九。「郡王爺這是要做什麼……」

看到她脹紅的臉，周十九微微一怔，卻任她怎麼用力氣也沒有放手，一直將她放在暖炕上，自己也半躺在一旁。琳怡起身去穿鞋，剛坐到床邊，卻發現自己走不動了，低頭一看，周十九不知什麼時候將她腰間的瓔珞和他佩帶的方勝綁在了一起。

琳怡抬起頭來，周十九嘴角掛著淺笑，拉起她的手，屋子裡一陣寂靜。

好半天，周十九才將手挪開了些，很快卻又合上來。「汝之所去，吾之將往。今日盟約，擊掌為誓。」他說著，輕輕拍了三次。

周十九的笑容柔和，神情高雅閒逸，彷彿和往日沒什麼兩樣，只是目光深處微微蕩漾。

待周十九放開手，琳怡低下頭將瓔珞解下來。好半天，才將兩個人的配飾分開。再抬起頭來，卻意外地發現周十九睡著了。

勻稱的呼吸中吹出一些酒氣。

他在外應酬少不了喝酒，卻從來也沒有醉過。

琳怡叫了周十九兩聲，周十九沒有回答。

琳怡將被子拉開蓋在他身上，然後從內室裡出來。

白芍等在外面，看到琳怡立即稟告。「桐寧還在門上等著郡王爺，郡王爺說是換了衣服就出府。」

換了衣服就出府？周十九沒說還要出去。

琳怡吩咐白芍將桐寧叫進來問話。

桐寧小跑著進了院子，低著頭躬身立在門口。「郡王爺今晚要去見幕僚，馮爺還在那邊等著呢。」

馮子英也在，那就是有公事沒辦完了。這些日子，唯有今天周十九回來得早，原來只是回來換衣衫。

琳怡剛要說話，玲瓏匆匆忙忙在琳怡耳邊道：「郡王爺吐了。」

這次是真的喝醉了。琳怡看向桐寧。「你去和馮爺說一聲，郡王爺喝醉了，恐怕今晚不能過去。」

桐寧忙答應下來退下去，琳怡去看周十九。

橘紅帶著丫鬟已經將污穢收拾乾淨，琳怡拿過濃茶去服侍周十九漱口，周十九睜開眼睛凝視了她一會兒，這才接過水杯漱了口，又倒下去睡了。

琳怡吩咐胡桃擰了巾子給周十九擦了臉，然後取下他頭上的玉冠，烏黑的頭髮一下子散下來。

服侍周十九安穩地躺下，琳怡起身要走，手忽然就被拉住，緊緊地攥著，說什麼也不放開。

第二百六十七章

馮子英聽桐寧將周十九醉酒的事說了，不由得詫異。「這怎麼可能？」雖然喝了不少，可也……從前又不是沒喝過。

馮子英想了想笑起來，大約是心裡一高興就喝醉了。籌劃了好幾日的事，今天聽說信親王和五王爺府都要做祈福法會，宗室營還要籌銀子造金塔，他們覺得欠缺一點火候，這下子全都燒得恰到好處。康郡王想著這件事就多喝了幾杯。

馮子英回到屋內，大聲道：「列位，郡王爺今天有事不能來了，咱們明日再議。」

說完話，屋子裡一靜，大家就開始說起話來。席間有個幕僚站起身。「不如就像國姓爺說的那樣，將禍水東引，讓科道擔起來。御史那邊彈劾的奏摺不少，只要稍稍吹些風，就能讓他們成了出頭的椽子。」

這話說完，隱約有人議論廣平侯。

那幕僚就道：「廣平侯如何？做大事者不拘小節，這時候哪裡能顧及許多。御史言官本來就好死諫，等到朝堂上見了血，想要以死換聲名的御史、言官攔也攔不住。」

說到這裡，許多幕僚贊成。

「只是廣平侯府是郡王妃的娘家。」

「郡王妃本就明事理，不會在意這個。」

大家七嘴八舌，馮子英聽得耳朵生繭，悄悄退了出來。

廣平侯府也是燈火輝煌，陳允遠皺著眉頭思量。

長房老太太道：「還有什麼好想的？現在這種情形，避開是最好的法子，你這樣死撐著，萬一有人將整個科道牽連進去，你準備如何？」

陳允遠皺起眉頭。「母親，不是兒子不想，只是……科道亂成一團，兒子想脫身也已經晚了。」

長房老太太看著陳允遠。「你大哥允禮在世的時候就說兄弟裡面你將來最有出息，骨子裡的執拗勁兒就誰也比不上，你當真就要做一輩子言官？」

陳允遠沈默，半晌才道：「兒子也沒這樣想，只是在福寧和清流在一起，時間久了也就……趨炎附勢固然容易，真的拿了那些不義之財，日後被人拿捏事小，心裡也會過意不去。山東知府貪墨了幾十萬兩，知情的官員都明裡暗裡要脅賺一筆，朝廷沒有查下來，山東知府卻受不了如此擔驚受怕自裁了。所以說，別看貪墨容易，那也要有本事。兒子自問沒有這個本事，做人為官只想本分，科道就是糾察內外百司之官，皇上讓兒子去科道，兒子也要想方設法挺起脊背，若是不然，不如就請辭回家。」

長房老太太哼一聲。「倒是傲骨，你這樣行事雖然到科道沒多久，卻籠絡了不少人手在身邊吧？科道有不少倔脾氣的老大人，雖然官階不高，卻在哪裡都敢吹鬍子瞪眼睛，你心裡有了仗義，覺得在科道如魚得水，什麼事都敢去做。」

陳允遠臉一紅低下頭。「兒子……」

長房老太太道：「一根筋的樣子，倒是像你父親。」長房老太太意指陳二老太爺。陳二老太爺要不是性子倔，也不會寧願在西北吹風娶了董氏，也不肯回京任職，也是偶然機會回到京裡，發現長輩作主娶的趙氏果然賢良，不忍讓趙氏將來無依無靠才生下了允遠……真是一筆冤孽帳。「你父親就善謀大事。」否則也不會對西北的董家百依百順。

提起父親，陳允遠不敢有微詞，只得沈頭聽著。

長房老太太從紫檀奉壽軟榻上直起身子。「這次不是小事。你在我跟前說二王爺，也是你這耿正之臣應做的事？」

陳允遠忙起身作揖道：「兒子再也不敢亂說了。」

長房老太太冷笑一聲。「論理我不該問政事，只是這事關整個陳家，說不得是將所有人都拉下水的。這幾日的傳言你也該有所耳聞，都說康郡王為了這件事有意疏遠琳怡。正妻的地位固然不好動搖，遇到了政事牽連那也是不值一提的。我是內宅婦人沒見過大世面，你若是就將這個家毀了，我定不饒你。」

陳允遠再三保證。「兒子真的不敢了。」

「妄言立儲也不怕動搖國之根本，在皇上眼裡，可比那些貪官污吏還要可恨。你說得好，科道是糾察內外百司之官，立哪位儲君可在你科道職司之內？現在你是侯爺了，這個家都圍著你轉，沒有人敢說你，只有我這個準備入土的老東西敢呼喝你兩聲，你聽則已，不聽只當我沒說……往後好好做你的侯爺，努力籌劃你的大事。」

陳允遠整張臉也垮下來，跪在地上。「母親，您就饒了兒子吧！」

跪了半天，長房老太太讓陳允遠起身，白嬤嬤恰好這時候端了粥過來，陳允遠忙接過去服侍長房老太太吃粥。

長房老太太皺起眉頭，搖手。

陳允遠又勸說道：「您好歹吃一口，兒子真的不敢再提起那些話。總不能為了那些事，餓死老母親。」長房老太太和他賭氣，好幾日都沒好好吃飯，本來就病重，再不吃飯如何了得。小蕭氏每日在他耳邊說起這些，聽得他是心驚肉跳。

長房老太太這才鬆開眉頭，吃了些粥。

送走了陳允遠，白嬤嬤回到老太太身邊。「這下子肯定有用了。」

長房老太太嘆氣。「琳怡跟我說的那幾點我都說了吧？」

白嬤嬤笑道：「郡王妃也沒說什麼，只是說要提提家事。」

長房老太太抿了淡茶漱口。「說家事還不就是二老太爺。琳怡是晚輩不敢直說，我就明白她指的是什麼。她這個做女兒的都看出來父親怨恨祖父。」

白嬤嬤頷首。廣平侯是怨恨二老太爺一心攀董家，不顧他們母子死活，現在老太太說廣平侯像二老太爺，也是提醒廣平侯莫要忘記家中妻兒老小。

長房老太太嘆口氣。「到了今天這個地步，牆倒眾人推，也不知能不能平安度過。我就是擔心琳怡這個孩子……」說著吩咐白嬤嬤。「明日妳去康郡王府，看看琳怡氣色怎麼樣。」

白嬤嬤應下來。

第二天，蔣氏來康郡王府看琳怡。蔣氏將手裡的佛經遞過去。「這是我今日收上來的，信親王妃這幾日要將佛經都供去法源寺。」

法源寺是四品官以下在寺院外都要止步的。

蔣氏輕聲道：「聽說是皇上的病有起色，淑妃娘娘照顧得也周到。」說著左右看看，臉色有些沈。「宗室營裡都議論這件事，皇后娘娘也太……才被罰去景仁宮，皇上病就見好轉。」

琳怡看蔣氏支支吾吾。「妳的意思是不是說有些人運氣太好？」

蔣氏伸手拿過茶來喝。「都這樣議論。」

琳怡失笑。「這樣一看還真是。」

蔣氏抬起頭目光閃爍。「妳也這樣覺得？」

任誰都會這樣覺得，五王爺那邊順風順水，皇后娘娘辛辛苦苦卻沒落得半點好處。除了有個母儀天下的稱號，一無所有。

蔣氏將佛經包好放在一邊。「這幾日妳抱病在家倒是清閒，我們日日都要去信親王府齊聚，不但要聽消息來湊銀錢建佛塔，還要商量過年的事，我看妳在家『抄佛經』也挺好。」說著看向琳怡手邊的繡屏，到了過年的時候還有新流蘇繡來掛。

琳怡被蔣氏逗笑了。

蔣氏道：「信親王妃要扣掉過年用的花銷，妳說這年要怎麼過？戲班子不用請了，席面不用做了，賞下人的銀子不給了？但凡宗室營的長輩哪個不是戲迷，每年不請上兩、三個戲班子大家都不高興，席面更是，若是做得少了，就像是管銀錢的女眷剋扣了。賞銀更別說，信親王府的下人個個都精貴著，不給銀錢誰肯上工？」

蔣氏跟琳怡抱怨著，琳怡就悠閒地給蔣氏沏茶。

琳怡向蔣氏望去。「這樣一來，就只有貼補銀錢了。」

蔣氏洩氣。「誰說不是呢，妳說怎麼辦？」

琳怡道：「那就立個當差的單子，將銀錢一項項寫好，酒席辦得寒酸了也是銀錢不夠。」

難不成能將單子給所有人都看個遍？出銀錢造佛塔，大家已經怨聲載道，尋了這個機會還不發放出來？蔣氏拉起琳怡。「還不快將病過給我，讓我也在家歇一歇。」

琳怡笑著看蔣氏。「那也沒什麼難辦的，現在想要向信親王妃示好的人不少，到時候妳就隨手一推，自然有人迎上去，只要妳別嫌信親王妃對妳另眼相看就好了。」

蔣氏噗哧一笑。「我還盼著她能對我青眼有加不成？趁著這時候當然是腳底抹油，跑得越快越好了。」

兩個人說說笑笑，外面婆子來道：「廣平侯府來人了。」

蔣氏才起身告辭。

送走了蔣氏，白嬤嬤進屋來說話。「老太太擔心郡王妃這邊，讓奴婢過來瞧瞧。」

琳怡就問起長房老太太的身子。「仍舊不愛吃飯？」

白嬤嬤道：「總是沒胃口，不似郡王妃在娘家時，奴婢常勸著吃。」

兩個人還沒說兩句話，鞏嬤嬤進屋來道：「郡王爺回府了。」

現在還沒到中午，周十九怎麼就下衙了？

琳怡站起身去迎，白嬤嬤低頭跟在後面。

周十九去套間裡換衣服。「將前院的書房收拾出來，我和幕僚要去商量些事。」

琳怡頷首，讓人去安排。

周十九靜靜地看向她。「陪都那邊說找到了那道士的屍身。」

琳怡有些訝異。「那……」周十九殺了那道士不會留下痕跡。「聽說皇上的病好些了，有人是故意這樣說。」

皇上能處理政事後，第一件就是查這件事，這無疑就是個訊號。

周十九接著說：「常光文定了秋後處斬。」

這塊大石頭終於落了下來，怪不得他這時候見幕僚。

第二百六十八章

周十九去書房，琳怡和白嬤嬤說話。

白嬤嬤道：「郡王妃似是瘦了些。」

這些日子已經不止一個人這樣說，琳怡道：「和祖母一樣不想吃東西。」

白嬤嬤目光閃爍。「可讓郎中瞧過？」

琳怡點頭。「看過了說沒有大礙。」

白嬤嬤鬆口氣。「這就好，老太太就是擔心郡王妃的身子。」

說完話，琳怡讓鞏嬤嬤送白嬤嬤出去。

白嬤嬤又囑咐鞏嬤嬤。「妳可要看著些，郡王妃是咱們老太太的命根子，老太太晚上睡糊塗了還起身叫郡王妃呢。」

鞏嬤嬤輕聲。「我省的，過兩日我就將郎中請來再給郡王妃把脈。」說著目光閃爍。

「我瞧著有些不對，還沒有聲張，只是小心看著。」

白嬤嬤將話聽到這裡，停下來瞪大眼睛。「妳這話是什麼意思？」

鞏嬤嬤慢慢頷首。「還不就是這個意思，只是郡王妃月信不準，這些日子又因府裡府外的事心中不痛快，我也弄不清楚到底是因身上不舒坦還是別的。這些事不好疑神疑鬼的，萬一嚇到了可怎麼得了，再說這府裡又沒有正經的長輩幫襯，弄錯了表面上不說，背地裡不知道又使什麼花樣。」說著看向白嬤嬤。「不作準的事，妳可別和長房老太太說。」

白嬤嬤道：「我知道了，」說著又囑咐鞏嬤嬤。「有什麼消息要最快送回來。」

天津知府常光文欺瞞朝廷私自挪用倉廒中的米糧，只此一條重罪就定了秋後處斬，地方官聽得這個消息大都心中惶惶不安，一時之間派人進京打點的不在少數，京中的客棧比往年住得都要滿，天津府的官吏更是如數進京，但凡和常光文有牽連的都如同大禍臨頭，年紀大的請辭，年紀小的籌錢，天津百姓寫了長長的萬言書，卻沒有官員敢遞進京。皇上向來施仁政，每年判死罪的官員並不多見，何況一個知府，再說常光文出自有名的大族常家，常家還出了一位皇后娘娘，常光文尚且如此，更何況旁人。

談及政局，大家不免說起大周朝尚無廢后的話題。難不成這次要開先例？和皇后娘娘走動稍近的官員上衙不說話，下衙大門緊閉，唯一不屈不撓的當屬科道。科道的官員依舊吹鬍子瞪眼睛怒斥道士禍國，替常光文抱不平，貪官污吏那麼多，為何要殺一個救百姓於水火的官員，然而倉廒的米糧不是常光文的，是大周朝的，常光文敢將倉廒搬空依仗的是什麼？五王爺也不想殺常光文，卻不能因常光文一人而亂了大周朝的法紀。

一陣鬧騰過後，開始死人了。熱河流行時疫，連同駐軍營裡的將領也染病，熱河的百姓死病無數，病疫開始蔓延。消息傳到京裡，各種傳說能治時疫的藥被搶一空，蒼術、大青葉、藿香、連翹等藥，平民百姓根本買不到，太醫院一半御醫開始奔走京裡顯貴家中，另有一些被委派去熱河平疫，京裡一時尋醫看病都十分困難。

康郡王府內，周老夫人才吩咐人去大牢裡看了周元景，現在正聽申嬤嬤一五一十地將周元景的情形說了。

「大老爺瘦了不少，看到府裡送去的飯食一下子就吃了乾淨。」申嬤嬤說著，面露不忍。「咱們送去的銀錢都被獄卒私用了，哪裡多照拂大老爺半分？」

周老夫人道：「在大牢裡能如何？只要不挨打已經是好的了。」

申嬤嬤接著說：「大老爺這次是真的害怕了，哭著讓老夫人想法子，無論如何也要將他救出去，還說殺人不過頭點地，他都已經這樣了，也算還了大太太一命，讓甄家看在大爺的分上就算了吧！大老爺說，等到出了大牢，一定去甄家磕頭。」

周老夫人半晌才道：「現在服軟有什麼用，早知今日何必當初？我辛辛苦苦將他生下來，難不成願意見他受苦？這次讓他吃足了教訓也好。」

話是這樣說，畢竟母子連心，申嬤嬤換了新手爐給周老夫人。「第二進院子裡去太醫院請了兩次太醫都沒能請來。」

周老夫人眼眉微抬。誰不是迎高踩低，達官顯貴都看不過來，怎麼能脫身來這裡？「郡王妃怎麼了？」

申嬤嬤低聲道：「聽漿洗的婆子說，郡王妃的小日子好像沒來。」說著頓了頓。「從前也有遲的時候，可是沒見郡王妃身邊的鞏嬤嬤著急。」

周老夫人看向申嬤嬤。「郡王妃飲食上如何？有沒有挑剔？」

申嬤嬤搖頭。「那倒沒有，也不見有害喜的症狀。」

御醫就算診斷也是月事不來十日左右，這樣一算還真是……怪不得會請御醫過來。周老夫人道：「從前給府裡看診的郎中呢？怎麼不喊過來？」

申嬤嬤目光閃爍。自然是不肯相信，女人不來癸水有幾種情形，萬一弄錯了，那可真是要丟了臉面。

周老夫人將袖子裡的佛珠拿出來捻。「我看還是將從前的郎中請來府裡。」

難不成要主動給郡王妃看診？申嬤嬤想著，沒有說話。

周老夫人道：「外面有時疫，我們府裡也要防一防，這幾日就讓郎中在府裡住下，多給他些銀錢。沒聽說京裡問診難嗎？我們府裡老老小小那麼多，不能大意了。」

這樣一來，只要有機會就能鑽空子。

周老夫人看著奶娘帶著全哥剪的窗花。「兩口子不是正鬧彆扭，真的懷孕了倒是好事。」

申嬤嬤望著周老夫人深不可測的表情。好事和壞事是一步之遙。

周老夫人道：「元澈不是將幕僚叫來府裡議事？」

這些日子一直如此，申嬤嬤頷首。

「也不知道都議些什麼。」

申嬤嬤道：「外院書房管得嚴，想打聽也打聽不著，奴婢只能讓人多注意著。」

周老夫人喝口茶，將茶碗放到一邊。「用不著妳去打聽，我養他這麼多年又見他為自己掙功名，有些事不用去想，無非是不和我一條心罷了。我是說……這府裡有人該知曉。」

郡王妃。申嬤嬤明白過來，該讓郡王妃知道。

白嬤嬤替廣平侯府送藥過來，琳怡看著就笑。「這麼多給我，家裡用什麼？」

白嬤嬤笑道：「老太太手裡有藥鋪，平日裡進項也不多，前兒幾日還說要盤給旁人，現在發了疫病，老太太說多虧沒有盤了，藥鋪也關了門，這些藥都拿進了府裡。」

京裡大多是這樣情況，所以很多人買不到藥，這樣一來，不是時疫的病症也跟著耽擱下來。琳怡心裡微微思量。

白嬤嬤坐在錦杌上說起家裡的事。「熱河那邊出了時疫，京裡公文批下來，動用熱河的駐軍防時疫。」

這些日子，琳怡沒有和周十九說太多政局上的事，可耳聞聽到熱河時疫，就想到了在熱河當都統的董長茂。

白嬤嬤壓低聲音。「若是時疫壓下去，二房的舅老爺定是大功一件。」

陳家二房和長房不合，董家興起對父親不是好事，況且這次時疫被人議論成是不祥之兆，矛頭指向皇后娘娘，都是皇后娘娘插手朝政以致乾坤顛倒……

欲加之罪何患無辭，淑妃娘娘母子是處心積慮要除掉皇后娘娘。

常光文被定罪，到這裡，儲位之爭正式拉開了帷幕。皇后娘娘、淑妃娘娘，二王爺和五王爺如同兩波巨浪，要將所有人都捲進去。

白嬤嬤臨走之前又將長房老太太的話囑咐了一遍。「老太太說郡王妃多注意身子，若是不舒服就請姻先生過來瞧瞧。」

姻語秋先生。琳怡提起來就想笑，自從認識那位張公子，姻先生就忙起來，也不知道張公子到底用什麼迷住了姻先生，就讓姻先生足足一個月沒有出門，她沒什麼大病也不想去打擾。

才提起姻語秋，姻語秋就打發人上門遞了書信到琳怡手上。琳怡將信看過一遍，不由得驚訝，姻老太爺病重，京裡郎中懷疑是時疫，姻家人作保絕非疫症，可朝廷不肯冒險，已將姻家遷出京城，而那位行事癲狂的張公子生怕果然是時疫耽擱了姻老太爺的病症，因此要隻身去熱河。

提到熱河，人人避之唯恐不及，哪有人會這時候過去？張風子看似癲狂，沒想到卻為了姻家能這般。姻語秋先生覓得了一樁好姻緣。

姻語秋先生字裡行間都是對張風子的擔憂，姻老太爺的病才好轉，姻家人正提出不如安排啟程回去福寧，沒想到姻老太爺卻突然又染了病症。

姻老太爺能回去福寧，姻家人說不得就會接受從中幫了忙的張風子，這也是姻先生殷切期盼的，既想要依靠張公子解圍，又怕張公子因此有危險，這樣複雜的心情讓姻語秋先生有些坐立難安。

琳怡吩咐鞏嬤嬤。「將府裡的草藥給姻先生送出城一些，再跟先生說若是有需要就寫信來，我必然想方設法籌齊。」

短短幾日風雲變幻，讓人覺得彷彿一整年的大事都湊在年底發生，不給任何人喘息的機會，如此重壓之下，大家都坐不住了。

琳怡在內室裡看書，外院管事捎消息進府，鞏嬤嬤進屋口傳。「不好了，郡王爺在衙門裡被脫了官服送回府了。」

琳怡一直覺得周十九對眼前的事有把握，雖然有人說道士屍體找到了，等朝廷查證的時候勢必證據不足，不會有什麼罪名安下來。再說大周朝武將不能參政，真正被推到風口浪尖的是文官，危險的是父親。

琳怡將書放下，站起身來。「郡王爺現在人呢？」在衙門被脫了官服是奇恥大辱，在下屬面前丟盡了臉面，將來要如何統兵？

鞏嬤嬤躬身道：「聽說已經在回來的路上。」

琳怡帶著人在垂花門等了一會兒，桐寧來道：「郡王爺被幕僚堵去書房了。」

這幾日幕僚都是圍前圍後、商議大事。

琳怡吩咐鞏嬤嬤。「送茶水過去。」

鞏嬤嬤應下來忙去安排，琳怡回到第二進院子。

大約一炷香的工夫，鞏嬤嬤才進屋。

「怎麼樣？」琳怡問起書房那邊的事。「有沒有說郡王爺是怎麼被送回來的？」

鞏嬤嬤臉色微變，怔忡了片刻道：「奴婢也沒聽清楚，那些人都在說時政。」

她讓鞏嬤嬤去打聽消息，很少會這樣支支吾吾地說不清楚，第一次是去書房打聽消息，這次還是……無非是說些和廣平侯府有關的事罷了。

琳怡起身吩咐橘紅拿氅衣。「嬤嬤不說，我自己過去聽聽。」

鞏嬤嬤臉色立即變了。「外院書房還有許多幕僚，郡王妃哪裡能直接過去問？」

琳怡轉頭看鞏嬤嬤。「嬤嬤要讓我心安，我就不必去問清楚。府裡有什麼事難不成能瞞我一輩子？既然早晚我要知曉，嬤嬤現在何必遮遮掩掩？」

鞏嬤嬤臉上一暗。「書房那邊不讓伺候，奴婢送了茶點就出來，不過在廊上聽了些話，也作不得準的。」

琳怡道：「那就讓外院的管事去聽聽。」

讓管事去聽，說不得就會傳到郡王爺耳朵裡，鞏嬤嬤不敢再推託，只得道：「奴婢聽幕僚說，現在就是坐山……觀虎……鬥，鼓動科道繼續鬧起來，就算鬥不過五王爺，也可以置身事外。」

不知怎麼地聽到鞏嬤嬤這樣一說，琳怡胸口就像有什麼忽地炸開了。她就知道周十九哪裡會有危險，這樣被人送回來不過是想要做足了戲碼，既讓人覺得受了委屈又能在這時候作壁上觀，只等到風波過去之後，推翻冤案重新上任。

成國公死了之後，鼓動父親去科道的是周十九，現在果然能利用科道言官扶持皇后娘娘和五王爺作對。皇后一黨贏了，作為殺了成國公的功臣、廣平侯的女婿，又在殺道士一事上立下大功，可謂是坐享其成。五王爺一黨贏了，周十九在關鍵時刻沒有攪和進去，明哲保身，再說以周十九和國姓爺的關係，國姓爺定會幫忙在太后娘娘面前說情，怪不得在她面前不肯說會站在哪一邊。

周十九不是不站位，是要先拋出試金石，這塊試金石就是和皇后娘娘有些淵源的廣平侯府。

其實她心裡又何嘗不知曉，周十九仕途能順風順水，靠的不是運氣。他能讓禍水東引，轉嫁於旁人，不會因對方是誰手下留情。她就不該相信他，前世一樣現在如此，就算廣平侯府家破人亡，外面也不會說周十九半點錯處，說不得還會為他申辯，作為一個姑爺已經幫襯廣平侯府不少。

這世她雖然做了康郡王妃，卻和前世有什麼分別？政局不幸偏離他們，廣平侯府就要付出代價，等到時機成熟，周十九會丟下父親，最終大約還會丟下她。

琳怡深深呼吸，儘量按下慌跳不停的心。

她早就料到，現在又來後悔做什麼？

重活一世，她早就下定決心，前世失去的這世要牢牢把握，不能退縮，不能害怕，不能放棄。

周十九說過要她相信，要她放心，她以為他一諾千金，實則不值一文。從始到終，他都算計好。

能共貧賤否？能共富貴否？雖然不是骨肉親人，卻也是結髮夫妻，就算不管將來如何，周十九都不會休了她，她真的就能安心於康郡王府的富貴？丟掉親人不聞不問，做她的康郡王妃？

她不怕賠了自己，卻怕牽連全家。

她一直想要逃開，卻還是心志不堅，才到了今天的地步。

或許她不該難過，她從來不該想著去依靠他。

第二百六十九章

琳怡看向鞏嬤嬤。「去廣平侯府打聽一下，看看那邊怎麼樣了？」

鞏嬤嬤點頭。「奴婢這就過去。」

鞏嬤嬤才要走，琳怡想起一件事，轉身囑咐，誰知話還沒說出口，眼前就是一黑，差點就倒在地上，幸虧鞏嬤嬤眼明手快，伸手將琳怡攙扶住。「郡王妃這是怎麼了？奴婢就去請郎中！」

琳怡閉上眼睛安靜片刻，看向鞏嬤嬤。「沒事，只是轉身急了。」說著伸手撐起身子，讓自己坐直一些。「跟祖母說，讓父親千萬要小心，祖母若是問起我，就說我這邊沒事。」

哪能是沒事，鞏嬤嬤只覺得眼睛發酸。「還是請郎中來看看吧！老夫人將原來府裡的郎中叫了過來，正準備防時疫的藥，奴婢將他叫過來給郡王妃診脈。」

琳怡搖頭。「之前已經請御醫看過了，這段時日能有什麼病症，等騰出時間再叫不遲。」

鞏嬤嬤不好再勸，只得換衣服去廣平侯府。

鞏嬤嬤才打發人出門，外院管事已經打聽出些消息。「聽說科道上死人了，廣平侯帶頭搭了孝堂，許多言官、清流都去弔唁，孝堂要擺上七七四十九天。」

科道上真的有人以死進諫。

琳怡問：「有沒有說因為什麼？」

鞏嬤嬤道：「說得挺駭人的，大人們都在孝堂寫血書。」

下人都能打聽出這個消息，可見父親等人做事沒有遮掩。這樣鬧還了得，整個科道真的被鼓動起來。

正說著話，外面的丫鬟道：「郡王爺回來了。」

鞏嬤嬤頭一低退到旁邊。

周十九去套間裡換衣服，琳怡將家常穿的襖袍拿出來給周十九穿上。

「用不著這麼厚的。」周十九眉宇中有淡淡的光芒。「這幾日都不出府了，在家中只要穿夾袍。」

琳怡讓胡桃取夾袍來。

她服侍周十九穿上夾袍，他低頭看過去，目光觸及琳怡淡然的神情，臉上的笑容收斂了些。

琳怡垂著眼睛。「郡王爺這幾日可見過我父親？」

周十九向來是口齒伶俐，一句話能被他說出千萬種解釋，可今日卻微微停頓，目光閃爍地看著她。這微微一停頓，就好像過了許久。「見過。」

見過。

兩個字，就足以說明一切。父親的性子是容易被人鼓動，特別是信任的女婿，但是性子耿直並不一定就要送死，不光是周十九想要性命無憂，她的家人也該有條活路。

琳怡的眼睛徹底黯淡下來，嘴角反而翹起，帶著許輕笑。

之前她還回去廣平侯府說過這件事，哪怕多拖幾日，等到宗室營的事鬧開了，父親的彈劾也有所憑據。

琳怡給周十九繫好扣子，轉身從套間裡出來。

周十九伸出手拉住琳怡。「元元在想什麼？岳父不會有事的。」

換作從前她或許會相信，現在鞏嬤嬤親耳聽到那些話，又有事實在眼前……嫁雞隨雞、嫁狗隨狗，這句話無時無刻不提醒女子要和丈夫同心同德，犧牲一切換來丈夫的好前程，將來丈夫會敬她的德行，感念她的深情。

琳怡抬起頭，看著周十九烏黑通亮的眼眸。她真的該對他不顧一切？陪著他算計，即便連身邊人也不放過。

那樣他就能緊緊握著她的手，永遠不離不棄？

為什麼這一世醒來的時候，她會夢見在寺裡祈福？前世她就那樣死了，今生今世她真的希望她和身邊的人能平平安安地活下來，不要死於非命，要一直活到老了，兒孫繞膝。

是她求得太多了……

「琳怡，」周十九握著琳怡的手漸重。「妳聽我說，我已經和幕僚商量出結果，科道鬧得這樣大不一定是壞事。」

現在還在粉飾太平。琳怡靜靜聽著周十九解釋。

外面傳來橘紅的聲音。「信親王爺來了。」

周十九站著沒動，橘紅又在外面提醒。「郡王爺、郡王妃，信親王爺來了。」

琳怡向旁邊讓了讓。「郡王爺過去吧，我讓人擺茶點。」

「等我回來再說。」周十九放開琳怡的手，眼看著她的手垂下，周十九又道：「琳怡，妳要信我。」

周十九走出屋子，琳怡坐下來，白芍上來說話，半晌，琳怡才發覺白芍說的是什麼。她抬起頭，眼睛逐漸清亮起來。「妳說什麼？」

白芍道：「老太太說二房那邊表面看著風平浪靜，其實鬧得厲害，四姑爺找到侯爺還說要幫忙。」

琳怡皺起眉頭。林正青送來的信函上寫得清楚，攀附乃人之常情，求平安並非只有清華寺。

前面說的是周十九攀上國姓爺一家，後面是說林正青會幫忙。

琳怡微微一笑，還真的是一下子黑白顛倒。

她吩咐白芍。「讓門房備馬車，我要回去廣平侯府。」就算死也不能糊裡糊塗，光聽周十九一個人的話，她已經不能相信。

白芍應了一聲，下去安排車馬。

琳怡坐了一會兒，讓胡桃將箱籠打開。「把這些衣服都帶著吧。」

胡桃眼看著琳怡指出那些現在正穿的衣衫，有些驚訝，卻不敢問，立即就聽從琳怡的意思俐落地收拾出兩個包裹。

鞏嬤嬤正好進屋，看到屋子裡的東西，臉色一變。「郡王妃這是要回廣平侯府住幾日？」

琳怡將腰間的佩飾放下來一些。「不一定。」

就這樣走了會不會不好？郡王爺還在家中。鞏嬤嬤道：「會不會有人說三道四，郡王爺同意了嗎？」

琳怡坐下來喝了口茶，淡淡的茶香讓她心中寧靜。「嬤嬤去準備吧，一會兒天黑了，我們也不好走。」

鞏嬤嬤想要相勸卻不知怎麼說才好。廣平侯府現在這個情形，郡王爺的幕僚又那樣說，怪不得郡王妃會擔心。「府裡的郎中來了，要給院子裡配藥。」

琳怡頷首從內室裡出來。郎中已經寫好了藥方，和外面傳的差不多，無非是那些清熱解毒的藥劑罷了，平日裡也不值一提，現在人人卻都當作寶。

琳怡讓人去按照藥方煎藥給府裡下人喝，鞏嬤嬤在旁邊小聲勸。「郎中已經來了，不如給郡王妃診一診。」

近日來翟嬤嬤不知怎麼了，總是勸她就醫，她是病了，不過不是病在身上，而是病在心裡，心裡有個結早就繫下了，可是現在她才發現是個死結，真是讓人啼笑皆非。

屋裡的婆子放下暖閣上的翠色繡幔，琳怡坐下來讓郎中看脈，郎中看得極為仔細，半晌躬身道：「郡王妃是血氣原弱，恐是近日操勞才會如此，並無大礙，還盼著要好好將養。」

翟嬤嬤臉上一閃失望的神色。

琳怡知曉翟嬤嬤的心思，是盼著她能有孕，她也學過醫理，前幾日，她也想讓姻先生給她瞧瞧，可是前日去更衣時擦到些血跡，她就打消了這個想法。她月事向來不準，大約這幾日就會來了。

郎中退了下去，琳怡吩咐白芍去前院書房。「跟郡王爺說一聲，我回趟娘家。」

白芍答應一聲去前院。

翟嬤嬤仍舊擔心因自己將幕僚的話告訴郡王妃，而讓郡王爺和郡王妃夫妻生隙。「郡王妃怎麼不等到郡王爺和信親王說完話再走？」

剛才已經將話說得那麼透澈，不用再有什麼言語。

琳怡道：「我們去了垂花門，郡王爺也知曉了。」垂花門離前院的書房很近。

琳怡換好了衣服，走向垂花門，馬車已經準備好。

胡桃吩咐小丫鬟將東西搬上車，橘紅扶著琳怡進車廂，馬車將要駛出胡同，翟嬤嬤遠遠地就望見有官兵向這邊過來，於是連忙敲車廂。「郡王妃，有官兵來了。」

琳怡撩開車廂簾子向外看，一隊官兵來勢洶洶，她還沒看清楚，那些官兵已經將康郡王府的大門守住了。

琳怡皺起眉頭，就要吩咐鞏嬤嬤去詢問，只看到一個人影從康郡王府出來直奔馬車，門上的官兵都沒反應過來，等到看清楚人，琳怡看到車簾被大力地掀起，腰上一緊，已經被抱下來。

在場眾人都怔愣在那裡，彷彿周圍一下子十分安靜。

停頓了片刻，琳怡看向周十九十分熟悉的笑容，笑得高雅漂亮，眼眸中有飄忽的神色，讓人抓不住，卻又比平日更多了沈靜。

「康郡王爺按命禁足在家……」

聽到官兵的聲音，琳怡不由得抬起眼睛。周十九被禁足在家？

門口一下子沸騰起來，攔周十九的官兵圍過來，腰間的刀劍叮噹作響。

手足無措的下人彼此張望著，周十九動也不動，只是看著琳怡。

信親王爺也迎出府門，看到周十九，頓時瞪圓了眼睛，大聲呵斥。「十九，你這是做什麼?!朝廷法紀你也敢不放在眼裡不成？」

琳怡想要下地，卻被周十九緊緊抱住。「這是要去哪兒？」

琳怡不說話。

周十九眉眼舒展，柔聲道：「妳哪兒也別去，就在家裡。」

他大步進了康郡王府，一直將琳怡抱進內室裡。

信親王那邊氣得吹鬍子瞪眼睛，周老夫人也聽到消息迎出來，信親王就將周十九之事說了。「我是上下周旋，才讓他暫時禁足，他卻這樣起來，走到府外都被人瞧見，我也遮掩不過去。真是好大的膽子，不顧長輩連法紀也不顧！」說著命人將家人叫來對證。

周老夫人聽得臉色一變，忙喊申嬤嬤封銀子來。

信親王冷笑道：「哪裡管用？我看他是被蒙了心竅，一層罪責在身，還做出那般荒唐的事，我若是遮掩，等著外面有人告我們，整個宗室臉上都沒有顏面。」

周老夫人手足無措起來。「都是族人，好歹庇護，再說也是事出有因。」

信親王道：「我倒聽聽是什麼因由。」

周老夫人緩口氣才低聲道：「也是才知道，郡王妃有了身孕，郎中說身子虛要好好補養，我怕有什麼差池讓人告訴了元澈，沒想他就慌起來。元澈一脈單傳，也怪不得他會這樣在意。」說著向申嬤嬤使了眼色。

申嬤嬤奉了熱茶給信親王。

信親王面色不豫。

「婦孺之事怎麼能和政事相比？」

周老夫人低聲道：「都是因年輕，將來大了也就好了，還盼著王爺周旋，再說人也沒走出府門幾步，這……也不算是……」

信親王放下手裡的茶，彷彿十分生氣。

「婦人之見。」說著不欲再留下。

周老夫人忙起身送出門。

第二百七十章

信親王走了，周老夫人看向申嬤嬤。

申嬤嬤道：「保胎的藥已經備好了，郡王妃那邊的嬤嬤自己熬呢。」說著頓了頓。「若是外面發現郡王妃沒有身孕，那今天的事……」老夫人再三詢問，郎中都說不是身孕，而是氣血凝結，症狀上和懷孕有幾分相似。

不是懷孕，今天的事就大了，兩口子連宗室族長也敢算計。

申嬤嬤低聲道：「老夫人這樣周旋，只怕是也會受牽連。」

周老夫人垂下眼睛。「胳膊折在袖子裡，我也是沒法子的事，再說若是瞞著他們怎麼能和我說實話。」

申嬤嬤笑道：「奴婢怎麼沒想到這一層。」

周老夫人帶著申嬤嬤去了第二進院子，院子裡快忙得手腳朝天，周老夫人是過來人，吩咐申嬤嬤幫襯著，不消片刻，大家都安穩下來。

鞏嬤嬤帶著婆子將小廚房裡孕婦禁食的，諸如生薑、兔、羊、雞、鴨肉等都拿出去。

周老夫人道：「大廚房也別留著，我平日裡也不吃什麼，混在一起萬一拿錯了可不是小事。」

安排妥當，周老夫人又囑咐琳怡。「好好養著，妳這是頭一胎，大意不得。」

琳怡頷首，看向床邊的周十九。

周十九緊緊握著琳怡的手，用錦被遮蓋著，任她怎麼掙扎都不放開。

周老夫人離開，周十九才起身相送，片刻工夫又折回來，坐在床邊去拉琳怡的手。琳怡早已經將手縮放在肚子上，周十九想去拉，想起琳怡懷著身孕又將手縮回來。「元元，妳別走好不好？」

外面突然起了風，將窗子一下子颳開，洶湧地灌進屋子，橘紅幾個嚇了一跳，忙去關窗，琳怡覺得鼻尖一軟，被周十九摟在懷裡。

橘紅幾個將窗子拴好，全都退了下去。

鞏嬤嬤想端藥進屋，看到這種情形，也將藥遞還給婆子，親手關好了門。

耳邊聽得周十九的心臟撲通、撲通跳個不停，琳怡伸手去推，周十九輕聲道：「別，別……小心傷到孩子。」

這樣急著趕出來，原來是因她懷孕了。這樣的喜事偏在這時候得知，她感覺不到什麼喜悅之情。

琳怡道：「我的孩子，我會顧及。」

周十九的手一緊將琳怡圈得更緊，修長的手指硬拉上她的，掌心有了層薄汗。「元元這話像是將我排除在外。元元收拾包裹回娘家，是不要我了嗎？」

琳怡微微吞嚥，胸口像嗆了風一般，不知怎麼地有些難受。「是我沒說清楚，我哪裡敢這時候拿性子，郡王爺既然這樣說，我也說個明白。我是趕在信親王在府裡的時候回娘家，好讓人知曉郡王爺是被我娘家牽連，我這時候回去也是為了勸父親不要再諫言。只有郡王爺沒事，將來我父親萬一下了大獄，郡王爺也能周旋。若是我父親不能幫忙，對於康郡王府來說，我娘家也就無用了。」

周十九的呼吸彷彿一滯。

「元元覺得我將廣平侯府利用完就會丟開。」

琳怡搖頭。「不是，不是針對廣平侯府。郡王爺從小長在叔嬸家，已經習慣了為己籌謀，凡事要將自己立於不敗之地，我父親不同，他過於耿直，容易衝動，說不得哪日就會牽連郡王爺。我比誰都清楚，作為一個出嫁的女兒不可能顧全娘家一輩子，可是……我又不能放棄父親不管。」失去過一次就不想再失去一次。「郡王爺有抱負，將來也必定會換來好的前程，偏我整日被親情牽絆，即便是為了這門親事，你幫我娘家一次、兩次，將來終究會嫌棄是個拖累。」

周十九沒有放開琳怡。「妳是說……我總是利益為先，連誰都不會顧及，妳是這樣看我？」

琳怡道：「男人的前程本就重要，就像祖母說的，父親整日裡與言官為伍，何嘗不是圖名聲？我是想要父親明哲保身。我是婦人，不懂得那些政事，只是盼著父親能脫身，郡王爺也一樣。郡王爺和幕僚已經商量出了法子，父親那邊還在刀刃上。」

周十九笑聲極輕。「妳盼著娘家能平安，任何人都會如此。哪個會將自己的親人不管不顧？所以妳不能捨棄家人，就要捨棄我——」說著一頓，呼吸悠長，目光閃動。「妳是我算計來的，沒有辦法才委身嫁給我，其實妳不喜歡我給妳的生活，在我身邊就是勾心鬥角、處處算計。我知道妳不喜歡，但是我就是不能放手。」他鬆開琳怡些，低下頭看她，眼角的笑容有些顫抖。「無論什麼時候，我都要妳在我身邊。」

周十九低頭看她，笑容僵硬，呼吸彷彿也屏住了一般，心跳卻比平日裡都要快。不知怎麼地，酸澀的氣息一下子衝進她鼻子。

周十九重新將琳怡抱在懷裡。「我會處理好的，岳父一定不會有事。幕僚是說要科道身先士卒，我覺得不失是個好法子，岳父這時候能從科道位置上退下來，將來無論朝廷發生什麼事，都不會再牽扯岳父。」

琳怡詫異地看向周十九。

周十九伸出手去抿琳怡的鬢角。

「現在全了岳父的好名聲豈不是更好？元元不就是這樣想的，所以才讓岳父等到宗室營將每年開粥鋪的銀錢用作建造金塔的時候再諫言。」

原來周十九都知道了，她無論做什麼事都逃不開他的眼睛。

「妳如果能信我，就都交給我來做，妳只要養好身子，生下一大群孩子，等我老了解甲歸田，我們全家人一起享天倫之樂。妳要好好的，將來才能照顧我，妳幫我穿衣做飯，我幫妳畫眉上妝，恩恩愛愛過一輩子，將來老了，生同衾死同穴，這樣一來，只要享歡樂，不必訴離傷。」

周十九將手臂繞過來，摟住琳怡的後背，臉頰輕貼琳怡。他的呼吸有些沈悶。「我算計岳父沒錯，我算計最多的就是這門親事。現在我真的希望廣平侯府能平穩，將來不論發生什麼事，都是妳的依靠。」

他的手下滑落在琳怡小腹上。「男人除了有抱負，還期望能紅袍加身娶心儀的女子，假以時日因兒孫滿堂而蓄起鬍鬚。枕邊人若無愛意，何須求來？元元，無論何時都不要怕我，」他哽聲呢喃。「妳是我的妻，我永遠都會站在妳前面，妳要相信，我只會為妳遮風擋雨，斷不會負妳。妳只要相信我，相信我……」

琳怡聽著這些話，不知怎麼眼淚不停地流下來，怎麼也止不住似的。周十九伸手來拭，她的手抵在周十九胸口，只覺得手背一暖，一滴淚落在上面。

她詫異地抬起頭來，周十九依舊笑容如春風，只是眼睛裡似是潮濕。

如果不喜歡一個人，不會對他諸多要求。就像林正青，她以為前世死於大火之中，這一世卻能對林正青視而不見，可當她知曉自己因周十九而死，就沒法平靜下來，忍不住心裡戰慄。她從來沒想過，到底是因為什麼？只因為周十九是她的枕邊人？

琳怡靠在周十九溫暖的懷抱裡，那熟悉的味道讓人心安，也許真的應該相呴以濕、相濡以沫，可是閉上眼睛真的能讓從前的事都變成過眼雲煙？

琳怡忽然皺起眉頭來，她靠著的懷抱頓時繃緊。

周十九道：「怎麼了？」

琳怡搖搖頭。「肚子有些疼。」

周十九手臂用力，將琳怡放下來。「我去請姻先生。」

琳怡道：「姻先生出城去了。」將姻語秋送來的信函都說了一遍。「張先生去了熱河。」說著頓了頓。「現在又不疼了，只是一陣子。」

周十九目光閃爍，一瞬不瞬地看著琳怡。

她不是故意要說張風子為了姻先生能去熱河，可是接到信，她也的確心生羨慕。

「還是請御醫來。」周十九給琳怡壓上被角，就出門吩咐。

琳怡頓時又覺得小腹一陣抽疼，這幾日就覺得腰腹沈甸甸的，她以為是要來月事，沒想到郎中會診出有孕。若真的有孕，之前見紅會不會是胎氣不穩？琳怡心裡一慌，起身就要去套間裡。

才穿上鞋走進暖閣，看到胡桃還看著兩個包裹，正要吩咐胡桃將包裹收起來，周十九就趕了過來，一把抱住琳怡。「還要去哪兒？」

這幾日，周十九見到她就會緊緊拉住她不放，琳怡心裡一暖，低下頭。「我去更衣。」

「我陪妳一起。」

琳怡臉上羞臊。「不行。」

周十九道：「怕什麼，我們是夫妻……」

夫妻就能一起出恭？

琳怡拉開周十九的手臂轉身去套間，他又跟了上去。「萬一……別慌張……我已經遞帖子請御醫，我們還年輕……妳放心，武將身體好，年過八旬還能生子，我們還有六十年，能生一大堆孩子。」

難得今天能聽周十九說這樣一大堆話。

琳怡去套間脫下衣服來看，沒有在褲子上看到血跡，她長長地鬆了口氣。

從套間裡出來淨了手，鞏嬤嬤將保胎藥送上來給琳怡。「奴婢親手抓的藥、親手熬的，郡王妃放心喝。」

琳怡道：「是郎中開的？」

鞏嬤嬤頷首。「奴婢再三看了，只是保胎藥。」

黑漆漆的藥有些微苦，鞏嬤嬤又送來糖漬的梅子，琳怡搖了搖手。「也不是太苦，用不著。」

鞏嬤嬤笑容可掬。「現在就要著手尋奶娘了。」

周十九問鞏嬤嬤。「有沒有實靠的人選？」

鞏嬤嬤想起遠房的親戚。「也是才懷上，正好對合郡王妃的日子。」

好像身邊的人都很緊張，只有她自己沒有任何感覺。都說為人母會不一樣，琳怡將手放在小腹上——真的已經有了孩子？

熱熱的藥讓琳怡覺得周身都暖暖的，聽著鞏嬤嬤和周十九說話，她靠在軟榻上不知不覺地睡著了。

第二百七十一章

這一覺好像只是閉了下眼睛，再睜開的時候，屋子裡已經點了燈，周十九坐在軟榻旁的錦杌上正看著她。

琳怡坐起來。「我怎麼就睡著了？」說著微微一頓。「御醫來過沒有？」

周十九搖搖頭。「我們家常來的兩位御醫在宮中，宮中一位娘娘胎位不正，御醫寸步不離地侍奉左右。」

不只是在宮中奉職，現在太醫院本就忙得不可開交，能找到御醫已是不易，何況尋金科聖手。現在周十九禁足在家，只能讓下人拿帖子去請，自然不會特別地方便。「已經吃了保胎藥，不用著急。」

琳怡目光落在周十九手裡一摞書稿上。是她抄的醫書。

「元元也學過醫理，什麼是脈如珠滾玉盤之狀？足少陰脈又在哪裡？」說著伸手去摸琳怡的腳，又要順著衣裙去摸小腹。「有沒有覺得哪裡冷？書上寫腰痠腹痛，小腹下墜可食阿膠。」

周十九這樣一說，琳怡倒想起來，倒真有可能是血虧之症。「家裡有阿膠，讓鞏嬤嬤拿來給我吃一些，阿膠是有益無害的。」

鞏嬤嬤將阿膠拿來服侍琳怡吃了。

琳怡就要起身，鞏嬤嬤忙道：「使不得、使不得，郎中說要靜養，郡王妃有覺得身上難受，可不能再下地了，一會兒廚房還送湯來，郡王妃這幾日就儘量養著吧！」

鞏嬤嬤這樣板著臉一通阻攔，要將人駭出一身汗來。琳怡看向周十九，周十九伸手將地上的鞋拿開遞給橘紅，然後抬起眼睛看她，就算提著鞋，眉宇間也有幾分從容安寧。

就算說教沒用，沒了鞋子她總不能赤腳走路，可躺在床上休息是好的，若是天天這樣，任誰都會覺得不舒服。

等到鞏嬤嬤帶著丫鬟退下去，周十九坐下挽起她的手。「躺累了，我陪著妳說話。」

說什麼？周十九現在雖然在家，也不是沒有事，前院的幕僚大約都急得跳腳了，信親王氣沖沖地離府，不知道又會有什麼罪名壓下來，多虧了她這時候懷了孩子，否則也找不到更好的藉口。

周十九將琳怡抱在懷裡，微笑道：「院中騎竹馬，樹下分櫻桃……嗯……這些我們都錯過了，現在趁著月黑風高，我們榻上論時政，如何？」

熱河的疫情有控制不住的態勢，為此死傷了不少百姓，不少富戶逃出來卻半路上又被官兵攔了回去。政局又亂成一團，周十九被禁足在家，倒是換來了康郡王府的片刻安寧。

琳怡在炕上做針線，周十九在另一邊的炕桌上看書，鞏嬤嬤來回穿梭著送東西，臉上滿是笑意。

琳怡看了姻語秋的書信。

周十九道：「姻先生怎麼說？」

姻先生當然是恭喜她，另外囑咐她要多多歇著，食些孕婦可用的溫補藥物讓身子好起來，琳怡道：「姻先生不能回城，不過正好有相熟的金科聖手，明日就進府為我診治。」

周十九望著她。「做了好一會兒針線，要不要再睡一會兒？」

琳怡搖頭。一個人哪來的那麼多覺？不知道是不是保胎藥的關係，她這幾日睡得格外多，身上也很舒坦，只是還有隱隱的腰疼，就因這個，鞏嬤嬤湯湯水水不間斷地送進來，每次她去更衣，外面嬤嬤都守著，生怕有什麼不好的消息。

廣平侯府那邊聽到了消息，長房老太太不放心，交代白嬤嬤來康郡王府幫襯著照應。白嬤嬤和鞏嬤嬤想要將內室徹底清理一遍，免得屋子裡還有傷胎氣的東西，琳怡覺得不用麻煩，不過是幾間屋子都放了什麼，她心裡再清楚不過。

周十九卻十分贊成讓人將東暖閣收拾出來，先將琳怡抱了過去。白嬤嬤、鞏嬤嬤帶著丫鬟將她床邊放的香囊都換掉了，看到側室裡有個小丫鬟裝香爐放在套間，鞏嬤嬤還板著臉訓斥了一番，當下就將小丫鬟訓哭了。

要是不將孩子順利生下來，還真的沒法向家中長輩交代。

小蕭氏那邊急得不行，在家裡走來走去，一時想起蕭氏生養琳怡和衡哥時的艱難，又想及娘家的姊妹也有小產、滑胎的事，在長房老太太耳邊吞吞吐吐要去求神拜佛，被長房老太太板著臉訓斥了一番。「還沒怎麼樣，妳這個做長輩的先把魂嚇掉了，怎麼不想點好事，琳怡定能順利生下世子。」

小蕭氏這才不再絮叨。

長房老太太道：「我現在這把年紀，只要還能抱上幾個曾孫就是賺到了，妳也不用費事求佛，就將我屋裡這些年行善、寺裡給的佛經拿來發出去。」

小蕭氏應下來，跟著聽竹去取佛經。

等到白嬤嬤從康郡王府趕回來，就和長房老太太細細回稟。「郡王妃的氣色有些不好，不過這幾日倒是睡得好了，郡王爺也在身邊陪著，奴婢過去的時候看到兩口子正說笑呢。」

長房老太太鬆口氣。「這兩個孩子到今日不容易，我還怕因此起隔閡。」說著感嘆琳怡肚子裡的孩子。「這孩子也來得及時，有了孩子，兩個人感情會更好。」

白嬤嬤低聲道：「聾嬤嬤說，郡王妃有些見紅，現在姻先生又因時疫被送出了京，太醫院裡現在也沒有金科上的聖手。」

長房老太太皺起眉頭。「怎麼都趕在一起了？」

「說得是，」白嬤嬤道。「現在郎中本就難尋，郡王爺又被禁足在家，諸多不便。」

長房老太太又問：「是哪個郎中診出的喜脈？」

白嬤嬤道：「是從前給郡王府裡診過脈的郎中，這次本是叫去開時疫的藥劑，誤打誤撞就給郡王妃診出了喜脈。」說著又將琳怡要回娘家，康郡王追出門的事說了。「多虧這個孩子解圍，要不然宗人府還不知道要怎麼責難郡王爺。」

長房老太太微微皺起眉頭。「郎中診脈怎麼沒在琳怡跟前說喜脈，而是去了周老夫人那裡才提起？」

白嬤嬤搖頭。「郡王妃也覺得奇怪的，不過有些人家也是這樣，郎中先稟告家裡長輩，長輩再來安排。」

長房老太太靠在迎枕上仔細思量。「琳怡也通些醫理，她怎麼說？」

「郡王妃的月事才遲了沒幾日，並不好診，再說又沒有害喜的症狀，只是畏寒疲倦，原本御醫來過也說要好生補養，郡王妃也就沒有多想，以為腰痠腹痛就是要來月事了。」白嬤嬤將鞏嬤嬤前幾日囑咐她不要和長房老太太提起的話說了。「鞏嬤嬤這樣經過事的都不能確定。後來還是郎中說是懷孕之後又有了血虛的症狀才會如此，並不是要來月事。郡王爺翻了醫書又給郡王妃來看，郡王妃才覺得腰痠真是血虛引起的。」

懷孕血虛的腰痠，而不是要來月事。長房老太太道：「診出喜脈的郎中可是見長於千金科？」

白嬤嬤道：「說是十分懂得一些，不過在外沒有很大聲名。」

長房老太太的心又被提起來。周老夫人慣會幹那些偷偷摸摸的事，誰知道她安的什麼心？「還是早點找到千金科的郎中來看看才好。」

白嬤嬤不明白這裡的意思，上前接了美人拳給老夫人捶腿。「依奴婢看，不如等一等，過幾日興許胎位穩了，郡王妃也害喜了，也就順理成章——」

長房老太太看了一眼白嬤嬤。「妳哪裡知道這裡面的厲害？郡王爺被禁足在先，出來追琳怡在後，琳怡有身孕無可厚非，若是沒有身孕會怎麼樣？最近侯爺在科道上不安生，郡王爺也沒有出手幫忙，琳怡鬧出懷孕來，就像是威脅郡王爺要幫襯我們家。」

白嬤嬤驚訝地睜大眼睛。「這……這也不是郡王妃……」

長房老太太冷笑一聲。「誰能堵住悠悠眾口？若果然是如此，周老夫人還真會見縫插針。」

白嬤嬤一下子怔愣在那裡。「前幾個月誰能說得好呢，這喜脈本就不好診，否則怎麼出了三個月胎氣穩定了才會說出來？其中也是怕有誤診。」

長房老太太道：「讓琳怡安心將養，無論什麼時候娘家這邊都是她的依靠。」說著頓了頓。「我就算豁出老命，也要護著她。」

小蕭氏正好取佛經回來，聽得後半句，眼淚在眼睛裡打轉。「母親放心吧，明日我多送些補養身子的，我懷八姊兒的時候也是頭暈眼花，就是吃那些才好起來。」

長房老太太頷首。「也好，過去了多說些寬慰她的話。」娘家人避開倒像是裡面有什麼蹊蹺。

長房老太太擔心康郡王府，廣平侯府也好不到哪裡去。陳允遠每天出門，小蕭氏都要在垂花門張望半天，生怕片刻間就能有災禍落下來似的。朝廷越是不理御史的奏摺，科道鬧得越是厲害，幾位老大人好像終於找到了報國的機會，白日裡慷慨激昂，晚上憤寫萬言書。

常光文的案子斷下來，即將在秋後處斬，眼見就沒有了更改的時間。因常光文提出土地改革牽連的顯貴鬆了口氣，跟著皇后娘娘失德的傳言倒是愈演愈烈。

陳允遠回來道：「這兩件事明著就是牽連在一起的，五王爺給顯貴爭了好處，顯貴自然要回報他，尤其是封疆大吏，就算是在西北的董家，這些年不知圈買了多少土地，萬一真的改了人丁稅成土地稅，看他們還能這般自在。」真正讓五王爺一黨得勢，將來還不知道會如何，大周朝就沒有敢言的言官、御史。

長房老太太道：「除了科道，地方官有沒有替常光文說話的摺子進京？」

陳允遠頷首。「有是有，不過不多罷了。常光文一死，那些貪官污吏就更加逍遙自在，日後就再也沒有人敢為百姓謀福。」

可是常光文不得不死，想要扳倒皇后娘娘，常光文是身先士卒。

長房老太太看著陳允遠。「時機沒到，還要再忍忍，千萬不可輕舉妄動。如今姑爺都被這件事牽連，你要顧著兩府的安危。」

陳允遠想起這個就不敢毛躁。「都是按照郡王爺說的，兒子一直等機會，幸虧京中顯貴施米在常光文問斬之前，若是運氣好，說不得還能將常光文救回來。」

長房老太太嘆氣。但願如此，千般算計還要看老天能不能作美。

第二百七十二章

宗室營很快知曉康郡王妃懷孕的消息，這還有賴於信親王怒氣沖沖地回府大肆宣揚。

琳怡先迎來蔣氏，蔣氏站在門口半天，聽到康郡王去了書房，這才進去內室看琳怡。

蔣氏拉起琳怡的手，仔細端詳琳怡。「我看氣色好多了，前幾日才真的憔悴。」

好吃好喝地供著，什麼活兒都不讓幹，整日就是躺在床上，如今周十九也不用上衙，兩個人睡到卯時中才起身。

蔣氏很是羨慕。「也不知道什麼時候我能如此，不用早早起床。」

都說睡到天亮是最舒服的，其實真的躺下來就覺得渾身難受，尤其是已經習慣早起，到了時辰，就算婆子不來敲門也醒過來。

琳怡笑道：「還是不要躺著養胎的好。」

蔣氏讓人將小檀木牡丹花箱子拿過來，裡面都是些綾錦、綢緞等物，還有石榴箋紙、子孫昌盛銀錁錠。

「我知道妳不缺，家裡長輩還是讓我送來，圖個吉利。沒過三個月大家就都知曉了，妳將這些放在床下也算壓壓福，沖沖她們的爛嘴舌。」

琳怡聽著就失笑。

蔣氏道：「我在宗室營聽說有人要來看妳，妳心裡有個數。」意料之中，周老夫人對她懷孕那麼關切定是有所籌謀，這些日子她也休養過來，正好看看她們要做什麼。

兩個人說著話，鞏嬤嬤道：「郎中來了。」

琳怡道：「今天從外面請的千金科的郎中。」

蔣氏不明白。「不是已經請郎中瞧過了？」

府中郎中並不擅千金科，周十九聽說她懷孕了，沒及多想，現在仔細思量，那郎中也太鬼祟。

琳怡道：「是姻先生認識的郎中，來看看也放心。」

蔣氏聽了頷首，見左右沒人就低聲道：「知不知道宮裡的消息？」

琳怡搖頭。「郡王爺現在在家中，我們府上的人都很少出門。」任誰府上站了官兵，府裡的人都會小心謹慎，更何況周十九這些時日一心一意在家賦閒，不要說客人，幕僚都很少見了。

蔣氏道：「二王爺上奏摺了，聽說被扣在養心殿，現在還沒有發下來，奏摺裡都議了什麼誰也不知曉。這幾日二王府也是冷冷清清，我也是在宗室營打聽出來的。」

這些事大約是五王爺一黨放出的消息，壓低二王爺，免得下面的臣工還有支持二王爺為儲君。

看來五王爺對儲君之位已經十拿九穩。

琳怡和蔣氏說了會兒話，外面就有人道：「信親王妃、敬郡王妃和幾位王妃來了。」

屋子裡一下子熱鬧起來，琳怡要起身相迎，卻被周老夫人拉著坐下。「妳好好養身子，都是自己宗族的長輩，是擔心妳才過來看妳。」

說是擔心她，不過是來看她是不是真的懷了身孕，這樣宗人府也好定周十九的罪過。

男人們都在前院說話，女眷們看了眼琳怡就去了周老夫人房裡，只有蔣氏陪著琳怡坐著。

琳怡鎮定地和蔣氏說話，只當沒有發覺有什麼異常。

一會兒工夫，鞏嬤嬤打聽出消息。「宗室營那邊請了郎中過來，要給郡王妃把脈。」

琳怡點頭，吩咐橘紅將屏風擺出來，又落下帳子。

蔣氏皺起眉頭。「誰知道她們請的什麼人？」

長輩都聚在這裡，不管請的什麼郎中都要見了。

蔣氏目光中透著擔憂，想了想就坐在屏風後陪著琳怡。

白芍又來道：「郎中已經進府了。」

琳怡還沒說話，蔣氏就道：「這是哪一齣？難不成還怕懷孕是假的不成？還要讓郎中來驗？」

琳怡靠上迎枕問蔣氏。「外面可有什麼傳言？有沒有說起我娘家？」

蔣氏有些為難。琳怡這樣問起，她又不好不說。「說科道鬧得歡，廣平侯結黨營私，康郡王府和廣平侯陳家是姻親，現在宗室營人人謹小慎微，都怕被拉下水。」

琳怡露出抹笑容。沒想到她娘家還這樣有本事，能將宗室營拉下水，無非是宗室營想將二王爺和結黨營私連在一起罷了。

說著話郎中隔著帳子來診脈，大約一盞茶的工夫，郎中診完了躬身出去。

白芍忙跟過去。

郎中要去第三進院子回周老夫人，蔣氏起身道：「我也去聽聽。」

等蔣氏出門，鞏嬤嬤躬身道：「郡王妃好生歇著，想必也沒什麼事。」

那郎中頭也不敢抬，話更不肯說半句，診脈的時候多有猶豫，出門又匆匆忙忙，想必也不敢確定。這樣的人，就算他說出天花來她也不會相信，不過旁人就未必了。

琳怡安然一笑，她就等著她們前來問罪。

過了好久，白芍才回來，琳怡沒等白芍說話就起身。「怎麼樣？」

白芍道：「那郎中什麼都沒說。」

什麼都沒說？信親王妃能這樣帶人過來，就是已經安排好了，怎麼關鍵時刻，郎中卻不說話了。

琳怡看向白芍。

白芍道：「郎中進了第三進院子才要開口，郡王爺就問他平日裡都在哪府裡供職，擅長什麼病症，那郎中就說給宗室營裡許多女眷診治，郡王爺又問郎中可會讓人起死回生。」

琳怡聽得出神。

「那郎中說不會。郡王爺就說，那診治時可要當心，若是有個差池，不能起死回生就要以命抵命。郎中愣在那裡，郡王爺就催促郎中說郡王妃的情形，那郎中說郡王妃的脈象，郡王爺跟著就翻起手裡的醫書來。那郎中看著郡王爺如此，反而不說話了。」

原來周十九翻醫書是因這個。人都說有所準備才能立於不敗之地，今日之事周十九全都猜到了，他就是要逼得郎中說不出話來。

屋子裡郎中雙腿忍不住發抖，信親王妃臉色也變了，皺起眉頭問：「到底是怎麼回事？康郡王妃的脈象到底如何？」

那郎中躬身道：「小的……也不能確定……縱是有孕也月份太小，小的診不準。」

信親王妃皺起眉頭。「這是怎麼說的？我聽王爺說家裡郎中十分肯定，王爺還因此做藉口周旋。」

周十九抬起眉眼看信親王妃。「伯母今日來府裡是因琳怡的身孕，還是姪兒違反法紀之事？」

信親王妃一怔。

周老夫人忙在一旁替周十九遮掩。「這孩子也是太著急，怎麼能……」

信親王妃道：「若不是為了你們的事，我也不跑這一趟，雖說王爺管著宗人府，也要顧著大周朝的律法。我聽說那日是因琳怡的身孕，若是這樣也就好辦了。」

周十九眼神安寂，彷彿已經被信親王妃說動了。

年紀輕輕哪裡能不在乎前程，誰家男人在官場上犯了事，不是女眷來頂禍，更別說宗室營。信親王妃嘆氣，進一步道：「你們還年紀小不懂事，可也要顧著些，不能胡來，就說這次……讓王爺也很難辦。」

周十九臉上忽然帶了抹平日般安然的笑容。

「朝廷裡雖說暫時免了我的職，卻還沒有查證清楚，將來我定會得以昭雪，我的罪案和琳怡身孕有什麼干係？無論琳怡是不是懷孕，我今日也是這種結果，就算是姪兒再窩囊，也不會將過錯推給妻房。」

周十九說著，隨意看了一眼郎中，目光中看似溫和，卻讓郎中渾身顫抖幾乎站立不住。

周十九道：「琳怡身子虛弱需要靜養，這個不知從哪裡來的東西在一旁支支吾吾、胡言亂語，所以姪兒才問他都在哪府請過脈，是不是因姪兒官階太小又被禁足在家，才敢這樣放肆？現在姪兒好歹還在府裡，若是真的下了大獄又該如何？」

那郎中嚇極了，哆哆嗦嗦還想辯解。

周十九站起身，揚起嘴唇，臉上的笑容更深些。

「再怎麼樣，姪兒也是宗室血脈、朝廷命官，在朝堂上被人陷害，回到家中連妻兒也護不住，才真的丟了宗室的臉面。」

他聲音溫和，卻讓信親王妃臉色變得鐵青，明著罵郎中，實有所指。

周十九看向周老夫人。「二嫂也是今年因琳怡進門沖喜才能懷上身孕，琳怡比起二嫂的年紀還年輕不少，將來我們定會開枝散葉、兒孫滿堂，長輩們也不要太擔憂。」

不軟不硬的頂撞，讓人挑不出錯漏來，信親王妃不由自主地攥起手帕。「如此一來還是我們太操心了，年輕人有他們的想法和作為。」

周十九接著一揖拜下去。「我的事還請伯父、伯母幫忙周旋，現下宗室營都要仰仗伯父、伯母，我大哥的事若不是有伯母幫忙周旋，今日早就判了罪刑，還請伯父、伯母也疼姪兒，替姪兒說些話。」

周老夫人沒想到周元澈會將周元景的事拿出來說。

信親王妃道：「你大哥那是家事，兩口子不小心釀成大禍，你這不同，那是牽扯了朝廷大事，我哪裡能插上話呢？」

殺妻能說成是家事，如今琳怡懷孕就能扯到政事上去，還真是一碗水端平了。

信親王妃說完抬起頭來，看到周元澈眼睛中如沐春風的笑容，只覺得嗓子一緊，胸口頓時火燒火燎。

周老夫人也皺起眉頭。

旁邊的敬郡王妃見信親王妃不好施展，就笑道：「郡王爺很是護著琳怡，生怕琳怡受委屈。」

「嫂子只是什麼意思，」周十九收起笑容，目光爍爍。「我哥哥不曾護著嫂子嗎？」

周十九才說完話，鞏嬤嬤帶著丫鬟進來道：「郡王妃讓奴婢們送棗糕過來。」

一盤棗糕擺在敬郡王妃眼皮底下，敬郡王妃臉色忽青忽白，緊緊閉著嘴唇再也不說話。

第二百七十三章

周十九道：「有講究說前三個月不可傳喜，還請伯母、嫂嫂幫忙莫要傳出去，否則胎氣有變可真是大事了。」

信親王妃看著周老夫人冷笑。這樣說來，如果琳怡的喜脈變了，還是她們沖的。

信親王妃坐不住了，和周老夫人說了些話就起身告辭，前院男人們聽不到內宅的消息，也起身告辭。敬郡王妃先去了垂花門準備車馬，讓人將話傳給敬郡王，一會兒工夫，敬郡王匆匆忙忙趕過來。

敬郡王妃又驚又駭。「康郡王可能知曉我們買棗林的事了，我出面買棗林可是為了這個家……真的鬧出來可怎麼得了。」

敬郡王瞪圓了眼睛，立即又冷笑道：「我們是正當買地怕什麼？他現在也是泥菩薩過河，掀不起多大波浪。」

敬郡王妃一下抬起頭。「怎麼不敢？他不敢就不會這樣說。他從來不顧兄弟情誼，宗室爭地他從來都是向著旁人，為了葛家、陳家將大伯夫妻逼迫得走投無路，現在拿了我們的把柄，定不會干休。」

敬郡王被說得火冒三丈，咬牙切齒。「不知好歹的東西！讓他去查，也要等他能從府裡出來。」

敬郡王妃冷笑道：「我就不明白，大家都是宗室，本來是坐一條船，康郡王怎麼偏要與大家為難。」

敬郡王捏緊手指。「他也該知道什麼是害怕。」說完越過敬郡王妃，向前走過月亮門，叫來下人。「康郡王在哪裡？」

敬郡王找到周十九，鐵青著臉走過去。

周十九請敬郡王去書房。

消息送到琳怡屋裡。

鞏嬤嬤道：「敬郡王氣勢洶洶地找過來，書房門緊關著，也不知道在說什麼。」

是敬郡王妃買了一千畝果園的事。敬郡王對付葛家看似是為了哥哥，其實是利用哥哥造聲勢，乘機得利，葛慶生生死未卜之時，敬郡王妃使人悄悄買下了京郊的果園，葛家的事鬧出來，敬郡王哥哥夫妻擔了罪名，敬郡王一家倒是置身事外。

這事宣揚出去，不要說宗室營炸了鍋，敬郡王兄弟之間恐也難以交代。敬郡王有時間在康郡王府看熱鬧，還不如想想自家的事。現在趁著信親王和信親王妃在，那千畝果園也該讓大家都知曉。

正想著，白芍匆忙進門道：「敬郡王妃過來了。」

白芍話音剛落，蔣氏就撩開簾子道：「快讓人出去攔著，敬郡王妃到第二進院子了，我看來者不善。」

鞏嬤嬤聽了話，忙叫了婆子去攔著。外面的婆子向敬郡王妃道：「我們郡王妃已經歇下了。」

敬郡王妃抬眼就看到簾後蔣氏的青緞繡鞋，想起蔣氏剛才在她面前眉目飛揚說的話：「敬郡王妃如今可是大戶，趕明兒年景不好，我們就要仰仗敬郡王府。」

緊接著，琳怡身邊的嬤嬤就來和她要棗。「京城最好的棗子都在郡王妃手裡，我們郡王妃想問敬郡王妃要一些。」

敬郡王妃立時氣得七竅生煙。蔣氏不知和琳怡偷偷摸摸嘀咕了什麼，她倒要向琳怡問問清楚，什麼叫京城最好的棗子都在她手上？琳怡這是在要脅她，還是要來分一杯羹？

敬郡王妃向前一走，一下子就撞到蔣氏懷裡。蔣氏嚇了一跳。「嫂子息怒，這是怎麼了，都是自家人什麼話不能好好說，嫂子只要好言好語說著，琳怡不是小氣的人，定會為嫂子遮掩，嫂子省了不少的事，只需謝謝琳怡也就是了。當家主母哪個不要為爺們低頭，俗話說得好，妻賢夫禍少，我就當個鋸嘴的葫蘆，到外面絕不會胡亂說。」

妻賢夫禍少。這是在威脅她，敬郡王妃冷笑。琳怡威脅她，她還要千恩萬謝不成？葛慶生沒有死，任葛家、陳家再怎麼鬧騰也是徒勞，再說還有大伯一家首當其衝，什麼時候能牽連到他們？蔣氏在這裡胡亂傳話，也不是什麼好東西，她今日定要和琳怡說清楚，免得琳怡真以為捏住了她的把柄。

蔣氏左攔右擋，看著敬郡王妃的目光中帶了幾分嘲弄，更讓敬郡王妃火氣大漲。

旁邊的婆子更來動手動腳攙扶敬郡王妃，那婆子粗手粗腳，不小心拉到敬郡王妃的手，敬郡王妃頓時感覺如同被樹皮劃過一般，偏生婆子那手說什麼也不肯放，敬郡王妃用足了力氣將那婆子甩到一旁，婆子頓時撞壞了旁邊的瓷瓶。

唏哩嘩啦的聲響傳來，多寶格上一套瓷器也跟著掉在地上。

蔣氏嚇得臉色蒼白，忙躲到一旁。

屋子裡傳來琳怡虛弱的聲音。「這是怎麼了……」

鞏嬤嬤看到婆子倒在一旁，頭上也被撞破了，立即道：「郡王妃，奴婢們做錯了什麼您說話，我們郡王妃才懷了身孕要好好靜養，您這樣可讓我們怎麼辦呢？」說著，屋子裡的小丫鬟都害怕地哭起來。

敬郡王妃看到蔣氏畏縮的模樣，再看看滿屋裡的小丫鬟被嚇得瑟瑟發抖。她不過是來和琳怡說話，怎麼一下子弄成了這般？心中頓時一沈，只怕是著了琳怡和蔣氏的圈套。

正說著話，橘紅出來道：「郡王妃肚子疼……怕是怕是……不好了……」

蔣氏看向敬郡王妃。「嫂子，妳明知琳怡懷孕，怎麼能進屋又打又鬧起來，如今真壞了胎氣，要如何交代？」

敬郡王妃立即明白過來。這是要怪在她頭上，當下不管三七二十一就要去揪蔣氏。「妳這黑了心的，合起夥來騙我，今兒妳非要跟我去弄個明白！方才郎中有言在先，琳怡根本沒有懷孕，現在要謊作小產怪在我頭上？要害我，絕沒有那麼容易，咱們到長輩面前辯證明白，大家公議了才算清楚！」

蔣氏被揪得釵鐶落下來，髮髻頓時散了一半。

這時已經有人稟告了周老夫人，周老夫人和信親王妃趕過來，只見得蔣氏如同被抓掏了一般，披頭散髮，衣衫凌亂，面無血色，下人們跪了一地不停地叩頭，地上更是一片狼藉，不知道到底打碎了多少家什。

信親王妃頓時喊一聲。「玉如，妳這是做什麼？」

敬郡王妃鬆開手，一臉無辜。「她們合起夥來害我！」說著期盼地看信親王妃。「您說說，琳怡是不是沒有懷孕？」郎中遮遮掩掩是被康郡王嚇住了，其實琳怡根本沒有身孕。

信親王妃一怔。

敬郡王妃道：「她們將我騙過來，就是要怪我將琳怡嚇得小產，我今兒就不信了，小產也要有肉塊掉下來，我就看著倒是來了月事，還是真的小產。」說著找郎中。「郎中呢？將郎中叫來辨別是非黑白，別在我身上掛人命債。」

信親王妃皺起眉頭，呵斥敬郡王妃。「住嘴！妳以為這是在哪裡？」說是因為關切琳怡的身子才進府，沒想到真到府裡又罵又打，成了什麼？整個宗室營欺負康郡王夫妻？傳出去了她要怎麼交代？

周老夫人和信親王妃進了屋，琳怡躺在軟榻上，面如金紙。

丫鬟擋好屏風，又放下帳幔，周十九帶了郎中進了屋。

信親王妃抬頭一看，那郎中已經不是方才診脈的郎中，不由得抬起頭和周老夫人對視。

郎中坐下來隔著絹子細診，半晌皺起眉頭。

周老夫人忙問：「郡王妃的胎氣怎麼樣？」

郎中起身道：「郡王妃氣血虛弱，恐是有胎漏之嫌。」

那就是真的有孕了。信親王妃道：「先生快開藥方，說什麼也要將這胎保住。」

郎中被請下去開方子，周老夫人安慰琳怡幾句。「放心，不會有事的。」

信親王妃看一眼外面，說敬郡王妃。「玉如是直性子，妳別放在心上，眼下養胎最要緊。」說著看向周十九。「怎麼不讓御醫進府診治？」

周十九道：「宮中有娘娘生子，我遞了帖子，太醫院一直沒有派人過來。」

信親王妃道：「琳怡情形凶險，怎好不請御醫？」說著看向身邊的嬤嬤。「拿了府裡的帖子去請，怎麼也要請來千金科的程御醫。」

琳怡看向周十九。信親王妃這是不肯相信郎中的話，才讓人去找御醫。

周老夫人和信親王妃說了兩句話，帶著敬郡王妃和蔣氏出門。

鞏嬤嬤帶著丫鬟也退下去，周十九坐在床邊拉起琳怡的手，笑著看她。「元元，讓為夫抱一抱好不好？」

是怕一會兒郎中來說實情她會害怕吧！

郎中是姻語秋先生幫忙尋來的，剛才當著信親王妃的面卻不一定說的是實話，現在那些人走了，就要將郎中叫來仔細詢問一番。

琳怡沒有拒絕周十九。他坐上炕，伸手將琳怡小心翼翼地抱起來，然後拉起琳怡的手。周十九的手大而暖和，寬闊的懷抱也讓她心安。折騰了這幾日，之前診脈的郎中神情閃爍，信親王妃帶來的郎中也是十分猶豫，姻語秋先生請來的千金科聖手不知道到底會怎麼說，她雖然敢於面對信親王妃、敬郡王妃，可是心裡不免猶疑。

真的沒有懷孕該如何？雖然不至於害怕，但也會失望。

那郎中進屋坐在錦杌上，鞏嬤嬤已經將琳怡的小日子和腰痠腹痛的情形說了。

郎中就徑直開口問：「郡王妃喝了保胎藥可覺得腰痠腹痛好了些？」

琳怡道：「是好了許多。」

郎中接著道：「一直服藥直到三月，可保無虞。」

琳怡欣喜地看向周十九。就是說……真的有孕了。

郎中道：「郡王妃前幾日確實是陰血不足，血虛則沖任血少，胎失所養，而致胎動不安，應食養血益氣之藥，若服藥之後流血增多，則胎墮難留，應當去胎，反之，則需繼續安胎直到胎氣穩固。這種的情形，通常是開始胎脈極弱，難以發覺，待到發現之時未免已經來不及，郡王妃診得及時，吃了極好的保胎藥，才得以平安。」

琳怡抬起頭看周十九。周十九的笑容慢慢擴大，如雲破月般，轉眼卻又恢復成平日的微笑。

琳怡道：「這下真的要好好謝謝嬸娘。」否則她真的那樣回了廣平侯府，這孩子定然難保。

郎中去開藥。

周十九垂下頭來，在琳怡耳邊道：「都怪我，若不是我，元元也不會生氣。」心中焦慮不安，又過於勞累，才會氣血兩虧。

琳怡忍不住一笑。「都是這孩子有福氣，還沒出生就這麼多人關心，嬸娘送來了保胎藥，信親王妃又送來郎中，如今連郡王爺都請不到的程御醫也要來府裡診脈，更有宗室營的長輩在府裡等著，生怕我孩兒有危險，我們何時被這樣關切過？」本來是壞事，可一轉眼之間就成了好事。

敬郡王妃雖然闖進門來，只要她不聞不問，又怎麼會嚇到她？

琳怡照郎中說的躺下來歇著，周十九去前院應付信親王和敬郡王。

第二百七十四章

敬郡王妃被周老夫人房裡的熱氣一撲，臉上又紅又紫。

琳怡真的懷了身孕，那她就真的是故意來康郡王府大吵大鬧。屋子裡沒有了旁人，敬郡王妃拿著帕子哭起來。「不是我要鬧，是我真的被她們騙了啊……」說著指向蔣氏。「妳說、妳說，妳怎麼和我說的？妳敢不敢當著長輩再說一遍？」

蔣氏重新梳了頭髮，仍有幾分的狼狽，臉上神色卻沒有退縮，看向信親王妃和周老夫人。「我看定是嫂子誤會我了，我真的沒說什麼。」

敬郡王妃冷笑。「妳不敢說了？」

蔣氏猶疑再三。「我是怕嫂子臉上無光，我答應了嫂子絕不出去亂說的。」

到了現在這個地步，誰還能遮掩得住？就算蔣氏不說，琳怡也會說，到時候全宗室營都要知曉。真的能遮掩，她會傻到讓蔣氏現在說出來？

敬郡王妃道：「妳說就是，我沒有什麼見不得光的。」

蔣氏這才肯說。「我說，琳怡不是小氣的人，定會為嫂子遮掩，嫂子省了不少的事，只需謝謝琳怡也就是了。當家主母哪個不要為爺們低頭，俗話說得好，妻賢夫禍少。」看向敬郡王妃。「嫂子，我說的可是這些？」

敬郡王妃看向信親王妃。「您說說，這不是威脅我？讓我低頭認錯，還說琳怡幫忙遮掩，我不知道到底有什麼錯，就要去琳怡房裡問問，誰知一進門，屋子裡的下人就向我撞過來。再往後，兩位長輩都看到的……」

聽著敬郡王妃的話，蔣氏驚訝地張大了嘴。「嫂子是說下人故意撞妳才摔了一地，連屋子裡的家什都打了？」

敬郡王妃和蔣氏對視，蔣氏一臉輕輕搖頭。「既然嫂子要這樣說，我也沒有法子。」

敬郡王妃看蔣氏一臉無辜，伸出手來指蔣氏。「妳也不是好人，一條藤兒地害我，現在裝什麼樣子?!誰不知道元祈在康郡王手下任職，妳幫了琳怡，元祈將來自然有好前程。」

蔣氏半晌說不出話來。「在誰手下任職就和誰一條藤？」說著看看敬郡王妃又看看信親王妃，敬郡王在宗人府任職是信親王的手下，她是不怕被人說，這屋裡卻有人會害怕。

「好了，」信親王妃皺起眉頭，看蔣氏。「妳到底說的什麼事？好端端地怎麼就鬧成這樣。」

蔣氏只得道：「按理說，這本輪不到我一個外人插嘴，要不是正好聽到了，我也不想被攪和進去……」

敬郡王妃一眼就看過去。

蔣氏又有些猶豫，不知當講不當講，看向信親王妃，站起身向信親王妃走過去，伏在信親王妃耳邊要低聲說。

敬郡王妃冷笑道：「別裝神弄鬼，有話直說，我會害怕不成？」

信親王妃聽了一會兒，臉色有些難看，一眼看向敬郡王妃。

敬郡王妃被盯得一時心跳。

信親王妃道：「可坐實了？」

蔣氏頷首。「那丫頭都認了，還能有假？我以為嫂子都知曉，讓嫂子和琳怡說一聲，將丫頭要過去算了，外面人也不知，琳怡定會幫忙遮掩。琳怡說自從賞下來，那丫頭就不本分，康郡王沒留過她。」

信親王妃道：「這樣的丫頭留她做什麼？打發出去了事。」

蔣氏的聲音不大不小，既能讓敬郡王妃聽到一些，又讓她聽不清楚。敬郡王妃坐直了身子，耳朵立起來。到這時候，蔣氏偏不說了，重新坐回去。

敬郡王妃頓時覺得難熬起來。

信親王妃嘆氣。「真是一日不讓我安生。」說著看向敬郡王妃。「妳年紀長，處事卻這樣毛躁，琳怡的身子沒事則罷，若是有事，看妳怎麼辦才好。」

周老夫人看一眼敬郡王妃。「都是妯娌平日裡說說笑笑的，原是沒有事，今天也都不怪，都是下人不規矩。」

幾句話替敬郡王妃解了圍，敬郡王妃感激地看了周老夫人一眼。

信親王妃拿起茶來喝，不時地去看沙漏。「御醫怎麼還不來？」

周老夫人道：「這些日子御醫都是難請的。」

正說著話，外面人來道：「程御醫已經上車了。」

周老夫人便一迭連聲地吩咐下去，請御醫來了徑直去給琳怡請脈。

折騰了半日，信親王妃已經乏了，喝下幾口濃茶強打精神，約莫御醫也快到了，信親王妃起身去更衣，敬郡王妃瞅準機會忙跟了過去。

兩個人走到沒人處，敬郡王妃問起蔣氏說的話。「到底說了些什麼？都是花言巧語，您可要信我的。」

信親王妃側頭看一眼敬郡王妃。「沒弄清楚什麼事就敢找上門去，怪不得著了別人的圈套。」

敬郡王妃心裡一顫，忙拉了信親王妃的袖子。「您這是要急死我。」

信親王妃這才道：「榮親王送給康郡王的兩個侍婢，妳可知曉？」

怎麼說到那兩個侍婢身上？敬郡王妃仔細思量才想起來。這樣一怔愣，已經被信親王妃看出端倪。

信親王妃冷哼一聲。「人家抓住妳的痛腳了，妳這次是到人家府上來鬧，半點不占理，鬧了出去我也護不得妳。」

敬郡王妃隱約有些明白。蔣氏說的不是棗林，而是兩個侍婢。琳怡故意讓下人提棗子，就是要她誤會，她怎麼那麼傻，就被琳怡和蔣氏圈了進去。「那兩個侍婢其中一個曾……曾和我家郡王爺……」

信親王妃臉徹底落下來。「這就對了，現在下人們都議論宗室營各家捐銀子修金塔的事，妳們家捐銀子多，其中一個侍婢慕妳府上富貴，就起了心思想去妳們府上，想方設法勾搭起敬郡王來，也沒有別的東西，將身邊的荷包給了敬郡王，另一個侍婢告了密。當時琳怡身邊的鞏嬤嬤和蔣氏都聽到了，所以才有蔣氏在妳面前說的那番話。」

敬郡王妃手一抖。「這……是被人陷害，被陷害……」

被陷害？那兩個侍婢從來沒被康郡王留在屋裡，心裡定然不甘，其中一個又和敬郡王有過牽扯，定然會想方設法接近敬郡王為自己謀個更好的出路；再說不過是遞了荷包，也不是不可能，只要託了門上的婆子……任誰聽了都會相信。

敬郡王妃的肩膀一下子垮了。

信親王妃冷眼看過去。「來之前我就讓妳小心，一切聽我的，妳就是不肯聽，鬧成這個樣子，只能求著琳怡沒有懷孕。」

敬郡王妃一連串地道：「沒有懷孕，肯定沒有懷孕……害喜的人我也不是沒見過，斷不是她那樣，人瘦得跟柳條似的，風吹就要倒，哪裡還能生孩子？琳怡和蔣氏合起來無非就是要冤我，冤是因我琳怡肚子裡的孩子才掉了，現在只要我們守在這裡，不怕琳怡的謊言不破。」

信親王妃道：「萬一真的有孕了呢？」

真的有孕了……敬郡王妃手心也起了冷汗。那……那……初妊之婦需要休養，她們卻上門來鬧，好歹琳怡也是宗室婦。

信親王妃冷笑。「剛才怎麼不知道害怕？」

敬郡王妃吞嚥一口。「我是冤枉的，我沒有……」

現在說這話誰能相信。

御醫進屋診脈，很快就躬身出來。

信親王妃忙上前問：「怎麼樣？」

御醫道：「郡王妃是喜脈，只是從今日起一直到生產，保胎藥不能斷，還要好好補身子才能母子平安。切忌思慮太重，思則傷血，血脈不足不能養胎。」

敬郡王妃只覺得腳底發麻，幾乎站立不住。

御醫向周老夫人道喜，周老夫人笑容滿面，讓申嬤嬤拿了銀子給御醫，御醫開了藥方，又囑咐每日要做溫補的食物給琳怡。

申嬤嬤前前後後地忙乎，信親王妃也進屋笑著囑咐琳怡。

琳怡面露疲倦，信親王妃帶著人離府。

敬郡王妃在垂花門上了馬車，身邊的嬤嬤低聲道：「康郡王妃讓人送了東西過來，奴婢就讓人放進車廂。」

琳怡送她東西？敬郡王妃還沒想個明白，丫鬟撩開車廂簾子，車廂裡傳來「唔唔」的聲音，敬郡王妃駭了一跳，差點站立不穩，再定神看過去，只見一個人被綁住、堵了嘴，跪在馬車裡。

敬郡王妃看出來，正是榮親王送給康郡王的侍妾。

敬郡王妃咬起牙來。將人送到她車上，她就要費神安置。想到這裡，心中騰地燒起一把火，敬郡王妃一腳就踹在那侍妾的心窩上。

第二百七十五章

周老夫人回到第三進院子，抬頭就問申嬤嬤。「御醫怎麼說？妳問清楚了？」

申嬤嬤神色凝重。「奴婢問了，真的是喜脈，懷了一個多月，日子也對得上。」

周老夫人不動聲色地坐在暖炕上，忽然抬起頭，目光凌厲地對上申嬤嬤。「不是說擅千金科？口口聲聲說血瘀不暢。」

申嬤嬤不知怎麼說才好。誰知道就這樣碰上了，早不懷晚不懷，偏等到這一次。御醫說要不是吃保胎藥及時，還不能將胎兒保下來。這話，申嬤嬤不敢在老夫人面前提起。

丫鬟送上來蓮子粥，申嬤嬤上前服侍周老夫人喝一些。

剛吃了兩口，周老夫人忽然就皺起眉頭來，申嬤嬤忙將手帕一遞，周老夫人將嘴裡的蓮子吐出來，上面還沾著血。

申嬤嬤心裡一急，忙喊丫鬟拿藥粉來。「老夫人咬到嘴了。」

周老夫人嘴裡生疼，再聽得申嬤嬤這話，手裡一揮，申嬤嬤手中的碗落在地上，一下子頓時「粉身碎骨」。

申嬤嬤怔在那裡，忙上前低聲安撫周老夫人。「老夫人別急，老夫人別急，這也不一定是壞事，這胎一保不知道要到什麼時候，將來月份大了，再有風吹草動，那就是牽著大人。

這是御醫的原話啊。」

周十九念叨了一遍程御醫的囑咐，鞏嬤嬤又領著嬤嬤來唸，嬤嬤將首飾匣子裡各種紗花也收了起來。

紗花上多少有些香料，特別是內務府賞下來的，格外香氣撲鼻，還有香粉等物一併都撤下，只留了螺黛。

琳怡看了就笑。「乾脆連這個也拿走。」

鞏嬤嬤笑道：「是郡王爺讓留下的。」

難不成還真的要幫她畫眉？

琳怡看著螺黛。「那就放下吧！」

鞏嬤嬤低聲道：「您沒瞧見周老夫人的笑容都收不住了，還有敬郡王妃，屋子也不敢再進來，只在外面偷偷張望。」

信親王妃和敬郡王妃信心滿滿地登門，一定沒有想到會換來這樣的結果。

琳怡笑著看鞏嬤嬤。「多虧嬤嬤平日裡仔細，一直勸著我請郎中來把脈。」

鞏嬤嬤道：「這是奴婢的本分，哪有主子有喜，下面人還不知曉的。」屋子裡這麼多丫鬟、婆子，子嗣對康郡王府是一等大事，她們豈敢大意。

鞏嬤嬤說著親手去拿引枕給琳怡墊好。「御醫說了，從今往後要更加仔細，您要好好養胎，將來才能母子平安。」

說著話，周十九進門，鞏嬤嬤見狀，低頭退了下去。

周十九坐在炕邊，拉起琳怡的手。「要不要吃些東西？家裡的飯菜不香，到外面多請幾個廚子進府。」

提起吃，琳怡就搖頭。「大廚房人手已經足夠了。」每日送來讓她吃的東西太多，再請廚子進府，她不知道到時候是什麼情形。

周十九看著琳怡，清亮的眼睛裡都是溫柔的笑意。「第一胎要好好養，日後才能更順利。」說著話，橘紅進門提了一張字畫，琳怡抬頭看過去，畫的是一個豐盈多籽的大石榴，墨跡還沒乾透，顯然是周十九才畫的。

琳怡睃了周十九一眼，嘴邊也掛了笑意。

喜訊送到廣平侯府，小蕭氏高興地吩咐丫鬟去準備各種物件，長房老太太老神在在地笑道：「不著急，過兩個月再大張旗鼓地張羅。」

說到這個，小蕭氏又感傷起來。「就是年景不好，外面鬧時疫，好多東西都買不到了。」

長房老太太看向小蕭氏。「放心吧，兩府合起來不能缺琳怡一個人的，除非天上的星星，要什麼元澈都能給琳怡找到。」

吃穿不愁，最愁的是在床上養胎，不過程御醫的藥極好，加上整個府裡其樂融融，琳怡緊捏在一起的心也逐漸鬆開了，腰腹漸漸地也不感覺疼了，精神也好許多。

好日子沒有過兩日，早晨起來才漱完口，就當著周十九的面嘔起來，玲瓏見狀忙端了痰盂上去。

周十九才晨練完，當著琳怡的面，不慌不忙地劍掛起來，走出門之後就讓鞏嬤嬤去請郎中。

鞏嬤嬤這次笑容滿面地向周十九道：「郡王爺放心，這是好事，害喜厲害是胎氣穩的徵兆。」

琳怡這一吐就一發不可收拾，胃口也變起來，平日裡不愛吃的東西卻想吃，可是送到眼前又不想吃了，鞏嬤嬤變著法地讓廚房做吃食。

周十九這一禁足在家，心也變得散漫起來，前院書房不怎麼去，家中的幕僚開始還遣人不停地來內院裡相請，慢慢地也洩了氣。周十九的雄心壯志好像因這次的風波消磨殆盡。

周十九在家中無事，乾脆讓京裡的書畫鋪子早些開張。鋪子開張第一日，不少熟人去捧場，賣了幾十幅，琳怡捧著帳本看，其中有一幅是周十九畫的。她和周十九打賭，那幅畫賣不過十兩銀子，結果不知道是不是店鋪掌櫃的故意如此，竟然賣了九兩九。

周十九笑著道：「九兩九也不少了，我有一技傍身，將來也能養家餬口。」

周十九是在討她高興，九兩九不知便宜了誰。

家中的安寧還是讓人不能忘了屋外的風雨。琳怡靠在床上，一邊做針線一邊出神。

「在想什麼？」一雙手將她圈進懷裡。

琳怡笑著搖頭。「亂七八糟的事。」

周十九的手貼著她指尖摩挲著。

琳怡轉過頭看向周十九，他表情舒緩安然。

周十九是那種烈士暮年、壯心不已的人，即便老了仍舊不減抱負，不可能永遠待在家裡，做個尋常的宗室，幕僚感嘆周十九散漫也是作戲給宗室營看。

琳怡從抽屜裡拿出帖子給周十九。「一個是捐銀造金塔的，一個是開粥棚的。從前開粥棚咱們府裡是二百兩銀子，今年收成不好又趕上有時疫，不如多加一些。」

周十九笑著頷首。「元元安排就是。」

中饋上的事，周十九是什麼都不管的，就算涉及政事，也都放手讓她來做。

「我的意思是湊五百兩送過去。這樣一來，捐銀造金塔就不能多了，我請元祈媳婦幫忙打聽，我們走個尋常數目就好。」尋常數目也是五百兩，這樣一來，左手加右手一千兩銀子，占了周十九歲俸的五分之一。

五百兩建金塔，周老夫人在面子上說不得會超過他們，五百兩辦粥棚卻多了些。

第二天，蔣氏帶著宗室營的媳婦進府，聽說琳怡兩件事都花五百兩，旁邊的媳婦就道：「五百兩辦粥棚那是大數了，今年許多人家連往年的二百兩就不拿，給一百兩的有，五十兩的也有幾家，還有乾脆就不拿，全都用來建金塔的。信親王府那邊請來了有名的主持，就是法事也要花一萬兩銀子不止。」

蔣氏也道：「每年粥棚要開一個月，還要施米，恐怕今年施米沒有了，粥棚能不能辦到過年都不一定。不只是這樣，京裡的達官顯貴粥棚也不開了，都湊銀錢建金塔呢，否則哪來的一萬兩銀子做法事？」

就算給菩薩塑幾個金身也夠了，從前大家開粥棚賑災雖說也是討個好名聲，百姓們總算還得了便宜，現在建金塔也是要求個名聲，卻不過塑泥胎堆金銀罷了。說起來都是為了討好皇上，大家隨風倒，像他們這種不識時務的實在不多。琳怡看著蔣氏手裡的單子，吩咐鞏嬤嬤拿對牌去取銀子，跟蔣氏一起過來的媳婦去清點，蔣氏就留在屋裡和琳怡說話。

「敬郡王將那侍婢留在屋裡了。」

敬郡王妃已經處置慣了家宅中的事，現在逆著敬郡王來反而不好，不如等到新鮮勁兒過了，再想法子將那侍婢打發了，這樣敬郡王妃委曲求全，還能挽回一點名聲。

蔣氏笑道：「宗室營都傳遍了。大家都說還是銀錢好用，連一個侍婢也懂得攀高，怪不得信親王會護著敬郡王。」

能這麼快傳遍，還要靠下人互相傳遞消息。琳怡看向蔣氏。「這些日子辛苦妳了。」

蔣氏抿嘴一笑。「哪裡的話，要不是妳懷著孩子，還輪不到我來安排呢。」

琳怡想到前世蔣氏一家的幫忙，她怎麼也沒想到和蔣氏已經是兩世的交情。

蔣氏和琳怡說了會兒私密話。「也不知道郡王爺什麼時候能復官。」

周十九這官做得不安穩。

蔣氏道：「元祈每日回家都說朝廷裡的事，我也不懂，反正只要我說郡王府的消息，他就急得不行。」

也快到頭了，那道士的事遲遲沒有結果，總不能這樣圈禁周十九一輩子。周元景殺了人還只是收監。琳怡想起五王爺。若是真的有魄力，早就尋一具道士的屍身來打擊周十九，順帶連累皇后娘娘，現在不動手，無非是怕那道士還活著，將來能為他所用。

當斷不斷反受其亂，就算現在占盡優勢，將來也未必就能笑到最後。

周十九就是因這個才能在家坐得住。

第二百七十六章

京裡的粥棚慢慢搭起來，難民和貧困的百姓立即都圍上去，幾口大鍋都煮得熱騰騰，難民們卻從西城跑去東城，端著破碗到處排隊。往年施粥的下人都穿戴整齊，在旁邊站著等難民們叩頭行禮，今年除了熬粥的下人，周圍空蕩蕩，主家裡稍有頭臉的下人都不敢露面。

這樣的情形過了兩日，御史言官竟然也出來辦粥棚，之前死諫的老大人家更是連辦喪事的銀錢也拿出來買米熬粥，這樣一來，所有的難民和百姓都來言官這邊吃粥，宗室營和顯貴的粥棚排隊的人倒寥寥無幾，非等到言官那邊的粥棚施完了粥，才有人陸陸續續地聚過來。

宗室營那邊的金塔倒是已經開始蓋了，太后娘娘賞賜了經書和袈裟等物，達官顯貴都去恭賀，等到五王爺那邊覺得該收斂的時候，科道的血書也遞到了養心殿。

奏摺和血書送了上去，整個廣平侯府一夜無眠。第二天，二王爺早早進宮跪在養心殿門口的消息就傳出來。

周十九道：「二王爺自請剃度出家為皇上祈福，皇上的病因他而起，他罪無可恕，願終身贖罪。」

二王爺有什麼罪過？只因是序長，才會被冤是要奪儲位，現在果然願意放下一切皈依佛門，也就沒有了被立為儲君的資格，許多傳言也就迎刃而解。

皇上還會放任不管？若是真的准了二王爺出家，又廢了皇后娘娘，五王爺和淑妃娘娘就真的大獲全勝。

二王爺這樣一請命，整個京城都靜下來，到了下午，皇上命二王爺出宮，並傳下旨意，明日文武百官上朝。

旨意才下來，廣平侯府就送來消息。「皇上急召廣平侯入宮了。」

定是為了血書的事。

陳允遠在宮中足足待了兩個時辰，琳怡這邊沒有聽到什麼消息。

周十九在前院見過幕僚，過了一會兒，前院的嬤嬤來回話。「郡王爺那邊抽不開身，讓郡王妃早些歇了，不要等。」

眼下情勢緊張，那些幕僚定然不放周十九。

琳怡點點頭，讓丫鬟進來服侍梳洗，然後睡下了。

到了早晨天快亮了，身邊才傳來窸窸窣窣的聲音。琳怡睜開眼睛，周十九正在寬衣，脫下長袍，然後拉開被子躺進去。

一會兒婆子就要叫起了。

琳怡準備起身。「我去暖閣裡，郡王爺多睡一會兒。」

周十九微微一笑，將她拉到懷裡，貼著她的耳邊，輕聲道：「沒有幾日好睡，這兩日說不得就要上朝了。」

話雖這樣說，仍舊不能太放肆。琳怡穿戴整齊去暖閣裡做針線，廣平侯府那邊回過來消息，皇上只是讓廣平侯在養心殿將科道的事回稟了一遍，然後什麼也沒說就將人送了出來。

皇上的病才有些起色，大約還不能開口說話。

琳怡頷首。朝廷上的事終非婦孺能弄明白的。

緊接著，鞏嬤嬤聽說了粥棚的消息。「今天早晨家家粥熬得都好，比往年還要稠些，米糧也開始分發給窮人了，衙門裡的人去查檢，都好著呢。」

因科道上了奏摺，今天又恢復早朝，大家就都做起樣子來，京中達官顯貴用慣了這樣的手段。

過了一會兒，蔣氏過來串門。

「敬郡王府那邊鬧起來了。」蔣氏笑著和琳怡說話。「敬郡王的嫂子在內宅裡哭呢，在敬郡王妃面前要死要活的。」

敬郡王一家圖的都是財物，現在敬郡王哥哥知曉自己被弟弟利用，自然要想方設法出這口氣。

「剛才來的時候，我瞧見敬郡王家的下人去請郎中，讓人打聽才知曉，敬郡王的嫂嫂一頭就撞到敬郡王妃的腰上，現在敬郡王妃連站也站不起來了。」

現在這時候，敬郡王家不敢聲張，只會想方設法安撫兄嫂，敬郡王妃也只能吃了悶虧。

算計別人的時候，要安排好自己家的，免得別人沒算計成，自己後院起了火。

琳怡和蔣氏相視一笑，仍舊像往常一樣說些家常，一盞茶過後，蔣氏還是坐不住了，長長地吐一口氣。「也不知道什麼時候會有消息。」

誰也沒有十足的把握會贏。

琳怡喝了湯藥，就和蔣氏說繡莊上新送來的花樣。

兩個人正說說笑笑，鞏嬤嬤進來道：「甄家來人了，要見郡王妃。」

琳怡問道：「老夫人那裡過去了嗎？」

鞏嬤嬤搖頭。「沒有，甄老太太和甄太太等在門口，只說見郡王妃。」

奇怪，甄家人來也是見周老夫人，怎麼會徑直來找她？

琳怡猶豫片刻。

蔣氏道：「不如妳就說身上不爽快推掉算了，現在誰都知道妳在家養胎，再說郡王爺禁足在家中，內院也不方便見女客。」

琳怡覺得這話說得有理，就讓鞏嬤嬤回話。「就下去這樣說，順便讓人和老夫人說一聲。」甄家是老夫人的親家，甄家到了門口，她推掉就算了，周老夫人總要出面。

鞏嬤嬤親自出門將琳怡的話轉達給甄家，誰知道甄家拿定了決心不走，鞏嬤嬤只得回來道：「不肯走，申嬤嬤去請又不進府，甄老太太親自求奴婢一定要再通稟。」

甄老太太是甄氏的母親，既是姻親又是長輩，總不好就一直拒在門外。

「說沒說我在養胎？」

鞏嬤嬤道：「說了，甄老太太說不會讓郡王妃太過勞累。」

那就沒有了法子，琳怡只得看鞏嬤嬤。「去問問老夫人怎麼辦，我是見還是不見？」

甄家是為了周元景而來，她見也不是不見也不是，不如就讓老夫人來拿主意，這樣一來，再去拒絕也有了藉口。

鞏嬤嬤答應一聲下去，蔣氏喝了口茶。「我也該走了，免得甄家有話不好說。」

琳怡也不留蔣氏，讓白芍將蔣氏送出門。

蔣氏走了，鞏嬤嬤才回來道：「老夫人說不知道郡王妃的身子能不能吃得消。」

不管怎麼樣，這是康郡王府，她不能對等在外面的甄家視而不見。

琳怡道：「請進來吧！」說著吩咐橘紅將她那件素面褙子拿來。甄家現在是死了姑奶奶心中悲傷，她若是穿得太鮮豔，難免會讓甄家起了敵意。

甄老太太被請進來，見到琳怡忙行禮，琳怡不便下床，忙讓鞏嬤嬤將老太太扶起來。

甄老太太穿著豆綠色褙子，人長得瘦小，看起來也很憔悴，雖然年老，仍舊長眉入鬢，甄氏就是隨了這一點。甄老太太坐下，掏出帕子擦擦眼角。「郡王妃不要怪老身不識好歹，這時候還上門打擾。」

琳怡道：「親家老太太是哪裡的話。」

甄老太太滿眼悲戚。「這次的事要不是一定要郡王妃作主，我也不會厚著臉皮找上來。」

琳怡想問怎麼了，甄太太已經哭道：「我們姑奶奶的命怎麼會這樣苦？好好的屍身在衙門裡竟然……竟然……」

琳怡有些詫異。難不成甄氏的屍體丟了？那可是大事，要知道此案未定就丟了屍身，衙門是難辭其咎。

甄太太接下來的話更讓人驚異。「頭顱被人割了去，仵作再也無從驗屍了，這案子再也分不清是非黑白。」

甄太太說到這裡就失聲痛哭起來，甄老太太也是勉強忍耐。

屋子裡頓時一片悲涼。

人死了還沒了全屍，甄氏好歹也是宗室婦，怎麼能落得這樣的下場？

第二百七十七章

琳怡握緊手裡的暖爐，半晌才道：「仵作驗過屍了，應該已經填了屍格。」

甄太太道：「屍格不見了，順天府說給了宗人府，宗人府卻找不到，反過來再看屍身卻、卻才發現……這明明是有人故意為之。好端端的人沒了，現在屍體也殘缺不全，到底是什麼仇恨，人死了也不放過?!」越到最後聲音越大，尾聲更是尖利得嚇人。

甄家不肯見周老夫人，是認定周老夫人為了給周元景開脫才想到這樣的法子。

甄太太放聲大哭。「我家姑奶奶嫁到這邊來，好歹生下了子嗣……怎麼能這樣殘忍……就算是罪大惡極的死刑犯，也要縫了全屍入葬，早知道胳膊擰不過大腿，我們就不告了……何必鬧成今天這樣？」

甄家人這樣在她面前哭訴，難不成是要她作主？她哪裡來的這個本事。

甄老太太含著淚看甄太太。「小心傷到郡王妃的胎氣。」

甄太太這才竭力將眼淚忍了回去。

琳怡不明白，看向甄老太太。「您也知道，現在郡王爺被禁足在家，宗人府的事我們更不知曉。」外面守著的官兵就是宗人府的。「我想要幫忙也不知從何幫起，您若說照看全哥，還有我家老夫人。」

琳怡提起周老夫人，甄老太太冷笑起來。「也不怕郡王妃笑話，從前我女兒在這個家沒少受了委屈，郡王妃進門晚尚不知曉，我卻知道老夫人的手段。我們百般委曲求全，沒想到換來今天的結果。周元景殺妻本是鐵定的案子，卻能讓她硬生生扳過來，現在都說我女兒剋夫善妒才讓周元景有了牢獄之災，真是笑話！死了的人還要擔著剋夫的罪名，到底是誰剋死了誰？這世間真沒有說理的地方？郡王妃，我家女兒死的那天您是在場的，我老東西不求別的，只求郡王妃能說句公道話，我女兒到底是觸牆而亡還是被人打成了那般？」

讓她說句公道話。

琳怡就看甄老太太，目光相接中卻說不出話來，只聽外面有人喝道：「什麼人在那兒鬼鬼祟祟？」

琳怡看向窗外，皺起了眉頭。

鞏嬤嬤這時候忙上前道：「親家老太太，您就饒了我們郡王妃吧，我們郡王妃好不容易才懷上身孕，前些日子，信親王妃才請來御醫診斷過，一直好好將養才能大小平安，這也是兩條人命啊！您……心裡著急……總還有別的法子，當時在場的不是我們郡王妃一個，還有……二太太……」

「鞏嬤嬤。」琳怡沉下臉來。

鞏嬤嬤自知言語有失，忙站去一旁。

甄太太臉上露出譏誚的笑容來。「娘，媳婦就說來求也沒用，不會有人幫忙的。您非說郡王妃出身名門，廣平侯連血書也敢上，郡王妃定也能說句公道話。」

甄氏沒死時陷害她和齊重軒私通，後來被她反擊甄氏擾得家中不睦，當時甄太太也來說項，卻仍舊挺直脊背沒有認下半點錯處，現在卻來軟硬兼施地求她，甄家還真是沒有了別的法子。

甄老太太斥責甄太太。「不許胡說！」轉頭又期盼地看著琳怡。「我們是為難郡王妃。」

甄太太咬緊牙關，半晌不甘心地道：「有些事媳婦不吐不快，今日說了，郡王妃也有個思量……」

甄太太看看屋裡的下人，琳怡向鞏嬤嬤點點頭。

鞏嬤嬤帶著丫鬟退下去，甄太太才道：「難道郡王妃就沒想過，若是郡王妃這次沒有懷孕，會有什麼結果？不說別的，就說我們甄家的媳婦，若是有了喜脈，那是全家上下都小心翼翼的，家裡長輩更是求神拜佛，懷孕前三個月是不能聲張的。這裡面的規矩，哪個長輩不知曉？就說您家裡的二太太，那也是出了三個月才讓大家知道，我敢說之前老夫人肯定早就聽到了消息，不過是幫二媳婦壓著罷了，為的就是胎氣更穩固，哪裡像您這樣，才懷上身孕就鬧得滿城皆知，甚至有郎中和御醫上門分別診脈，難不成長輩就不怕喜脈有變？這個郡王妃有沒有想過？若是郡王爺沒有禁足在家，怎麼敢鬧出這一齣？」

甄老太太還要攔著甄太太，甄太太是下定決心要將心中的話都吐出來。「還有，周元景殺了正妻，尚可在牢獄中安穩度日，怎麼郡王爺就因為一點傳言被禁錮在府裡？都是宗室，一碗水都端不平。誰不知道當年您家老太爺想要幫助老康郡王一家時，老夫人尋死覓活就是不肯，後來能養著郡王爺，莫不是看上了今天的富貴？我家姑奶奶回來說過幾次，您家老夫人一直提起郡王爺的爵位。在宗室營，若是一支子嗣不昌，那是要從最近的那支選子嗣過繼的，這樣無論是元祖、太祖、成祖的血脈都得以繁盛，也對得起祖先後代。您家老太爺和老康郡王是同胞兄弟，就是因這樣才分開的，如今康郡王一支只剩下了郡王爺，您若是不能讓子嗣繁茂起來，就要從外過繼……您說，這最近的血脈是哪家？」

甄太太露出譏誚的笑意。「我家姑奶奶回娘家時常說起，要不是我們家勸著千萬莫要如此，我家姑奶奶說不得就會跟著算計。」

甄氏有沒有算計，琳怡心裡最清楚。現在甄家在她面前賣這個人情，無非是想要她和周老夫人敵對，也好幫襯甄家。

甄太太道：「我說的都是實話，當年我甄家也不想結這門親事，都是周老夫人能言善道，現在看是什麼情形，稍稍明大義的長輩也不能下這樣的狠手。反過來，郡王妃想一想，哪家的長輩不是護著晚輩，可是自從您嫁過來之後，老夫人可有幫您出過一個主意？否則您也不會勞累成這個模樣，差點動了胎氣。康郡王是承叔嬸的恩情，成親之後好好供養，就是不知曉人家會不會領這個人情。我聽說老夫人將全哥帶在身邊，還要郡王妃幫忙照顧，是因周二太太懷著身孕要好好靜養，如今郡王妃也懷著身孕，全哥不是依舊在府裡？您家老夫人養了郡王爺不假，大老爺、二老爺更還有生恩，為何皆不奉養父母？」

這些話恰好都說到了琳怡這個新媳婦的心裡，若是她心中委屈，這時候一下子就會被激出來。甄太太說的句句都是實話，只不過在她心裡不值一提，因為她從來沒有將老夫人當作要好好奉養的嬸娘，從一開始，她就知曉周老夫人沒有長輩的慈心，所以沒有一心的付出，也就更談不上委屈，倒是甄家從上到下這些年沒少在周老夫人面前討好，現在說出這些話來是發自內心。

本來甄家是衝著她來的，現在這種情形，她倒成了看戲的。

甄太太話音剛落，外面傳來橘紅的聲音。「郡王爺，屋裡有女客在。」

甄老太太似是得到了什麼信號，立即哭起來。「現如今我們也沒有別人可求，寫了題本也遞不到聖前，郡王爺和王妃若是能幫忙，我們一家老小感激不盡。」說著起身就要跪下哀求。

琳怡不能起身，忙喚鞏嬤嬤進來攙扶甄老太太。

琳怡不禁道：「親家老太太您這是何必呢？大太太不只是我嫂子，大老爺也是我大伯啊，您也知道這件事難辦，怎麼就求到了我頭上？」

甄老太太聽得這話心裡一喜。只要郡王妃為難，不站在周元景立場說話，至少外面人就知曉這裡面有蹊蹺。

她們要的就是康郡王妃這樣的態度，也要藉著這次大吵大鬧讓京裡的人都知曉。

一會兒工夫，白芍又端了藥上來，翟嬤嬤又拿了引枕要讓琳怡歇著，甄家人說完了所有的話，也沒有了旁事，站起身來告辭出去。

第二百七十八章

甄家人剛走，琳怡就將鞏嬤嬤叫來。「將甄家說的所有話都傳給老夫人。」她不用替周老夫人圓這個場。

鞏嬤嬤出了門，橘紅端了熱水讓琳怡漱口。「真是怪了，甄家人怎麼會到郡王妃屋裡說這些。」

去周老夫人屋裡鬧，以周老夫人笑面虎的模樣，甄家人不可能這樣痛快地將所有話都說了，說不得還要落下欺負周老夫人的名聲。

到她屋裡就不一樣，她不會橫加阻攔。

不管怎麼樣，甄家都是大動干戈找上門來。好事不出門、惡事行千里，恐怕這一會兒，京裡很多人家都知曉了這個消息。

周老夫人一心為周元景籌謀，沒有太顧及甄家的立場，這樣一來倒讓她鑽了空子，讓人放出風聲點醒甄家，若是周元景從大牢裡出來，不只是甄氏白白死了，整件事還會反過來，是甄氏善妒才會讓夫君得此大禍。甄家從前也是名門望族，這些年沒有後進子孫才日漸沒落，如今沒有他法，只有靠姻親關係假以時日再重新富貴，若是連名聲都沒有了，哪家高門大戶還會和甄家聯姻？甄家就徹底沒有了希望，所以甄家寧可得罪宗室，也要挽回自己的顏面。

琳怡思量著，周十九進了門。

她抬起頭來。「甄家說大嫂的屍身被損壞，頭顱不見了。」

周十九臉上沒有驚訝的神情。

也就是說，周十九早就知曉了。

琳怡立即明白了這裡面的端倪。是周十九讓甄家沒有了退路，順天府和宗人府交接屍格很有可能就沒交上去，宗人府本就袒護周元景，這樣一來，所有人都會認為是宗人府故意將屍格毀了，那麼順著這個想下去，甄氏被割了頭顱也是宗人府所為，所有的矛頭都指向了信親王，信親王還入宮在太后娘娘面前替周元景求情，緊接著，連同敬郡王妃來康郡王府大鬧一番。所有的一切連下來，此時此刻，信親王府如同被人丟進了油鍋之中。

只是想到甄氏的屍身被損壞，將來不能全屍入葬，琳怡就覺得胸口一陣噁心，忍不住彎腰嘔起來。

比起手段，她利用內宅女眷那些雖然行之有效，可是卻不如周十九的狠戾。周十九不聲不響就辦成了大事。

周十九從橘紅手裡接過痰盂，伸手不停地拍撫琳怡的後背。「讓人拿些霜糖來吃？」

每次她噁心都是吃甜食才能好。琳怡輕輕點頭。

「不用想太多，」周十九輕聲道。「這件事和妳沒有關係。」

「甄老太太會過來是因甄家的小姐婚事談得不順利，甄太太要高娶兒媳，本來都談了妥當，這幾日也擱置下來，再加上大嫂屍身的事，這次甄家肯定要爭出個黑白。」

他將琳怡圈在懷裡。「御醫說妳不要思慮太重，這些事就別再想了。」

多虧是安排好了才查出有孕，現在只要等結果就是。甄家已經鬧得足夠大，皇上定會聽到風聲。

妻妾之爭，妾室永遠都站不住腳，何況是寵妾殺妻。是不是宗室就不需要顧及大周朝的律法？

最重要的是影射到宮中。

現在朝廷上不是有言論要廢后重立，何嘗不是妻妾之爭？

第二天天還沒亮，就有外院的管事來回稟。「宮裡來了人。」

婆子敲門之前琳怡就已經醒了，身邊的周十九也早就穿好了袍子，站在窗邊等了一會兒，現在聽到敲門聲，卻坐下來喝了一盞茶，才故意只披了外衣迎出去。

君臣相處就是這樣，永遠不能比皇上多想一步。周十九早就料到第一天早朝皇上會召他，等到內侍來傳話時卻故作驚訝，倉皇中連衣服也來不及穿好。

片刻工夫，周十九回到屋裡，琳怡已經讓橘紅將朝服拿出來。

周十九眼睛明亮。「外面的守衛已經撤了，皇上下令召我上朝。」

琳怡道：「內侍有沒有說皇上的病如何？」

作為忠心之臣，就應該時時刻刻將皇上放在第一位，好不容易見到內侍，自然要問及。

周十九笑道：「問了，內侍說皇上的病大好，今天都能批閱奏摺了。」

能批閱奏摺，想來不是一日、半日之功，怎麼沒有半點消息傳出來？

琳怡豁然明白，看向周十九。「郡王爺的意思是……皇上對淑妃娘娘多有防備？」只能是這樣，否則貼身伺候的淑妃娘娘如何不知？

周十九將金葵花瓣漆盒端來，裡面是琳怡這幾日吃的點心。他望著琳怡微微笑著。「這些日子皇后娘娘受的委屈也太多了。」是到了該翻盤的時候。

琳怡讓白芍攙扶著將周十九送出了門。

周老夫人那邊聽說了周十九去上朝的消息，皺起眉頭來。「外面把守的官兵呢？」

申嬤嬤低聲道：「都撤了。」

周老夫人手一抖，半碗茶都潑在了床褥上，申嬤嬤忙吩咐丫鬟拿帕子來擦。周老夫人換了衣服起身進暖閣裡，申嬤嬤忙跟了過去。

「官府那邊讓管事問清楚了？」

申嬤嬤不敢隱瞞。「問了。」說到這裡又猶疑起來。

周老夫人皺著眉頭看過去，申嬤嬤這才道：「大太太的頭顱真的不見了，宗人府也丟了屍格，衙門裡的人說有一日晚上遭了匪盜。」

匪盜……匪盜能偷去衙門裡？怎麼不偷別的東西，偏偷了死人的頭顱，這明明是有人當中安排，就像甄家所說，只有為了給周元景開罪，才會如此。

申嬤嬤道：「奴婢已經讓管事的去信親王府，您也別急，咱們等等消息。」

一個時辰工夫，外院管事從外面回來，申嬤嬤問了清楚，到周老夫人跟前稟告。「信親王妃身子不適，誰也不見。」

周老夫人只覺得胸口一悶，熱血上湧。

昨晚她夢見元景被放回來，元景在牢裡吃了些苦頭，人卻懂事了不少，抱著她的腿不停地哭，將這些年的過錯都說了一遍，她也忍不住掉了眼淚，低頭看到元景的襪子破了洞，還吩咐申嬤嬤將新給元景做的襪子拿出來……這些事彷彿就發生在眼前似的。

信親王府那邊才給了消息，等京中情形安穩安穩，就判了杖責，將元景放回來，甄氏那條命就讓周姨娘和身邊的丫鬟來償，這時候千萬不能出事。

陳家二房，二老太太董氏也早早起床坐在暖炕上聽消息。

二太太田氏請過安，在二老太太跟前服侍。

二老太太道：「廣平侯府那邊怎麼樣？」

田氏手指間帶著檀香木的味道，搓熱了手，輕輕地幫二老太太董氏揉著額頭。「靜悄悄的。廣平侯要在粥棚上作文章，斥責京中顯貴將銀錢都花在了建金塔上。」

拿百姓做藉口，是尋了一塊護身符。二老太太道：「定是康郡王府那邊想的法子。建金塔是好事，總不能因此不顧百姓。開粥棚那是大周朝的慣例，出了差錯，在皇上面前沒法交代，一下子發生了這麼多事，竟將這個疏忽了。」這才讓了皇后一黨鑽了空子。

田氏低聲道：「媳婦昨晚去五王府，聽五王妃的意思，並不很在意粥棚的事，五王爺說不得已經想好了辦法解決。」

二老太太望著香爐上騰起的煙雲。「也不知道熱河的時疫如何了。」

皇上病癒後，朝會開得格外長，文武百官都沒有出宮，整個京城彷彿也靜悄悄的。

琳怡給周十九做好了新襪子，剛放到一邊，鞏嬤嬤來道：「京裡死人了，聽說是時疫，現在家家戶戶都薰藥呢！聽說是從災民那裡傳起的，各府都撤了粥棚，免得讓疫症就傳開來。」

琳怡停下手。因時疫撤粥棚，真是找了個好理由。災民果然是因時疫才死的？京城周圍的難民就等著年底施粥果腹，這些日子，宗室和勳貴家的粥稀得可憐，前兩日就已經有餓死的災民。

得時疫而死，要很快焚化屍身，這是光明正大的毀屍滅跡。如今皇上還在位，下面卻這樣大的變化，當真像是改朝換代。

鞏嬤嬤望著琳怡。「我們府裡怎麼辦？也薰藥？」

琳怡搖搖頭。「出府的人小心些也就是了。」明知那些人是顛倒黑白，若真的是時疫，薰藥也沒有用。

到了下午，朝會才散了，朝臣們拖著僵硬的腿走出宮。

各家的下人和幕僚開始打聽消息。

不出一個時辰，大家都知曉了一件事。皇上請了朝臣喝粥，與其說是粥，不如說是水，碗底才能見幾粒米。

準備要撤走的粥棚又重新搭起來，施粥的各家開始從米鋪、莊子上搬米糧，每口粥鍋旁都站著一名小內侍，言官、御史率先跪下來呼萬歲，百姓們也跟著跪地三拜九叩，死氣沈沈的京中，彷彿一下子又充滿了希望。

那個勤政愛民的皇上回來了。

橘紅拿來葉子牌，叫上玲瓏幾個陪著琳怡鬥牌，這樣一來，時間就過得快些。

屋子裡正說笑，姻語秋先生讓人捎了信來。

琳怡將信打開一看，臉上的笑容也漸漸斂去。

鞏嬤嬤看到這種情形，眼睛重重一跳。

——未完，待續，敬請期待文創風070《復貴盈門》7

春秋戰國第一大家／玉嬴

無鹽妖嬈

青山相待，白雲相愛，夢不到紫羅袍共黃金帶。
一茅齋，野花開，管甚誰家興廢誰成敗？

文創風 059 1

孫樂想不通透，自己怎的一不留神就被雷劈了個正著？
且她一覺醒來成為一名身分低下的十八姬妾也就罷了，
偏偏她還換了個身體，變成長相醜陋兼瘦弱不堪的無鹽女！
教人汗顏的是，她名義上的夫婿姬涼卻是美貌傳天下的翩翩美公子，
唉唉，這兩相一比較，簡直都要叫她抬不起頭來了，
再者，來到這麼個朝代後，生存突然間變成一件無比艱難的事，
前面十七個姊姊，隨便一個站出來都比她美很多，
她既無法憑藉美貌得人寵愛，想當然耳只得靠腦袋掙口飯吃了，
幸好她極聰穎，臨機應變的能力絕佳，又能説善道，
想來要在這兒安身立命下來，應該也不是太難……吧？

《無鹽妖嬈》1封面書名特殊燙銅字處理，盡顯濃濃古意！

文創風 060 2

説到她夫婿姬五這人，家底是不差的，加之心善耳根又軟，
因此人家塞給他及他救回家的女人不少，這些全成了他的姬妾，
孫樂自己就是被他撿回家的，要不憑她人見驚、鬼見愁的容貌，誰肯娶？
甚至連她請求收留一個無依無靠的男孩跟她同住，他也答應了呢！
但説也奇怪，她就罷了，其他漂亮的姬妾不少，怎也不見他多瞧一眼？
別説看了，連到後院跟姊姊們説説話的場面她都很少看見過，
倒是她，醜歸醜，但因獻計解了他的煩憂，反得他的另眼相看，
結果可好，引得其他姬妾們眼紅，其中一個還對她栽贓嫁禍，
唉，使出如此拙劣的伎倆，三兩下就能解決掉，她都不知該説什麼好了，
果然男人長得太好看就是一切禍亂的起源，古今皆然啊～～

文創風 061 3

在展現聰明才智，成為姬五的士隨他出齊地後，孫樂發現了一個秘密——
他俊美無儔，氣質出眾，外人看來宛若一謫仙，卻原來極怕女人啊！
由於他生得一張好皮相，姑娘家見了他就像見到塊令人垂涎的肥肉似的，
不論美醜，一律對他熱情主動、趨之若鶩得很，令他招架不住，
基本上，他會先全身僵硬、正襟危坐，接著就滿頭大汗、困窘無措，
通常要不了多久，他就會明示暗示地要她速速出手相救，
即便是名揚天下、大出風頭後，他也一如既往的不喜歡與人交際，
而跟在他身邊的她，就算低調再低調，才智與醜顏仍是漸漸傳開來，
便連天下第一美人雉才女都當眾索要她，幸好他極看重她，嚴辭拒絕了，
她既心喜於他的相護，又不解雉才女的舉動，此事頗耐人尋味哪……

文創風 063 4

猶記當初秦王的十三子曾對孫樂說，她雖是姑娘，卻有丈夫之才、丈夫之志，
因看出她才智非凡，所以問她有無興趣追隨他，他必以國士之禮待她，
這番話著實說得情真意摯啊，偏偏她沒那麼輕易便以命相隨，
要知道，這是個人命如草芥的世道，她不過一名小女子，沒啥偉大志向，
倘若能得一處居所安然自在地過了餘生，她便也別無所求了，
然則那問鼎天下、惹得各侯王欲除之的楚弱王卻逼得她不得不大展長才，
原因無他，楚弱王便是當年與她同住姬府、感情極佳的男孩弱兒！
當時那個說要她變好看點才好娶她做正妻的男孩，如今已是一國之王，
不論多少年過去，他待她仍一如往年的好、不嫌她醜，欲娶她之心更堅定，
雖不確定自己的心意，但她卻為他扮起男子，當起周遊列國的縱橫客……

文創風 064 5 完

這回為了姬五想救齊國一事，她孫樂重操舊業出使各國當說客，
結果齊國是順利得救了，她卻徹徹底底得罪了趙國，
趙國上下認為她以女子之身玩弄天下之士，更兩番戲趙，罪無可逭，
那趙侯更是發話了，凡她所到之處，他必傾國攻之！
這不，她前腳才剛踏入越國城池，越人即刻便求她離開，想想她也真有本事，
然則此時出城便是個死，於是她率眾住下，沒幾日，趙果發兵十萬欲滅她，
正當兵臨城下、千鈞一髮之際，弱兒帶大軍前來相救，更令趙全軍覆沒！
驚險撿回一命後，她不得不正視一個困擾已久的問題——
一個是溫文如玉的第一美男姬五，一個是問鼎天下的楚國霸王弱兒，
兩位人中之龍都極喜愛她，她也該仔細想想，誰才是她心之所好了呀……

《無鹽妖嬈》5，首刷隨書附贈1~5集超美封面圖5合1書卡，
可珍藏，亦可自行裁切成5張獨立的書卡使用喔！

國家圖書館出版品預行編目資料

復貴盈門 / 雲霓著. --
初版. -- 臺北市 : 狗屋, 民101.12-
冊 ; 公分. --（文創風）
ISBN 978-986-240-994-7（第6冊：平裝）. --

857.7　　101023145

著作者	雲霓
編輯	戴傳欣
校對	黃薇霓　林若馨
發行所	狗屋出版社有限公司
地址	台北市104中山區龍江路71巷15號1樓
電話	02-2776-5889～0
發行字號	局版台業字845號
法律顧問	蕭雄淋律師
總經銷	知遠文化事業有限公司
電話	02-2664-8800
初版	102年1月
國際書碼	ISBN-13　978-986-240-994-7

原著書名：《复贵盈门》，由起点女生网（http://www.qdmm.com/）授權出版。

定價250元

狗屋劃撥帳號：19001626

網址：love.doghouse.com.tw　E-mail：love@doghouse.com.tw